ZETA

Título original: *The Daughters of Joy*
Traducción: Carlos Gómez
1.ª edición: septiembre 2009

© 2002 by Deepak Chopra
© Ediciones B, S. A., 2009
    para el sello Zeta Bolsillo
    Bailén, 84 - 08009 Barcelona (España)
    www.edicionesb.com

Printed in Spain
ISBN: 978-84-9872-286-4
Depósito legal: B. 24.328-2009

Impreso por LIBERDÚPLEX, S.L.U.
Ctra. BV 2249 Km 7,4 Polígono Torrentfondo
08791 - Sant Llorenç d'Hortons (Barcelona)

Hijas de la alegría

DEEPAK CHOPRA

ZETA

Para Tara, mi hija de la alegría

El amor no es un simple sentimiento, sino la verdad última que reside en el
centro de la creación.

RABINDRANATH TAGORE

Querido Marty:

Aquí tienes las galeradas definitivas del libro y mi agradecimiento más sincero. Sé que has tenido que luchar mucho para verlo acabado. No sólo tu jefe: habrá muchos que se resistirán a creer que Dolly y Elena son reales. Sólo te pido que recuerdes nuestro pacto de confidencialidad y que no caigas en la tentación de divulgar su verdadera identidad. No me importaría reír el último si finalmente esta historia es considerada una patraña.

Si por una casualidad del destino llegase un cheque con los derechos de autor, envíamelo a la oficina de correos de Boston. Quién sabe dónde estaré dentro de un año. Te escribo esta carta a la luz de una vela, mientras que por encima de mí las ramas de los pinos tamizan la luz de un millón de estrellas. Pronto llegarán las primeras nieves. Si pasas junto a un grupo de vagabundos calentándose las manos alrededor de un bidón de petróleo, que sepas que el cuarto soy yo (supongo que entiendes el chiste).

Te deseo lo mejor,

Jess

PRIMERA PARTE

El amor te ha encontrado

Me llamo Jess Conover, y quisiera dejar bien claro desde el principio que no fui yo quien inventó el escepticismo. Como suele ocurrir, yo también pasé por alto los avisos que intentaban llamar mi atención desde hacía mucho tiempo. No me lo reprocho, aunque me alegro de haber captado aquella señal cuando lo hice. Se cruzó en mi camino como una luciérnaga en la espesa hierba estival, y me incitó a perseguirla. Si me hubiese descuidado, no habría visto nada.

Cuando todo esto comenzó, yo vivía en un estudio en el South End. Los azulejos marrones del baño, la ausencia de bichos y, sobre todo, un gran ventanal que proporcionaba la suficiente luz para levantar el ánimo, hizo que me decidiese a alquilarlo. Vivía solo desde que mi novia, Renee, se marchó. Pensaba que habíamos sido felices hasta el día en que se fue. Me dio un beso, me dijo que ninguno de los dos tenía la culpa y se largó con una caja de libros bajo el brazo. Al día siguiente vino su hermano con la camioneta y le ayudé a cargar el resto de sus cosas.

Creo que este incidente fue una de las señales que no capté. No le pedí ninguna explicación y ella tampoco me la dio, pero después de que nos separáramos, tuve la impresión de que Renee me apreciaba más. Solíamos hablar a menudo y me visitaba con frecuencia, respetando siempre unos límites. Pero al cabo de unos cuatro meses empecé a ponerme nervioso por cualquier cosa.

Cumplí veintiocho años en septiembre. Me ganaba

la vida como redactor o, para ser más exactos, como corrector de estilo: los periodistas me entregaban sus borradores y yo los convertía en artículos listos para ser publicados. Trabajaba para uno de esos periódicos gratuitos que se pueden encontrar en muchas tiendas de los alrededores de Boston. Trabajar de corrector de estilo es como ser un verdadero redactor, sólo que no lo suficiente, del mismo modo que recalentar unos espaguetis no llega a ser como cocinar.

Un domingo de noviembre por la mañana me acomodé junto al ventanal para leer el periódico. Lo ideal habría sido que la mañana fuese soleada, pero un banco de nubes procedente del mar se había instalado sobre Boston.

Mis ojos se detuvieron en un anuncio. Era con diferencia el anuncio más pequeño de la página, una simple línea en un recuadro con mucho espacio en blanco alrededor. Sentí un escalofrío.

«El amor te ha encontrado. No se lo digas a nadie, simplemente ven.»

Aquel mensaje de trece palabras (las conté) parecía hallarse en un lugar que no le correspondía. El resto de la página estaba lleno de anuncios de quiebras o de subastas públicas; asuntos oficiales, no amorosos. Y, sin embargo, yo había tropezado con la pasión. Lo encontré muy extraño. Más que eso: me sentí inquieto.

Aquella mañana me había levantado a eso de las ocho, había ido a la cafetería de la esquina a tomarme un café al estilo europeo y había tonteado con la camarera, que llevaba un tatuaje, mientras pagaba la cuenta. En el último momento compré el *Globe* en vez del *New York Times*, porque tenía la vaga intención de buscar una bici de segunda mano. Normalmente no me entretengo leyendo los anuncios clasificados. Así que ya ves: el universo se tomó muchas molestias para mostrarme que tenía sentido del humor.

Decidí llamar a Renee, que vivía en su antigua casa

en el Fenway. El teléfono sonó seis veces antes de que descolgase.

—Tengo que leerte una cosa —le dije.

—Espera un momento. —Oí unos bostezos ahogados al otro extremo de la línea.

—Pensé que ya estarías despierta —dije sin mucha convicción, mirando el reloj. Las nueve menos cuarto.

La voz de Renee me llegó apagada. Aún estaba medio dormida.

—No, todavía me levanto después de las diez. Como cada domingo, ¿no?

—Es verdad. —Me la imaginé abriendo sus claros ojos azules, lentamente y sin ganas, y con sus largos mechones rubios alrededor del cuello.

Cuando vivíamos juntos jamás habíamos tenido el mismo horario. A las ocho de la mañana yo ya rebosaba energía, y en cambio ella empezaba a funcionar. Mientras yo ya me encontraba junto a la puerta, ansioso por pisar la calle, ella daba vueltas por el apartamento con un pedazo de tarta de arándanos en una mano y el cepillo de dientes en la otra.

—¿Qué sucede? —Renee había salido de la cama y había cambiado de teléfono.

Leí en voz alta: «El amor te ha encontrado. No se lo digas a nadie, simplemente ven.»

—Muy bien. Pero antes tengo que vestirme. —Para estar medio dormida, su sentido del humor era rápido. Le dije que era un anuncio del periódico—. No cuelgues —añadió.

Oí el ruido del grifo y supe que se estaba echando agua fría sobre la nuca. Lo hace para poder aceptar que ya no va a volver a la cama.

—¿Qué? —seguí, intentando engatusarla—. ¿No crees que es muy raro? ¿Un alma solitaria que pide una cita secreta en las páginas de un periódico para que todo el mundo lo lea?

—A nadie le importará, salvo al interesado —observó Renee—. ¿Quién lo firma?

—Nadie. Espera, hay un número debajo. No me explico cómo no lo vi antes. —La verdad era que al leer el anuncio por primera vez sólo había visto una línea de caracteres rodeada por un espacio en blanco—. El número es de Nueva Hampshire —deduje al observar el código del área: 603—. Y hay unas iniciales: J. C.

—Entonces adelante. Alguien ha lanzado un mensaje en una botella y ha encontrado a la persona adecuada —dijo Renee.

—¿Qué quieres decir?

—Son tus iniciales. Y de todos modos la has fastidiado. Me lo has dicho a mí, y el anuncio dice que no hay que decírselo a nadie. ¿Tan difíciles eran las instrucciones?

Me estaba enfadando.

—¿No sientes nada al respecto? —insistí—. Sé que estas cosas te gustan.

—Paso, tío.

Renee tenía veintisiete años, un año menos que yo. Pero cuando echaba mano de expresiones de la adolescencia, significaba que no se estaba divirtiendo.

—Está bien —dije, dando marcha atrás—. Me imagino que es una broma. Un Romeo que intenta presumir.

—Un Romeo un poquito engreído —contestó Renee al instante.

Había abierto una ventana, porque de pronto me llegó el rugido del tráfico. Recordé que a menudo tenía que pedirle que bajara la calefacción por la noche: me despertaba sudando y tenía que destaparme para poder respirar.

—Entonces, ¿qué? ¿Vas a llamar? —me preguntó.

—¿Crees que debería hacerlo?

—Si lo haces, con toda probabilidad te meterás en alguna historia rara. ¿No estarás viendo en esto material para un artículo?

Hacía mucho tiempo que no iba detrás de nuevas historias. Pero ése no era el caso ahora. En primer lugar no me gustan esta clase de noticias. Se parecen demasiado a abrir ostras: te sirves de un tosco cuchillo para abrir la concha de alguien y sacar a la luz sus estremecidas miserias.

—Mira —dije—, cómete la tarta y cepíllate los dientes. Y perdona que te haya sacado de la cama.

—Llévate algo de abrigo. En Nueva Hampshire hace un frío que pela.

—Ni siquiera he llamado.

Hubo una pausa en el otro extremo.

—Ya, pero te conozco y conozco ese tono de voz.

Me oí a mí mismo soltar una de esas risas nerviosas que me dan cuando siento que me han descubierto.

—Deberías venir conmigo. Tal vez nos metamos en una aventura —dije en un último intento.

—Esta conversación ya ha sido suficiente aventura, cariño. Te llamaré.

—Vale, está bien.

Colgué y pensé qué era lo más sensato. Para ser sincero, la conversación con Renee me había puesto aún más nervioso. Por lo general podía descargar la tensión haciendo deporte. De hecho, con un poco de ejercicio había conseguido un físico robusto. Renee lo llamaba mi muro. Cuando llevábamos un tiempo saliendo, me dijo que había tenido suerte de conocerla en una cita a ciegas: «Tu cuerpo no parecía el de una persona sensible», me dijo, como si la sensibilidad tuviese un límite de peso y yo lo hubiese superado. No es que sea enorme, pero puedo dar la impresión de que voy a remar al río antes de ir al trabajo. Con la ropa adecuada puedo pasar por un deportista universitario. A mí, personalmente, me gustaba eso del muro. Tenía sus ventajas.

Miré por la ventana y vi que estaba empezando a nevar. Aún no caía con fuerza, justo lo suficiente para emborronar la visión de la calle. Los coches patinaban al doblar la esquina. Me puse mi chándal gris y unas Nike bastante hechas polvo. La nevada había hecho que el viento amainase. Corrí a un buen ritmo, disfrutando del aire helado que penetraba en mis pulmones. La nieve que cubría las calles parecía azúcar en polvo, y tenía un aspecto aparentemente inocente, hasta que resbalé en una placa de hielo sucio de la avenida Massachusetts. Caí de bruces y apenas tuve tiempo de poner las manos, que me pelé por completo. Un coche pasó a pocos centímetros de mi cara, haciendo sonar el claxon frenéticamente. No me asusté por la caída, pero me molestó el bocinazo. Ahora estaba aún más alterado. Durante todo el camino a casa sentí que la sangre me latía en los oídos.

Cuando entré en el apartamento todavía estaba deslumbrado por el brillo de la nieve. Lo primero que vi cuando se me aclaró la vista fue el periódico doblado que había dejado en la silla, junto al ventanal. Me acerqué distraído y lo cogí de nuevo. El anuncio de trece palabras estaba ahí, en la parte inferior derecha de la página. Me limpié el sudor de la cara con la camiseta del chándal y descolgué el teléfono.

Sonó muchas veces (dejé de contar después del décimo tono). En el último momento, justo antes de que colgase, oí una voz.

—¿Diga?

Esta palabra, débil y temblorosa, que llegaba del otro lado me dejó perplejo. Jamás hubiese pensado que aquel mensaje amoroso pudiese venir de una anciana, pero no cabía duda, a juzgar por la voz de la mujer.

—Llamo por lo del anuncio del periódico —dije, titubeando.

—Lo has visto. Bien. Ahora tienes que venir aquí —repuso la voz temblorosa.

—Quizá no me haya entendido. No estoy respondiendo al anuncio —dije.

—Sí que lo estás haciendo.

La voz parecía de más edad que la de mi abuela, que había muerto a los ochenta y tres años. Contemplé la nevada, ahora más copiosa, con grandes copos blancos que caían de forma uniforme.

—¿Es usted quien puso el anuncio? —pregunté.

—Eso no es importante, ¿no crees? —contestó—. Lo importante es que lo has visto. Es mejor que vengas ahora mismo. Dicen que dentro de poco la tormenta empeorará. —Hubo un silencio y luego añadió—: Eres tú, ¿verdad?

—¿Quién cree que soy? —pregunté con cautela.

—Alguien que quiere que el mensaje sea para él —respondió—. Y también alguien que teme que el mensaje sea para él.

Fue un momento irreal, un momento crucial. No espero que me entiendas, todavía no. Lo lógico hubiese sido decirle que no iba a emprender un viaje a otro estado con ese frío sólo porque una desconocida me lo pidiese.

—Mi coche es demasiado viejo. Me quedaré tirado —dije, percatándome al instante de lo mala que era aquella excusa.

La anciana soltó una carcajada corta, casi un ladrido.

—Dite a ti mismo que es una historia de interés humano. Soy humana, aunque eso no sea ni mucho menos la parte más interesante. —Empezó a indicarme la manera de llegar a su casa, sin explicarme cómo sabía que yo escribía.

—Espere, creo que se está precipitando —dije, poniéndome más nervioso.

—¿Por qué discutes? —preguntó—. Esta historia tiene que suceder, ¿no crees?

A pesar de su insistencia tendría que haber cortado la conversación entonces. No debería haberle hecho caso a aquella provocación. Porque era más que probable que mi coche acabara en la cuneta de alguna carretera secundaria mal iluminada. Pero la anciana interrumpió mis pensamientos.

—Aquella noche, en torno a la hoguera había cuatro hombres calentándose las manos. Sólo uno de ellos sabía que era un ángel.

Al cabo de quince minutos me dirigía al norte, hacia Nueva Hampshire. Para explicar por qué, tengo que retroceder en el tiempo.

El peor año de mi vida fue cuando cumplí los dieciséis: crecí ocho centímetros y mi esqueleto se alargó mucho más deprisa que mis músculos. Tanto en las canchas como en las pistas, fuese cual fuese el deporte que practicara, me movía con torpeza y sin coordinación. Pero no fue ésa la razón.

Para comprender por qué aquel año fue el peor tienes que saber que en aquella época mi vida estaba en la cuerda floja. Yo era el chico nuevo de un aburrido pueblo del Sur profundo. Nos marchamos de Ohio porque mi padre había aceptado un inesperado traslado. Los obreros, en su mayoría negros, de una fábrica textil de la compañía de mi padre, habían sufrido una serie de graves accidentes y necesitaban un nuevo director. Pese a que el nuevo empleo significaba sacarnos de la escuela a mi hermana Linny y a mí, mi padre se avino. Hicimos el viaje a Georgia en coche. Me pasé todo el trayecto con la cabeza entre los brazos y sin pronunciar una palabra. Tampoco comí ni salí a estirar las piernas.

En el condado había un único comercio, un Wal-Mart, como decían los lugareños. Cuarenta años atrás la autopista interestatal había olvidado al pueblo. En un abrir y cerrar de ojos me había convertido en un forastero. Los chicos negros, cuya única salida eran los deportes, me daban unas tremendas palizas al baloncesto. Intenté encontrar otra manera de levantar cabeza, y como en el fútbol no me fue mejor, acabé por dedicarme a correr, lo que nadie consideraba un verdadero deporte.

Entre los que nos habíamos refugiado en el atletismo había poca comunicación. Pero mi aislamiento tomó un giro inesperado.

Mientras corría por aquellos caminos rurales cubiertos por robles y pinos, comencé a dejar volar la imaginación. Lo hice porque de lo contrario el demonio de la desesperación se habría adueñado de mí. Al principio me inventaba escenas eróticas en las que yo aparecía con una inalcanzable chica rubia, mayor que yo, que se rendía a mis encantos. Sin embargo, gradualmente comencé a pensar en otras cosas. Nada de muslos, sostenes ni fantasías parecidas. Durante mis largas carreras solitarias el paisaje siempre me había parecido desierto. Ahora podía poblarlo. Descubrí historias en las granjas que el paso del tiempo había arruinado y en los fragantes bosques de helechos. Evoqué las siluetas de soldados de otras épocas, disparé cañones y sobreviví a la inundación que cien años atrás arruinó mis campos de algodón. Y cuando llegaba a casa escribía lo que el paisaje me había contado.

Al tiempo que llenaba los desérticos paisajes con historias ficticias, mi interior también se enriquecía. Me llevó dos meses escribir mi relato más extenso y ambicioso. Se llamaba *El amor más grande del mundo*. El argumento no es ninguna maravilla, aunque todavía podría repetirlo de memoria. Y eso es lo que hice durante el trayecto hacia Nueva Hampshire en plena tormenta de nieve. Mientras los limpiaparabrisas barrían los copos de nieve y yo me esforzaba por ver algo, aquel primer relato me volvió a la mente tan fresco como el día en que lo escribí.

Había una vez un hombre olvidado que vivía en el sótano de una iglesia. Parecía un gnomo y prácticamente no se dejaba ver. Su trabajo consistía en ocuparse de la caldera y barrer la iglesia cuando la misa había acabado. Un día sufrió un ataque al corazón. Cuando los de la ambulancia entraron en su habitación vieron que las paredes estaban cubiertas de fotografías de mujeres y una suerte de altar rudimentario donde ardían cabos de velas que se habían usado en los oficios. Se lo llevaron en una camilla, respirando aún pero a las puertas de la muerte.

Los responsables de la iglesia se enojaron, y cuando el hombre se recuperó le dijeron que estaba despedido. Se encontró de patitas en la calle y nadie volvió a pensar en él. Pero sucedió que el sacerdote más joven, cuando procedió a arrancar las ofensivas fotografías de las paredes, reparó en algo que nadie, escandalizados como estaban, había observado. Todas las fotografías eran de madres solteras, mujeres sin hogar, víctimas de maltratos y otras tragedias. A regañadientes las autoridades eclesiásticas tuvieron que admitir que su gnomo invisible era inocente. Comenzaron entonces a buscarlo con el fin de devolverle su hogar. Pero aquel hombre olvidado había desaparecido de la faz de la Tierra.

Decidí que mi cuento era lo bastante bueno como para enseñárselo a alguien, así que un día lo leí en la clase de lengua. Cuando terminé se hizo el silencio, y por un momento me sorprendió que mis compañeros estuviesen conmovidos por mis palabras. Entonces, procedente de las filas de atrás, se oyó una risita ahogada, y otro chico hizo ver que sollozaba y se sorbía los mocos, haciendo reír a las chicas.

Me invadió el terror. Acababa de ofrecerles la prueba indiscutible de que yo era un blandengue. Comparado con aquello, lo de las carreras de fondo carecía de importancia. Así que me tragué la vergüenza hasta que mi peso estuvo acorde con mi altura y pude partirles la cara a varios de ellos. «Tienes suerte de que no crean que eres maricón», me dijo el entrenador tras parar una de esas peleas. No me importaba. Había encontrado la vocación de mi vida, aunque a decir verdad tuve mis dudas cuando me trasladé al norte y descubrí lo que los buenos periodistas son capaces de hacer.

Y aquí quería llegar. En el último párrafo de mi historia había una coda. El hombre que parecía un gnomo terminaba en un descampado en el que se reunían los indigentes, demasiado débil como para hacer otra cosa que no fuese permanecer tumbado en el suelo semiinconsciente. En su imaginación creía que algunas de las mujeres de las fotos habían formado un círculo a su alrededor para protegerlo.

Cerca había cuatro yonquis junto a un bidón de petróleo, calentándose las manos en un fuego hecho con papeles de periódico y trapos empapados en queroseno. No se daban cuenta de que, a sus espaldas, el gnomo del sótano de la iglesia se moría.

Entonces, una luz cegadora los hizo caer de rodillas, llenos de espanto. Un ángel había descendido para llevarse al moribundo, o al menos eso dijeron. Sin embargo, la gente que pasaba por allí sólo recordaba haber visto el foco de un helicóptero iluminando la zona. Cuando un periodista los entrevistó, uno de los yonquis había desaparecido y sólo quedaban tres para dar testimonio de lo sucedido. Aquella historia se olvidó, y el gnomo no volvió a ser visto. Lloré cuando escribí la última frase de mi historia:

«Aquella noche, en torno a la hoguera había cuatro hombres calentándose las manos. Sólo uno de ellos sabía que era un ángel.»

La tormenta arreció a la media hora de dejar la ciudad. Tenía que concentrarme en el volante para evitar que mi coche, un Camry del 89, se saliese de la calzada. Las autopistas que llevan a Nueva Hampshire se fueron estrechando y aparecieron curvas. La anciana, que se había identificado como señora Feathering, me había dado las indicaciones adecuadas. Incluso sin la tormenta, la casa, a las afueras de Keen, hubiese sido difícil de encontrar, oculta como se hallaba tras unos arces descuidados y unos sombríos pinos. Aquellos grandes troncos, diseminados por el jardín, protegían como una pequeña fortaleza la casa, una simple caja con unos cuantos ventanucos: cuatro en la parte delantera y dos a los lados.

Dejé el coche bajo los árboles y caminé sobre la nieve que se había amontonado en el sendero y llegué a la puerta, que estaba pintada de rojo. La pintura blanca de los viejos listones de madera estaba muy deteriorada, pero el barniz escarlata de la puerta era reciente. Quienquiera que viviese allí había rechazado el discreto marrón rojizo, más frecuente en las granjas de la región, y había elegido un color tan llamativo como el rojo encendido de un pintalabios.

La señora Feathering debía de estar esperándome, porque la puerta se abrió en cuanto llamé.

—Ya estás aquí —dijo—. En realidad creí que no llegarías a venir. ¿Por qué eres tan joven?

—No lo sé —respondí.

Me pilló por sorpresa. La señora Feathering resultó ser muy menuda e incluso mayor de lo que denotaba su voz temblorosa. Aun sin haberme subido al porche le sacaba una cabeza.

—Si no sabes eso, ¿cómo vas a entender el resto?

La espalda encorvada de la señora Feathering formaba una chepa. Su rizado cabello blanco no lograba ocultar una pequeña calva. Sin embargo, sus ojos desmentían la fragilidad de su cuerpo, y no mostraban el embotamiento de la edad ni el frágil vacío de las muñecas de porcelana carentes de vida. Me observó con detenimiento y en su mirada se reflejó la frustración. No se molestó en ocultarlo.

—La tormenta está empeorando. No tengo mucho tiempo —dije—. ¿Paso?

—¿Puedo pasar? —me corrigió la anciana, pero se apartó con una leve inclinación de su encorvada espalda—. Mi humilde morada es tuya —anunció con gran cortesía.

A mi paso entró una bocanada de aire frío. La señora Feathering se estremeció y se protegió del viento helado arrebujándose en la gastada bata de ir por casa. Me encontré en un vestíbulo vacío, con una escalera enfrente y una habitación a cada lado. Era la simetría de la vieja Nueva Inglaterra: la izquierda se correspondía con la derecha, habitación con habitación, ventana con ventana. La anciana hizo un gesto para indicarme el salón, que quedaba a la izquierda, y la seguí.

—¿Vive aquí con su familia? —pregunté.

Hubiese sido demasiado brusco soltar lo que realmente me pasaba por la cabeza.

—Oh, no, vivo sola. Mi marido murió hace veinte años. Ésta era su casa, la heredó de sus padres. Antes vivíamos en la ciudad. —La anciana, siguiéndome el juego, se mostraba tan educada como yo.

Al acercarme a la puerta de la casa ya me había dado cuenta de que allí no vivía ningún hombre. Las hojas caídas sin recoger que la nieve empezaba a cubrir habrían podido ocultar una cortadora de césped. Dos de las contraventanas se aguantaban gracias a una única bisagra, y la aldaba de la puerta del garaje estaba cubierta de telarañas.

—No te preocupes, no te has metido en nada extraño —dijo la señora Feathering, percibiendo mis recelos—. De hecho, es a ti al que acabarán considerando un bicho raro... —Se echó a reír, soltando otro de sus estridentes ladridos.

Mis ojos tardaron unos segundos en acostumbrarse a la luz. Me senté en un mullido sofá cubierto con una tela de algodón de colores vivos y no en una dura reliquia victoriana. La anciana se aposentó lentamente, acomodando su frágil cuerpo cerca de mí. Pensé que querría examinarme de cerca con sus penetrantes ojos. En el otro extremo de la habitación ardía un fuego y un televisor enorme emitía las noticias de la CNN, aunque sin volumen.

—Necesito saber por qué estoy aquí —empecé.

—Para tener una vida maravillosa. O quizá debiera decir para volver a tener una vida maravillosa. Es muy sencillo. Tengo órdenes de contártelo todo.

—¿Quién le dio las órdenes? —pregunté, sintiéndome aún más inquieto ante la idea de que hubiese alguien más implicado.

—Eso no importa. Supe de ti hace años. Eso ya lo habrás comprendido, ¿no? —Cuando vio que no contestaba, la señora Feathering se impacientó—. Joven, no llegaremos a ninguna parte jugando al gato y al ratón. Encontraste el mensaje y respondiste. Le dije a Elena que eso probaba que eras tú. Así que yo tenía razón.

—¿Elena? —conseguí replicar.

—Sí, sí. Todo en su momento.

Sin avisar, la señora Feathering metió la mano en uno de sus bolsillos y sacó un apretado fajo de billetes atado con una goma. Lo puso en mi mano antes de que la pudiese retirar. Le eché un vistazo y lo dejé sobre la mesita de centro.

—Son billetes de cien dólares —me advirtió la señora Feathering, meneando la cabeza como una vieja cotorra gris.

Nadie se hace rico trabajando para un periódico gratuito de Boston. A juzgar por su grosor, el fajo de billetes representaba mucho más de lo que podía ganar en seis meses. Sin embargo, el dinero no me interesaba tanto como que la señora Feathering me explicase todo aquello.

—Quizás ha leído algún artículo mío y por eso sabe usted que soy periodista —aventuré con cautela—. ¿Es por eso por lo que me ofrece dinero? ¿Necesita que escriba algo?

—Puedes escribir todo lo que quieras, pero el dinero no es en pago de nada. Es un regalo, para que no te distraigas —respondió.

—¿Distraerme de qué? —Era sorprendente la rapidez con que la anciana saltaba de un tema sin sentido a otro.

—Del misterio —dijo con toda naturalidad—. Te habrás dado cuenta, ¿no? Nada de esto es normal. —Pronunció esta última palabra como si estuviese enseñando una nueva expresión a un niño de seis años no muy listo.

—Discúlpeme la franqueza —repuse—, pero los misterios no son mi especialidad, y usted no puede darme una vida maravillosa. No la necesito. —Me puse de pie—. Y ahora debo marcharme —añadí, levantando la voz para asegurarme de que se me entendía con claridad.

—¿Por qué? —preguntó la mujer.

—Porque no tengo nada que hacer aquí, señora Feathering. Usted sabe algunas cosas sobre mí, aunque no logro explicarme cómo las ha averiguado. Quizás haya investigado o se cree usted adivina; en cualquier caso no me importa.

La verdad es que este argumento tan razonable me pareció muy endeble. La señora Feathering me interrumpió.

—Una adivina te pediría que pusieras plata en su mano, ¿no? En cambio, soy yo quien la pone en las tuyas.

—Lo siento, pero tengo que irme.

—Pero yo confío en ti —insistió, como si eso pudiese acallar mis objeciones—. No todo el mundo tiene la oportunidad de conocer el misterio. Eres increíblemente afortunado. Con el tiempo te darás cuenta de ello, pero mientras tanto...

—Mientras tanto usted cree que me puede sobornar para que siga este extraño juego. No quiero herir sus sentimientos, pero vivir sola así, en esta casa, y a su edad... Bueno, tiene sus consecuencias.

Hablé con convicción, pero en mitad de mi discurso, cuyo objetivo era ayudarme a salir de la casa, mi voz enronqueció. Apenas podía pronunciar las palabras. Mis siguientes recuerdos son imprecisos.

—Es hora de que demuestres tu valor —dijo una voz lejana—. Despierta.

—¿Qué? —Me incorporé sintiéndome confuso y desorientado.

No sabía cómo me había vuelto a sentar en el sofá ni cuánto tiempo había permanecido inconsciente.

—Te has quedado dormido —dijo la señora Feathering—. Sólo un minuto.

Sin embargo, todo indicaba que había sido más tiempo. El televisor estaba apagado y la anciana me contemplaba desde una silla junto al fuego.

—Ahora estás listo —anunció.

—¿Lo estoy?

Pese a no tener la menor idea de a qué se refería, ya no sentía resistencia. Mi mente debería haberme enviado señales de alarma avisándome de que los paranoicos hablan a menudo como la señora Feathering y viven en un mundo de oscuros misterios que sólo ellos comprenden. Pero, de un modo extraño, me sentía más relajado y cómodo de lo que tenía derecho a estar.

—¿Listo para qué? —quise saber.

—Para una prueba. Pero no aquí —explicó—. Tenemos que salir.

La señora Feathering se levantó de golpe y me agarró de la mano. Me di cuenta de que mientras yo dormía se había puesto un grueso abrigo de astracán, como los que usan los espías en las películas de antes. Parecía un comisario ruso que se hubiese tomado una poción para disminuir de tamaño. Me arrastró fuera de la casa. Todavía nevaba, pero con menos intensidad.

—¿Adónde vamos? —pregunté.

—No te lo puedo decir. Ésa es la prueba. —La señora Feathering continuaba avanzando sin soltarme.

—Pero ¿queda lejos? Dígame eso por lo menos.

—No me hagas preguntas. Tienes que estar tranquilo. Es importante.

Decidí seguirle el juego. Vi que sobre mi coche, estacionado bajo el pino más alto, había sólo unos cinco centímetros de nieve. La visión del Camry me trajo a la mente Boston, y de pronto recordé las carreteras traicioneras y el largo camino de regreso.

—Realmente no puedo —dije—. Mi coche es una tartana. No quiero quedarme tirado por ahí en plena noche.

—No debes irte, ¡todavía no! —Su mano se cerró en torno a la mía con una fuerza sorprendente.

Podría haberme soltado. Sin embargo, esta historia, como me había dicho ella por teléfono, parecía que quería cumplirse, así que me dejé llevar por un sendero abierto entre los arbustos. En el bosque de detrás de la casa la luz grisácea se oscurecía.

—¿No esperará que entre ahí? —pregunté.

Hubo un fogonazo repentino y tuve que cubrirme los ojos. La señora Feathering había sacado una linterna de las profundidades de su abrigo.

—Puedo acompañarte un trozo. Luego debes seguir solo —dijo.

—Pero ¿qué dice? Sea razonable.

Sin contestarme, la señora Feathering me soltó la mano y desapareció en el bosque, formando un sendero de luz. Unas chispas heladas de nieve bailaron en el haz luminoso de la linterna.

—¡No pienso entrar ahí! —le grité.

—Ya has llegado hasta aquí —me dijo, volviéndose hacia mí.

—Está muy oscuro, y es peligroso estar fuera con esta tormenta.

Esto último no era verdad, aunque la nieve que caía se iba acumulando en los hombros del abrigo de la señora Feathering. Se dio la vuelta y miró fijamente los abetos y los pinos jóvenes.

—Perdido —masculló, confundida y súbitamente exhausta. Me abrí paso por los altos montones de nieve y la agarré del brazo.

—Permítame que la acompañe a casa —le dije con suavidad.

—Pero tienes que intentarlo, tienes que verlo —murmuró la señora Feathering, expresando una última protesta.

La conduje hasta la casa y casi tuve que levantarla en vilo para que cruzase el umbral y llegase a la sala de estar. Se hundió en los mullidos cojines del sofá. El fuego se había apagado y sólo quedaban unas brasas cuya luz mortecina daba a la habitación un aspecto fantasmagórico. Parecía como si nos encontráramos en el Bosque Negro, con sus búhos y sus sombras horripilantes. La señora Feathering, embutida en su abrigo negro, del que caían gotas de nieve derretida, podría haber sido un monstruo del bosque.

—¿Está segura de que se encuentra bien? —pregunté.

—Sabía que eras un inútil —susurró—. No debería haberte dicho nada.

La señora Feathering cerró los ojos y se recostó, dispuesta a hibernar. Por un momento su voz recobró la fuerza:

—En otra época podría haber hecho que olvidases todo lo que has oído aquí. Ahora sólo puedo dormirte. En otra época...

Para cuando me adentré en la noche, ella ya estaba dormida.

Caí rendido en la cama, tan cansado que apenas me pude quitar los zapatos. El camino de vuelta había sido terrible: los neumáticos desgastados del Camry patinaban en las curvas, ninguna de las carreteras secundarias estaba iluminada y los equipos encargados de quitar la nieve no trabajaban por la noche. Pero el agotamiento no siempre trae consigo el olvido. En medio del sueño profundo me desperté con un sobresalto. Al principio creí que había sido a causa del ruido de la calle, pero el dormitorio estaba en silencio, salvo por un débil rumor. Pese a la densa oscuridad, me di cuenta de que en la habitación había alguien más.

La mujer se hallaba en un rincón, junto a la puerta. Llevaba puesto un grueso abrigo, como para protegerse de la tormenta. Estaba demasiado oscuro para que pudiese distinguir los colores de la prenda. Entreví la forma de su cuerpo, alto y esbelto, y que una larga cabellera negra enmarcaba su pálida cara.

—¿Me ves? —me preguntó, acercándose.

No me moví. La reacción de mi cuerpo ante la intrusa no había sido de alarma: sabía que se trataba de un sueño. Si lo hubiese intentado habría podido sentir mis párpados cerrados y escuchar mi lenta respiración. La mujer se acercó más y su abrigo oscuro rozó mis sábanas. Aunque estaba cubierto con mantas sentía la piel fría. Estas sensaciones no significaban nada. En los sueños vivimos sentimientos, y de repente me embargó una emoción intensa. Gratitud. Estaba agradecido por haber sido encontrado.

El corazón me palpitaba, desbocado. Abrí la boca para decir: «Dime tu nombre», pero no pude articular palabra.

La siguiente cosa que recuerdo es que era de día y que contemplaba el techo con los ojos entornados. El reflejo de la nieve iluminaba toda la habitación. Tardé unos momentos en recordar a la mujer, y aunque cuando apareció no me había asustado, mi primer impulso ahora fue el de saltar de la cama y comprobar todas las cerraduras para asegurarme de que no había entrado nadie en casa. Ya no sentía gratitud. Salí pesadamente de la cama. Cuando subí las persianas vi la ciudad cubierta de blanco. Sobre los voladizos de los edificios del South End descansaban blandos montones de nieve, y por la avenida Massachusetts el tráfico se deslizaba lentamente, con un murmullo amortiguado.

Todo lo que te he contado me vino a la mente como un ovillo enmarañado que, por alguna razón, no quería desenredar. Lo único que me preocupaba en aquel momento era encontrar las llaves del coche, que tenían que estar en algún lugar entre la puerta de la calle y el dormitorio. Recogí el anorak del suelo y busqué en los bolsillos. Encontré algo que no era precisamente un juego de llaves: un fajo de billetes de cien.

Al parecer, la señora Feathering no se rendía. Se las había apañado para deslizar el dinero en mi bolsillo mientras yo dormía en el cálido refugio de su salón. Contemplé el fajo y pasé el pulgar por el crujiente borde de aquellos billetes nuevos. Y ahora, ¿qué? Si quería enfrentarme a ella, ya tenía un pretexto. No es que necesitara más enfrentamientos, pero un hecho evidente se abrió paso en mi mente confusa. No le había preguntado por el anuncio. Que el único motivo que me había llevado hasta allí se me hubiese pasado por alto constituía un descuido imperdonable. Era evidente que la intención de la señora Feathering había sido atraerme a mí y a nadie más.

Pero ¿por qué había tejido esa red tan sutil y sin sentido? A no ser que todo fuese el decorado de un sueño. ¿Era eso posible?

Mis especulaciones se vieron interrumpidas por el timbre del teléfono. Descolgué y oí la voz de mi hermana Linny, que se dirigió a mí sin tan siquiera saludar.

—¿Sabes cómo se fríe un pavo?

—No, pero suena a peligroso —dije, recordando que sólo faltaban tres días para Acción de Gracias. Mi hermana vive en la costa con su marido y sus dos hijos. Su religión es la familia.

—Creo que suena a explosivo —replicó Linny—. Pero Josh se ha empeñado en hacerlo y ha metido en una cazuela enorme que ha sacado del garaje suficiente aceite de oliva para botar un barco. Le he enviado a comprar un extintor. ¡Por el amor de Dios, tenemos niños y queremos que lleguen a adultos!

Mi hermana mayor y yo seguíamos manteniendo una estrecha relación. Ambos habíamos ido a la universidad y nos habíamos instalado en el norte. Ella mantenía unidas nuestras vidas con el lazo de las llamadas telefónicas que me hacía cada semana, un ritual del que yo solía disfrutar. Pero la verdad es que ahora no la estaba escuchando. Mis ojos permanecían fijos en el fajo de billetes que descansaba sobre la cómoda.

Sería más fácil resistir la tentación si se lo contaba a alguien.

—Ayer vi una cosa muy rara en el periódico: dos amantes que se citaban en secreto —le dije cuando hizo una pausa para respirar.

—¿En el *Globe*?

—Sí. —Oía ruido de cacharros de fondo. Imaginé trajinando a Linny por su gran cocina, con su encimera de granito nueva y sus electrodomésticos de acero inoxidable.

—No debía de ser muy secreto si lo anunciaban en el periódico —repuso Linny—. Espera un momento.

El teléfono quedó en silencio. Me acerqué a la cómoda y toqué los billetes.

—Lo siento —se disculpó Linny—. El pequeño Josh estaba gritando por su pelota de fútbol. Ya verás cuando tengas hijos. ¡Ah, por cierto! Cuando vengas el día de Acción de Gracias, ¿puedes traer una botella de vino tinto? Y hay sitio para una muchacha interesante, si es que aún no las has espantado a todas... ¿Alguna candidata a la vista?

Me pareció extraño que se olvidase por completo de lo que habíamos estado hablando. Le dije que llevaría el vino, pero probablemente no a la chica. Linny pareció quedarse satisfecha y colgó. Me vestí deprisa y me dirigí a la estafeta de correos, donde iba a meter el fajo de billetes de la señora Feathering en un sobre acolchado para enviárselo y luego marcharme de allí. Pero primero me detuve a tomar café y después le compré un falafel a un vendedor ambulante sirio. Un poco después no me sorprendió encontrarme en el coche poniendo la primera.

Como ya conocía el camino, llegué a la pequeña casa con muralla de árboles mucho antes que la primera vez. Bajé del coche y me dirigí a la puerta. Llamé tres veces, una de ellas más fuerte que las otras. No hubo respuesta.

—¡Oh, vamos! —exclamé.

Conté hasta diez y lo intenté de nuevo. Debajo del porche hacía mucho más frío que al sol. Di unas patadas en el suelo con las botas y me volví, pero en lugar de regresar al coche rodeé la casa. Vi las huellas borrosas que la señora Feathering y yo habíamos dejado la noche anterior. Conducían a una senda que se abría entre los setos y terminaba en el límite del bosque.

Seguí ese camino y me interné en la espesura. Gracias a que el sol de la tarde brillaba aún con fuerza, pude orientarme, y al cabo de cinco minutos llegué a un claro.

Supe instintivamente que era allí a donde la señora Feathering había querido llevarme. Al llegar la primavera aquel calvero se convertiría en un pequeño prado lleno de junquillos silvestres. O quizás en una húmeda ciénaga, con plantas acuáticas y minúsculas orquídeas silvestres. Sin embargo, en aquel momento era sólo una blanca explanada en la que algún conejo había dejado sus huellas. Reparé en un curioso montículo en medio del claro. Caminé hasta él y le di una patada. Bajo la blanda capa de nieve apareció otra de hojas muertas. Di otra patada. Allí asomaba algo que parecía una rama.

Era un brazo. Hubiese resultado inquietante de no ser porque estaba graciosamente doblado y era de mármol.

—¿Quién eres? —murmuré.

Me arrodillé y retiré la nieve y las hojas que lo cubrían. Apareció un hombro y luego un torso desnudo. Era la estatua de un joven. La cabeza estaba más hundida en el lodo pegajoso que el resto del cuerpo. Solté un gruñido al intentar levantar la estatua para verla mejor.

—Debes de pensar que cualquiera podía encontrarla, ¿no es cierto? Después de todo no ha sido tan difícil.

La voz que oí a mis espaldas era de mujer, pero no pertenecía a la señora Feathering. Seguí tirando de la estatua sin volverme.

—No, no ha sido tan difícil. Y creo que he llegado al fondo de nuestro misterio.

La estatua era de tamaño natural, demasiado pesada para mí. Lo dejé correr de momento y me di la vuelta. Frente a mí, en el límite del claro, había una mujer joven. Era alta y esbelta, y llevaba un largo abrigo negro que arrastraba por la nieve.

—¿Por qué me miras de esa manera? —preguntó.

«Porque anoche estuviste en mi habitación.» No podía decir algo semejante. Pero volví a sentir aquellas palpitaciones en el pecho. Me esforcé por no perder el control.

—¿La anciana es tu abuela? Por lo visto quería que le encontrase esto.

La mujer se echó el largo cabello negro hacia atrás. No cabía duda de que había soñado con ella. Para evitar hablar más de la cuenta, me arrodillé e intenté mover la estatua. Estaba totalmente enterrada en aquel lodo medio helado.

—Si era esto lo que la señora Feathering estaba buscando, ya puede dejar de preocuparse —añadí.

Miré de nuevo a la mujer y noté que le faltaba el aliento. El rubor de sus mejillas se hizo más intenso. Sin duda me había estado espiando desde el piso superior de la casa y había venido a la carrera.

—¿Quieres que te ayude? —preguntó.

Antes de que pudiese contestarle que no hacía falta, atravesó el claro con grandes zancadas de sus largas piernas y se agachó en la nieve frente a mí.

—Empuja cuando te lo diga —me indicó.

Hizo una señal y empujamos la estatua con todas nuestras fuerzas. Al principio nuestros esfuerzos no parecieron dar resultado, pero de repente oímos un sonido como de ventosa, señal de que el lodo había liberado al muchacho de mármol.

—Suelta —dije.

Con un movimiento de vaivén llevé la estatua a un terreno más firme, tras lo cual fue relativamente fácil ponerla en pie.

—Preciosa —musitó la mujer, dando un paso atrás para contemplarla.

—Me pregunto cómo pudo quedar enterrada de ese modo —observé, mientras me limpiaba las manos con nieve—. Es demasiado pesada para que el viento la tumbe. Quizás el terreno se hundió a causa de las lluvias.

La mujer soltó una carcajada. O se impresionaba fácilmente o yo estaba haciendo el ridículo. No perdí el tiempo averiguando lo que la señora Feathering había dicho de mí.

—Tú debes de ser Elena —aventuré.

Sus labios esbozaron una tenue sonrisa de asentimiento.

—Estoy un poco sorprendida de que la hayas encontrado —manifestó.

Y parecía estarlo de verdad. Hubo una pausa embarazosa durante la cual nos estudiamos mutuamente. Recordé la razón por la que había venido.

—Toma —dije, sacando el fajo de billetes de mi anorak—. Me dio esto a modo de anticipo, supongo. Dile que no puedo aceptarlo, ¿vale?

Elena no hizo gesto alguno para alcanzar el dinero. Toda su atención estaba puesta en la estatua. Pese a que no se sostenía con firmeza y a la suciedad que la cubría, la figura tenía presencia.

—Amor —murmuró con un tono soñador.

—¿Qué quieres decir? —pregunté.

—Es latín. En griego lo llaman Eros. Pero también vale cualquier otro nombre.

Le sonreí. Pese a lo perplejo que me sentía por haberme topado con una mujer que había visto en sueños, me encontraba bastante sereno. Es más, me sentía a gusto.

—Amor —repetí, saboreando la mística de aquellas sílabas, siglos después de haber sido pronunciadas por primera vez. Con un gran pedazo de nieve helada intenté limpiar una parte del mármol, pero el barro estaba muy adherido. No había manera de saber cuánto tiempo llevaba hundido en la tierra.

—Tendrás que llamar a un profesional —manifesté, rindiéndome. Me había pelado las manos y tenía sangre en los nudillos. Hasta ese momento no me había dado cuenta de lo mucho que me dolían. De pronto Elena comenzó a reírse de nuevo, y esta vez supe que el motivo de sus risas era yo.

—Lo siento —dijo Elena—, pero es que tienes explicaciones para todo, y suenan tan ridículas...

—¿Tu abuela no quería que le encontrase la estatua? —pregunté, manteniendo un tono calmado. Me había concentrado en la tarea de sacar al muchacho de mármol del lodo porque temía que Elena suscitara una profunda emoción en mí, tal como había hecho durante el sueño. Ahora, simplemente estaba enfadado.

—Dolly no es mi abuela —dijo, todavía divertida—. Mientras yacías desnudo sobre la cama, te hablé desde un lugar que no puedes imaginar, y actúas como si todo fuese normal. ¿Tú no te reirías?

—¿Sabías que estuviste en mi habitación? —farfullé.

—Intenta entender esto: Dolly no perdió esta estatua. Es sólo un símbolo. De ti. Tú eres el que está enterrado y necesita ser sacado a la superficie.

—No —protesté—. Me estáis tomando el pelo entre las dos.

—No, no es cierto. —Elena me miraba atentamente, ahora sin pizca de humor.

—Pruébalo.

—Podría hacerlo. —Elena no dejó de mirarme con intensidad—. Por favor, escúchame. Viniste, y contra todo pronóstico, lo lograste. Esta estatua es el amor, y el amor es de donde provienes. Todo lo que ves aquí eres tú y sólo tú.

Sus palabras desafiaban al sentido común, pero había una parte de mí a la que eso no le importaba, aquella parte que se había embarcado en una misión secreta, tan secreta que ni siquiera yo la conocía. Esa parte quería que yo permaneciese allí y que escuchase y captase todo lo que la mujer decía. Pero el resto de mi mente no cooperaba. Sentí que la lengua se me trababa.

—No tenéis ningún derecho a hacerme esto. —Pronuncié cada palabra de forma pausada, pero un remolino de confusión en forma de niebla se estaba apoderando de mí.

—Estás empezando a sentirte mal. —Elena me sostuvo la cara con las manos. Parecían húmedas y pegajosas a causa de mi propio sudor—. Tienes que resistir.

—No —dije, pero no porque no quisiera. Resistir era imposible. Alguien me había liberado demasiado pronto. En algún oscuro rincón de mi mente, una felicidad intensa y expansiva anhelaba aflorar, pero no lograba superar aquel estado de confusión. Elena seguía observándome. Ignoro qué tipo de reacción pensaba que iban a provocar sus palabras. ¿Por qué motivo ella conspiraría con una anciana para sacarme de quicio?

—Esa estatua no soy yo. Yo soy yo —balbuceé.

Cuando uno dice cosas así es que algo grave está a punto de sucederle. Traté de agarrarme a la niebla, rogando para mis adentros que el retumbo que se acercaba no fuese un tren.

—Lo siento —me dijo Elena al oído—. Ha llegado la hora de saltar.

Di un paso atrás. El calor me abrasaba, y me desabroché el anorak para sentir algo de aire frío. La niebla gris se volvía cada vez más brillante, cegándome y haciéndome tropezar en la nieve. Entonces lo oí. Un chalado bailaba una danza enloquecida, pateando el suelo y lanzándome nieve helada a la cara. Sus brazos se movían como las aspas de un molino, y le oía gritar tan cerca y tan alto que podría haber sido yo mismo.

—¡Juiiii!

El tipo comenzó a hacer cabriolas. Su éxtasis enloquecido era irresistible, como las náuseas o una punzada de dolor, sólo que me estaba arrastrando al lado contrario del dolor o la enfermedad.

«¿Quieres que yo sea esto? ¿Es eso lo que quieres?»

Me uní a aquel loco arrebato y, en aquel mismo instante, el tipo se metió dentro de mí de un salto o se convirtió en mí, no sé qué hizo exactamente.

—¡Juiiii! ¡Juiiii! —Mi garganta lanzó aquel grito ridículo y mi cabeza se llenó de una lluvia de chispas doradas. Algo me había estrujado tanto que mis células estallaron con euforia, como un cálido melocotón maduro. Entonces las chispas doradas se fueron desvaneciendo como un velo que se retira, y pude ver dónde me encontraba.

El claro estaba verde y lleno de vida. Una suave brisa acariciaba mis mejillas. Alargué la mano para tocar una rama y en vez de una corteza áspera, dormida para el invierno, sentí la flexibilidad y la juventud de la primavera. Mis dedos rozaron una flor y, al recorrer el paisaje con la mirada, vi que los árboles se habían cubierto de nuevos brotes.

Intenté vislumbrar a Elena, pero había desaparecido.

Entonces, de repente, la experiencia cambió. Mi mente me decía que estaba al borde del precipicio y que, si iba allí, sólo podría regresar corriendo un gran riesgo. Intenté agarrarme a algo; los pulmones me pesaban, me ahogaba. Con una rapidez sobrenatural, me precipité del júbilo al terror. El pánico me dio a conocer una cruda verdad: jamás volvería a dominar la situación.

—Jess, despierta. Todo va bien.

La voz, confusa y distante al principio, resultó ser la de Elena. Respiré hondo. Mi codo hizo un movimiento espasmódico y golpeó algo duro. Poco a poco volví en mí y fui captando la nueva situación: no me hallaba en el claro, ni al aire libre. Estaba tumbado en el suelo de una pequeña y acogedora cocina. Mi anorak y mi camisa estaban desabrochados (gracias a Dios no mis pantalones, cosa que comprobé rápidamente). No me había estallado la cabeza. De hecho, salvo por un ligero mareo, me sentía bien y despejado, lo suficiente como para oír las risitas de Elena y Dolly. Se estaban riendo de mí.

—Te lo dije —comentaba Dolly—. No logró pasar: sólo ha rebotado.

Observé que ambas mujeres estaban sentadas en unas sillas rústicas en torno a una vieja mesa y que, con una despreocupación que encontré absurdamente humillante, tomaban té con menta. Intenté incorporarme, aunque mis brazos y piernas todavía estaban débiles.

—¿Cómo me trajisteis hasta aquí? —farfullé.

Mi pregunta provocó más risitas.

—¡Basta ya! —dije irritado. Ya había conseguido levantarme y me sacudí la nieve y las hojas muertas de mi anorak. Me acerqué como pude a una de las dos sillas libres.

—No te ofendas —dijo Elena—. Nos alegramos por ti.

—Estoy entusiasmado —gruñí.

Dolly, que llevaba puesto un antiguo vestido de algodón, levantó la tetera. Negué con la cabeza.

—Ginebra —pedí con voz ronca—. Si es que hay.

—Enseguida. —La anciana se subió a un taburete y rebuscó en las estanterías de un armario con puertas acristaladas. Aunque estaban al alcance de mi mano, la dejé hacer. Elena comenzó a hablar, pero la interrumpí.

—No me digas lo afortunado que soy —advertí.

Dolly recuperó una botella sin etiqueta de la estantería más alta. En el fondo quedaba un dedo de un líquido claro.

—Vamos —me apremió, mientras yo miraba con desconfianza aquel líquido—. Es bueno.

Saqué el tapón y me llevé la botella a la boca sin oler siquiera. Si antes no había hecho caso del sentido común, ¿qué me podía ocurrir a esas alturas? El líquido, que ni remotamente sabía a ginebra, se deslizó ardiente por mi garganta. El alcohol se me subió a la cabeza al instante y por un segundo pensé que volvería a marear-me o que acabaría vomitando. Pero esas sensaciones pa-saron pronto y me sentí mejor. Todo estaba de nuevo en su sitio. La anarquía había terminado.

—¿Así que debería sentirme afortunado? —pre-gunté.

Ambas mujeres sonreían ligeramente. Todo era muy extraño, pero el hecho de que no me aclarasen cómo me habían traído a la casa ni respondiesen a ninguna otra pregunta, hizo que me sintiese exhausto.

—Podría haber sido mucho peor —explicó Elena—. Podrías haber vagado por el bosque durante días. Po-drías haber creído que los hongos eran fresas y que los troncos de los árboles eran monstruos. Habría sido más inteligente dejarte guiar por Dolly cuando se ofreció a hacerlo.

—Así que podía haber sido peor, pero no he pasado la prueba. ¿Es eso lo que estáis diciendo? —solté—. Logré asomarme al umbral y entonces me desmayé. ¿Adónde se supone que debía ir? Decídmelo.

—A ningún sitio en particular —contestó Dolly—. Hay miles de puertas. Sólo tienes que reparar en ellas, y cuando cruzas una, encuentras más imágenes y más puertas.

Señalé con la mano toda la habitación.

—¿Es esto sólo una imagen? —Las dos mujeres asintieron—. Es decir, ¿que sois producto de mi imagi-nación?

—No —dijo Elena—. Las imágenes no son falsas, no son mentiras. Son la manera en que has elegido ver el mundo. Ahora estás eligiendo esta habitación.

—¿Y qué hay de lo de allí fuera? —Señalé hacia el bosque—. ¡No me digas que yo cambié todo eso!

—¿Por qué no? ¿Afirmarías que en los sueños sólo se pueden ver ratones pero no elefantes? ¿Suceden todos tus sueños en el interior de una casa y nunca al aire libre?

—Eso es diferente.

—Por lo general —convino Elena—. Así que necesitabas que te diésemos un pequeño empujón.

Ese comentario debió de ser otro empujón, porque por un instante sentí cómo la euforia contenida pugnaba por liberarse de nuevo. Pero la sensación se desvaneció en un abrir y cerrar de ojos.

—¿Qué es lo que hace que parezca tan real? —pregunté.

—Es que fue real. Por un momento penetraste en el mundo sutil —dijo Elena.

—No te condujimos a una ilusión. Los sitios de donde vienes, las cosas y las personas en las que has confiado durante toda tu vida... ésas son las ilusiones, oh, sí —intervino Dolly.

Sentí que la cara se me acaloraba por efecto del misterioso licor.

—¿Tengo que estar de acuerdo con todo esto? ¿Forma parte del encantamiento? —seguí preguntando.

Las dos mujeres intercambiaron una mirada.

—¿Qué quieres decir? —preguntó Elena.

—No lo sé. Ni siquiera sé si se me permite decir algo —respondí—. Sois como un par de brujas lanzando rayos por encima de mi cabeza. —Dolly levantó las manos para protestar, pero la interrumpí—. Tal vez podáis volverme la mente del revés —seguí—, pero eso no significa que esta casa sea el mundo real. ¡Ni por asomo! He irrumpido en vuestra extraña vida privada; alguien me dijo que lo haría. De hecho, fue una de mis amigas irreales, como vosotras la llamaríais. —Solté una áspera carcajada, sin preocuparme de ser educado. Esas mujeres se habían metido en mi cerebro y habían quemado algunos circuitos por mi propio bien, pero eso no quería decir que la idea me gustase. Me puse de pie con dificultad.

—Conocéis bien vuestro oficio, eso os lo concedo

—declaré, levantando la voz—. Averiguasteis cosas de mi pasado, entrasteis en mis sueños como diablillos maliciosos. Es lo mismo que robar, pero esa parte habéis preferido no mencionarla. —Me detuve antes de que la ira me dominase. La cocina estaba empezando a ahogarme, y me esforcé por no salir corriendo de aquella estancia. Cuando Dolly se dio cuenta, le lanzó una mirada a Elena, no sé si de angustia o de confusión.

—Por favor, quédate. No queremos que te sientas así —dijo Elena, compungida.

—¿Para qué iba a quedarme? ¿Para seguir siendo vuestro conejillo de Indias?

—Los conejillos de Indias son criaturas bastante atractivas —observó Dolly con aire pensativo.

Me volví hacia ella.

—¿Qué? —grité.

—No creo que sea la manera más adecuada de enfocar el tema —le advirtió Elena.

—¡Callaos las dos!

Bajé la mirada y vi que mi puño todavía agarraba la botella de ginebra por el cuello. Los blancos nudillos parecían pertenecer a otra persona. Volví a sentirme mareado.

—Debe de estar conmocionado —opinó Dolly en voz baja.

—¿Por qué no os calláis de una vez? —chillé. No sabía de dónde procedía esa rabia, pero no le importaba quien estuviese delante, incluyéndome a mí.

Me quedé rígido, preparándome para su próxima jugada, que resultó ser bastante inesperada. No me lanzaron encima una telaraña encantada ni me inmovilizaron con ortigas mágicas. Todo lo que hicieron aquellas mujeres fue levantarse y salir de la habitación. Al pasar junto a mí, Elena me quitó la botella de la mano, que solté de buen grado. La levantó lentamente y con un rápido movimiento la estrelló contra el suelo de piedra.

Los pedazos salieron volando en todas direcciones, pero antes de que cayeran al suelo saltó sobre los trozos grandes, pisoteándolos y reduciéndolos a añicos.

—¿Bien? —preguntó cuando hubo acabado.

—Sí —solté sin mucha convicción.

—Una vez que hayas acabado aquí, tienes todavía mucha porcelana en la otra habitación. —Elena me miraba directamente a los ojos.

No lo hice, y no es que me faltaran ganas. Las dos salieron y me quedé solo en la cocina. La débil luz de aquel crepúsculo de noviembre teñía las paredes de un color anaranjado.

«Maldita sea», pensé. No sabía si llorar o gritar. Las sobredosis de encantamiento suelen producir ese efecto.

Me abroché la camisa con torpeza y salí afuera. El crujido de la nieve helada bajo mis botas me tranquilizó. Escarbé un poco y con un puñado de nieve limpia me lavé la cara. Miré a mi alrededor. Había huellas que iban y volvían del seto, y no eran de una sola persona, eso era evidente.

Me di la vuelta y observé la casa. Las pequeñas ventanas parecían encoger en la oscuridad. Dos días antes yo sabía quién era, pero había olvidado dos cosas, y ahora eran las únicas cosas verdaderamente importantes: siempre había estado solo, y siempre había confiado, contra todo pronóstico, en que mi soledad no sería para siempre.

El aire helado me despejó la mente, y comprendí que aquellas dos mujeres no eran responsables de cómo me sentía. Ellas no estaban jugando conmigo. Era otra cosa quien lo estaba haciendo.

Me metí las manos en los bolsillos y, cuando toqué el fajo de billetes de cien dólares, no pude contenerme y solté una carcajada. No iban a dejar que me fuera. ¿A quién quería engañar? Mi única esperanza era que los diablillos que habían irrumpido en mi mente no fuesen malvados después de todo. Saqué el dinero y, con un amplio movimiento de mi brazo, lo lancé hacia el bosque. Lo seguí con la mirada hasta que se perdió entre los pinos. Hacer aquello me sentó bien y me reí de nuevo, rogando para mis adentros que mi recuperado valor durase lo suficiente para recorrer los tres metros que me separaban de la casa. Porque ahora se había convertido en la casa de mis anhelos.

Cuando entré en la casa, la cocina estaba vacía y sumida en la oscuridad. Percibí un olor apetitoso de comida calentándose. Pero ni el fuego estaba encendido ni había nadie cocinando. Me acerqué a la tosca mesa. Había cubiertos para una persona y una bandeja con medio pollo asado, coles de Bruselas y patatas con salsa. La comida era para mí, aunque era imposible que Elena o Dolly la hubiesen preparado en el breve lapso de tiempo que yo había estado ausente. No me importaba. Lo único que sabía es que a causa de la tensión y el esfuerzo, así como del alcohol, tenía un hambre voraz.

—Adelante. No me esperes.

Me volví y vi a Elena recostada contra el marco de la puerta. En la oscuridad sólo pude distinguir una esbelta silueta. Los últimos rayos de sol iluminaban las copas de los lóbregos pinos.

—Yo no tengo apetito. Miraré cómo comes tú —añadió, acercándose.

—¿De dónde ha salido esta cena? —pregunté.

—Es comida recalentada. ¿Cómo pensabas que lo había hecho? —Entonces comprendió el sentido de mis palabras y sonrió—. Tu cerebro sigue buscando un espectáculo de magia.

—Ni más ni menos —respondí con una sonrisa. Me senté a horcajadas en una de las sillas—. Me llevará un tiempo acostumbrarme. —Ambos parecíamos dar por hecho que me quedaría. Pregunté por Dolly.

—La llevé a la cama —repuso Elena—. Han sido demasiadas emociones para un solo día.

Se sentó frente a mí, de espaldas a la ventana. Todavía no era de noche, y se convirtió en una sombra contra el cielo azul zafiro. Me observó mientras partía el pollo por la mitad y me lo comía con los dedos.

—¿Qué está sucediendo? Dímelo con palabras sencillas, como para que pueda entenderlo hasta un tonto.

Elena esbozó una débil sonrisa.

—¿Por qué crees que viniste aquí? —inquirió.

—Ya lo sabes. Las palabras tentadoras de un anuncio en el periódico.

—Pero la palabra principal era «amor». ¿Qué significa para ti?

Se me encogió el corazón y ella se dio cuenta.

—Mi intención no es fisgonear. El amor hace posible el mundo. Es la esencia de lo que «es».

Recalcó esta última palabra. No la entendí, pero no quise preguntarle nada todavía.

—Hay muchas cosas que existen sin amor —aseveré.

—¿De verdad crees eso?

—No sólo lo creo —dije—. El mal y el odio existen, y existen todas las cosas que nacen de ellos: la guerra, el crimen, la pobreza... —Me detuve. Elena me escuchaba como si lo que le decía fuese algo nuevo—. ¿De qué te sorprendes? —le pregunté.

—No estoy sorprendida. Estoy intentando ver algo en ti.

Esperé a que se explicase.

—Todo lo que dices tiene que proceder de algún nivel de tu mente. Por lo tanto, ¿de dónde viene el mal? ¿De dónde viene el odio?

—No solamente provienen de mi mente. Existen —respondí.

—No —replicó Elena—. No son parte de lo que «es». Podría mostrarte un nivel de tu mente en el que el mal no tiene lugar. Ese nivel crea su propio mundo. Si entrases en ese mundo, todo lo que no es amor desaparecería.

Olvidé que estaba hablando con una persona a la que había llamado bruja hacía sólo dos minutos.

—No puedes ser tan ingenua —protesté—. Aunque yo quisiera que el mal desapareciese de mi mente, no dejaría de existir. Yo seguiré en este mundo, y todo lo negativo estará esperando a la vuelta de la esquina.

No soy abogado, pero pensé que aquélla era una defensa perfecta. No, mejor que una defensa. Aquello que «es» estaba de mi parte. Empleando sus propias palabras, si la existencia del mal no pertenece a lo que «es», nada le pertenece.

En lugar de contestarme, Elena tomó, aparentemente, una decisión. Con un gesto rápido puso su mano sobre mi muñeca y la dejó allí. Al principio creí que quería consolarme o expresarme su comprensión.

Sin embargo, la intención de su gesto no era ésa.

—Te voy a dejar entrar en la cocina —anunció Elena suavemente.

—Ya estamos en la cocina.

—Pero no sabes cómo trabajan los cocineros —respondió—. Cierra los ojos y sigue mi voz. ¿Listo?

De repente me di cuenta de que, a pesar de sus titubeos, Elena había planeado llegar a este punto todo el tiempo.

—Listo —contesté.

—Voy a enseñarte algo que yo también tuve que aprender —comenzó Elena.

—¿Quién te lo enseñó? —quise saber.

—Ahora no preguntes nada, limítate a escuchar. Vamos a hacer un viaje. —Elena bajó el tono de voz e inició la descripción de una escena—. Quiero que imagines que eres otra persona, alguien muy alejado de tu vida actual. Nos hallamos en un pasado remoto y tú eres una joven campesina que trabaja en el campo. El trabajo es duro, pero te sientes feliz y segura. No has salido del pueblo en toda tu vida. Para ti, el centro de tu existencia es la vieja iglesia, el mercado y todas esas casas que parecen estar ahí desde siempre. Ni siquiera imaginas que este pueblo tuvo que ser construido: ha estado aquí desde el principio de los tiempos. ¿Te vas situando?

Asentí, sosegado por el suave toque de su mano en mi muñeca. Elena continuó:

—Estás en el campo, sembrando. El sol te calienta la espalda y empiezas a tararear una canción que tu madre te enseñó, una canción que a su vez le enseñaron a ella cuando tenía tu edad. ¿Sigues teniendo esas imágenes en la mente?

Asentí.

—No estés tenso —dijo Elena—. Tú no tienes que hacer nada. Déjalo todo en mis manos.

—Está bien.

Me apretó con fuerza la muñeca y al instante aquella imagen se tornó mucho más clara. Vi, como si de una fotografía se tratase, que la campesina era muy joven y que tenía la piel morena y los ojos oscuros. Dejé pasar la visión.

—Sigue adelante y no digas nada —me advirtió Elena—. Siente lo que siente esa joven. Su forma de vida parece eterna. Ha habido y habrá siempre verdes prados y colinas a lo lejos, huertos y viñedos. Dios le concedió ese hogar a los suyos en el pasado más remoto que ella pueda imaginar. No se plantea si Dios existe o no. Simplemente acepta, recibe lo que se le da. ¿Puedes llegar a ese lugar de su interior?

Hice una pausa, esperando a que toda una vida de dudas religiosas formulase una protesta, pero no sentí resistencia alguna a lo que Elena me iba diciendo.

—Estás preparado para ser ella. Ahora tu corazón no alberga ninguna duda —continuó Elena—. Eres tú quien se arrodilla a rezar cada noche. Estás contemplando el rostro de la Santísima Virgen. Dime qué quieres que sepa.

Permanecí callado unos instantes.

—Estás conmigo, Madre. Nadie te comprende como yo.

Me habría sorprendido mucho oírme decir estas palabras de no ser porque la muchacha campesina así lo deseó, y como era lo que ella quiso expresar, lo hice yo también. Elena no me dio tiempo para analizarlo.

—Estás incómodo porque te estás acercando demasiado a ella, ya lo sé —manifestó Elena—, pero tienes que dejar que se funda en ti. No te sucederá nada malo.

Sentí una oleada de ansiedad, porque la muchacha se había convertido en algo más que una simple imagen mental. Sus emociones se infiltraban en mí como agua que se escurre por una rendija oculta.

—Esta muchacha es sólo un símbolo —dijo Elena con voz queda—. Detrás de la imagen hay un impulso que procede directamente de tu alma.

Tomé una respiración profunda y súbita. No me había dado cuenta de que había estado conteniendo el aliento ni de que lo que estaba pasando era tan intenso.

—Ahora vamos a dar el último paso —anunció Elena—. Ya.

No pronunció más que esta única sílaba, pero percibí un cambio. La muchacha que se había ido infiltrando en mi ser estaba ahora completamente fundida conmigo. Y de repente supe por qué.

—Hay un don para ti. Siente su inocencia —dijo Elena con suavidad—. ¿Lo quieres?

Antes de que pudiese contestar, el don me fue concedido a través de un único hálito íntimo que me infundió la muchacha y que mi cuerpo aceptó. Sentí que mis brazos se volvían delgados y suaves, y que me dolían los nacientes pechos. La voz de Elena siguió guiándome.

—La inocencia es sólo un aspecto de tu alma. Pero

es el más precioso, porque la inocencia te permite recibir todo lo demás. Sin inocencia no puedes sentirte totalmente amado. Esta muchacha está segura de que es amada, por Dios y por todo lo que Dios ha creado a su alrededor. Cuando estés listo, explícame qué se siente al ser amado de esa manera. Deja que ella hable.

Pero no pude hacerlo: la estaba perdiendo. El campo soleado se había desvanecido y ya no veía nada salvo mi mente en blanco. Elena me ayudó con un gesto peculiar: me dio unos ligeros golpes en la cabeza. La campesina volvió inmediatamente, sólo que esta vez se hallaba en una cálida estancia de toscas paredes revocadas llena de humo.

Antes de que pudiese asimilar este cambio, la muchacha me habló.

—Estoy junto al fuego y es invierno. Debajo de mí las losas están calientes, y he estado contemplando las llamas y los dibujos que forman. Sin darme cuenta me he quedado dormida. Alguien me levanta con sus fuertes brazos. Sé que se trata de mi padre: siempre está ahí para protegerme. Lo adoro, pero nunca hablamos de esas cosas. Me deja en la cama y, antes de notar su beso, ya he vuelto a dormirme.

Tenía la absoluta certeza de que jamás había experimentado lo que la muchacha describía, y sin embargo no importaba. Una parte de mi ser anhelaba esa antigua escena de seguridad y recogimiento. La anhelaba tanto que me sumergí en ella voluntariamente, sin importarme que mi propia identidad se diluyese. En realidad no sabía dónde estaba, pero una ola de deseo me empujaba hacia adelante con una fuerza irreprimible.

—¡Ay!

Sin previo aviso, Elena me dio una sonora bofetada. Y mis ojos se abrieron. Me quedé aturdido unos instantes; no sabía dónde me hallaba. Estaba en la habitación descrita por la muchacha: el fuego consumiéndose en el hogar y el tosco suelo de losas de piedra bajo mi cuerpo, su cuerpo. Entonces oí los pasos del padre aproximándose y unas palabras en una lengua que no reconocí. ¿Italiano medieval? En ese momento dejó de haber sitio para mí. Regresé a la cocina, con Elena, tan fácilmente como si pasase una diapositiva.

—¿Sucedió? —inquirió.

Asentí en silencio. Temblaba y respiraba en cortos jadeos. Me incorporé de un salto y comencé a caminar.

—Increíble —murmuré.

—Tal vez quieras tumbarte o beber un vaso de agua —me propuso Elena.

—No, no. Estoy bien. —Mi voz sonó más excitada y apremiante de lo que pensaba.

—Tienes que resistir —dijo Elena. Eran las mismas palabras, recordé, que había utilizado cuando enloquecí en el claro del bosque.

—No me va a dar un ataque —repliqué, ansioso porque me creyera.

Elena vio las últimas coles de Bruselas en la bandeja y picó alguna.

—Ya veo que no bates las alas ni gritas «¡Juiiii!», aunque tampoco te lo impediría.

Habría aceptado gustoso esta invitación a reírme de mí mismo, pero una segunda ola de energía recorrió mi cuerpo, una mezcla de paranoia y obsesión.

—¡Oh, Dios mío! —exclamé—. ¡Oh, Dios mío! —Me agarré del fregadero para mantener el equilibrio—. Sea lo que sea lo que hayas hecho, tiene efectos secundarios.

—¿Cuánto tiempo has permanecido en ese sitio al que te he guiado? —preguntó Elena, quien al parecer no lo sabía todo, lo cual me alivió.

—Estuve allí tres o cuatro segundos, creo.

Al parecer le gustó mi respuesta.

—Eso está muy bien. Tal vez no te des cuenta de

ello ahora, pero te estaba enseñando cómo se hace todo. Y tú eres el hacedor, siempre. Nada existe sin ti.

—¿Sin mí? ¿Qué hay de ti?

—Sin mí tampoco existiría nada.

—Así que si no fuese por ti y por mí, ¿nada de esto existiría?

—Ni por Dolly, ni por todo el mundo. Todos somos los hacedores infinitos de un mundo infinito. Uno jamás hubiese pensado que funcionaba así, pero imagino que hay suficiente infinitud para que llegue para todo.

Aquello era demasiado. En psicología se enseña que los sentimientos extraños —esos que parecen provenir de fuera de uno mismo— son el miedo, el pavor, el horror, el temor reverencial y las premoniciones. Todos ellos la habían tomado conmigo.

—Intenta asimilarlo —me rogó Elena—. Lo que has aceptado como normal a lo largo de toda tu vida, no lo es. Ahora mismo tienes miedo.

—No es cierto —protesté.

—No te hagas el valiente. Has pasado por algo que va a cambiar tu vida por completo. —Elena titubeó y respiró hondo, como para asegurarse de que quería decir lo que estaba a punto de decir.

—Esta casa y este pedazo de tierra son sagrados. El hecho de que hayas llegado hasta aquí y hayas superado la prueba es poco menos que increíble. ¿Piensas que nosotras te sorprendimos? Pues eso no es nada en comparación con lo mucho que tú nos has sorprendido a nosotras.

Observé que los ojos de Elena cambiaban. Desde el momento en que la conocí habían sido unos lagos insondables de color pardo que no reflejaban nada. Por muy perplejo, irritado o frenético que me hubiese mostrado, ella me había contemplado con la misma expresión. Pero ahora, por unos instantes, sus ojos parecían perdidos y desconcertados. Se repuso con rapidez, pero su pérdida de compostura me inquietó.

—Soy un intruso —murmuré—. He atravesado el muro y nadie lo había hecho desde hacía mucho tiempo.

Ella no lo negó.

—Antes de que vinieses estábamos seguras. Pero tú has llegado hasta aquí y si tú has podido, también otros podrán. —Elena sonrió con ironía, la sonrisa de una aristócrata obligada a abrir su mansión a turistas que han pagado una entrada de dos dólares y que pasean cochecitos de bebé por las antiguas alfombras orientales.

Me pregunté por qué estaría tan molesta, cuando habían sido ella y Dolly quienes me habían llevado hasta allí.

—No fue idea mía —contestó, leyéndome el pensamiento—. Dolly quería demostrar que no debíamos permanecer tan ocultas.

—Nadie os va a hacer daño —dije impulsivamente.

—¿Crees que estás aquí para protegernos? La historia de los invasores demuestra lo contrario. —Elena se rió burlonamente, y yo sentí que mi cara enrojecía.

—Si no necesitas protección, entonces es que quieres otra cosa de mí.

—Ya hemos hablado de eso. Quizás el mundo ha cambiado de opinión. Podría ser eso, ¿no? Tú podrías ser una señal.

—¿Crees que el mundo está en contra vuestra?

Elena enarcó las cejas.

—Observa tu propia reacción. —Agitó los brazos, imitando mi enajenada danza en el claro del bosque—. Hemos tenido que vigilarte todo el tiempo para impedir que te salieses de madre. Pero ésa no es la cuestión. Somos maestras en el arte de huir. Hace tiempo comprobamos que no éramos bienvenidas. Las mentes corrientes nos temían, y como no podían enfrentarse a sus propios miedos, acababan odiándonos.

—¿Cómo escapáis? —pregunté.

—Tenemos medios. Quizá llegues a verlo.

—¿Cuándo? —insistí. Elena no satisfizo mi curiosidad. Comenzó a despejar la mesa y a lavar los platos.

—Estoy fascinado, ya lo ves —manifesté—. Después de lo que me has mostrado esta noche, mi mayor deseo es que me lo enseñes todo.

—Te lo podría enseñar todo en treinta minutos —repuso Elena, lanzándome una sonrisa—. Pero harían falta treinta hombres para sujetarte.

La ayudé con los platos. Elena trajo sábanas y mantas y preparó la cama en el sofá del salón.

—Cuando llamé por teléfono y dije que no estaba seguro de querer venir, Dolly me dijo que esta historia pugnaba por tener un desarrollo —le comenté mientras apagaba el fuego.

—¿Eso te dijo?

Elena se quedó ensimismada.

—Me dijo que me iría contigo. Nos iremos allí.

Señaló la ventana, y aunque su dedo apuntaba vagamente en dirección a Boston, lo que había allí afuera en aquel momento era el oscuro vacío de la noche. Quizá se refería a ambos.

Elena tenía una última cosa que decirme.

—Dolly es más de lo que piensas. Es la última mujer sabia.

—Y tú, ¿qué eres entonces? —le pregunté.

Elena no respondió y se escabulló con rapidez. La oí subir las escaleras sin apenas hacer ruido.

Me metí entre las sábanas, que olían a especias y lavanda. ¿Formaban parte del ajuar de Dolly, guardado en un baúl de cedro mil años atrás? Contemplé la danza de las llamas esporádicas que despedían las brasas, casi consumidas. Entonces mi cuerpo, cansado como nunca lo había estado, rechazó todas las dudas y buscó unas cuantas horas de placentera inconsciencia.

Me desperté temprano tras una noche sin sueños. Nadie había venido a visitarme. Lo primero que sentí fue el frío y la humedad que se colaban por las rendijas de la vieja casa. Lo primero que vi fue una bomba que explotaba. Estalló en silencio, produciendo una llamarada y una gran humareda.

—¿Dolly? —pregunté. Se hallaba al otro lado de la habitación, mirando la televisión—. ¿Siempre sigues las guerras?

Me incorporé y me envolví en una manta. Tenía puesta la CNN sin volumen, y las bombas estallaban y los aviones y helicópteros volaban en un extraño silencio.

—Tengo mis costumbres —contestó Dolly.

—Conozco costumbres más agradables.

—También yo. ¿Te vas ahora mismo?

—¿Es eso lo que te dijo Elena?

—Me dijo que crees que somos brujas. Por lo tanto, es mejor que te llevemos a tu casa antes de que salgas por pies. ¿Quieres un poco de pan de jengibre?

Dolly se echó a reír, parecía muy alegre. Se había peinado y llevaba colorete en las mejillas, como si se hubiese acicalado para un día especial o una fiesta. Nada en ella indicaba que era la mujer más sabia del mundo.

—No soy la más sabia del mundo —dijo con afabilidad—, sino la última mujer sabia.

—No sabía que hubiese una diferencia —repuse, estirando los brazos y bostezando. Ya no me molestaba que leyese mis pensamientos. De hecho era más práctico. Me encontraba pletórico. Por encima de su hombro atisbé un tímido rayo de sol. Aún no había visto el interior de la casa a la luz del día, y ahora la sala de estar ya no me pareció una cueva sino un lugar acogedor. Aquí y allí descansaban piezas de cerámica japonesa azules y blancas, y las paredes estaban cubiertas de estampas con flores y paisajes. No observé nada que no fuese alegre, pese a la costumbre de Dolly de ver desgracias por televisión.

—Déjame que la apague —dije. Dolly negó con la cabeza—. ¿Por qué no? —insistí.

—Estoy viendo y esperando.

—¿El qué? Las imágenes cambian, pero el mundo no va a hacerlo.

—Estoy esperando la señal de que alguien de ahí fuera tiene una pista. —Dolly me dirigió una mirada—. Tú viniste sin una pista.

Era difícil responder a eso sin parecer avergonzado. Pero ella no esperaba que le respondiera.

—La gente tiene derecho a elegir lo que quiere —siguió—. Me pusieron aquí. Dios me puso en este lugar por si el desfile deseaba pasar por mi puerta. Pero nunca lo hizo, y nadie tiene la culpa. Si me hubiesen dicho que acabaría siendo la última sabia, bien...

—¿Cómo llegaste a ser la última? —pregunté, bajando la voz.

Mi tono solemne no le complació.

—No soy un huevo, no hace falta que me trates con tantos miramientos —soltó—. Si quisiera, podría hacer que cantases una serenata al pie de mi ventana y que le aullases a la luna.

Estas palabras le hicieron esbozar una sonrisa que no era la de una anciana.

—Esta vez dejaré que te vayas sin más —dijo con cierta picardía—. Ya no es tan divertido provocar que los hombres jóvenes hagan de las suyas como antes. —Se sentó con gesto orgulloso, y por un momento, antes de que se hundiese en los abultados cojines, incluso pareció alta y de postura erguida—. Sé cosas —dijo de un modo tan desafiante que terminó en un siseo.

De esta misma manera debía hablar el oráculo cuando los devotos se habían marchado y las antorchas del templo se habían extinguido.

—¿Qué clase de cosas sabes? —pregunté.

—Sé mucho acerca del amor —repuso Dolly—. Pero ahora no quiero ni oír mencionar la palabra.

—¿Te pone triste?

—No, la tristeza nunca fue una opción. Disfruté lo mío, y fue maravilloso. —El rostro de la anciana se iluminó al recordar—. No me gusta oír la palabra porque cuando la gente la emplea no se refiere al verdadero amor, sino sólo a un sentimiento. El amor no depende de cómo te sientes.

—El amor tiene mucho que ver con cómo te sientes —dije sin ocultar mi sorpresa.

—¿Sientes amor en este momento? —preguntó Dolly. Esperó unos instantes y añadió—: No lo creo. Pero el amor te está atrayendo, como la gravedad. Si no te resistes a esa atracción serás capaz de llegar al mundo sutil. Pero me imagino que eso ya lo has descubierto.

Aunque Dolly no se hallaba presente cuando Elena me llevó por ahí, sabía que había ido, no me cabía la menor duda.

—Si puedes vivir en otro mundo, un mundo de amor, ¿por qué no lo haces? No tienes por qué cambiar todo eso. No puedes —dije, señalando el televisor.

—La razón por la que no puedo hacerlo es por ti —replicó con firmeza—. Eres adicto.

—¿A qué?

Hizo un gesto hacia el televisor.

—A ese caos. Es horrible, ¿por qué sigues insistiendo en él? —Su alegría se desvaneció. Estaba sumamente irritada.

—Si las personas se amasen las unas a las otras, ¿acabaría la violencia? —pregunté.

—Sí. —Dolly presionó el mando a distancia y en la habitación reinó la misma calma que envolvía el bosque de afuera. Quizá para ella el tema había acabado, pero yo me empeñé en seguir.

—El amor no funcionará —dije—. Por un motivo: la gente ya se ama entre sí, y sin embargo sigue haciendo cosas atroces. Los seres humanos son animales violentos que desearían ser ángeles.

—Como en tu historia —interrumpió Dolly.

—Eso era un relato de ficción y lo escribí cuando era muy joven y no sabía más —contesté—. Ahora sé más cosas. La bestia que anida en cada uno de nosotros se oculta entre los matorrales, al acecho. Salta cuando quiere y entonces ocurren las desgracias. A veces lo peor les sucede a los que predican el amor, lo cual es mi manera de decirte que deberías pensártelo dos veces antes de ir demasiado lejos.

No sé por qué le estaba soltando aquel sermón, pero Dolly no se sentía ofendida.

—Yo no soy una soñadora —manifestó—. Tú, sí.

—A juzgar por los dos últimos días, debes de tener razón —admití.

—Me refiero a que quieres escaparte. Quieres que te lleve a un mundo mejor. Por eso has estado discutiendo inútilmente, buscando otra solución. —Dolly meneó la cabeza, exasperada—. Desde luego preferirías que fuera Elena, la bruja más joven, quien te llevase allí. Es una lástima que por aquí sólo haya aspiradores. No te importará salir volando en uno de ellos, ¿verdad?

¿Podía negar lo que me había dicho? Todas las cosas extrañas y maravillosas que me habían sucedido en aquella casa tenían que ver con Elena, que me había encontrado en un sueño.

—No os volveré a llamar brujas, a ninguna de las dos —dije, esperando aplacar a Dolly.

—Me he puesto hecha una furia, ¿verdad? —dijo, calmándose a ojos vistas. Su voz perdió el tono hiriente y en su rostro se reflejó una mansedumbre que le devolvió su aire de anciana. Se levantó del sillón ayudándose con ambas manos.

—Cuarto de baño en el segundo piso. Le diré a Elena que estás listo.

La dejé marchar y subí al piso de arriba. Al igual que la cocina, se trataba de una reliquia. La antigua bañera descansaba sobre unas patas en forma de garras y el tiempo había teñido la porcelana de amarillo. Encontré una enorme pastilla de jabón sobre una gastada toalla blanca. Me bañé en un centímetro de agua caliente, todo lo que dio de sí el grifo antes de que se enfriara. No había nada con qué afeitarme y tuve que volver a ponerme la misma ropa que llevaba. Bajé las escaleras lentamente y me encontré a Elena, que me esperaba junto a la puerta de la calle.

—El día nos espera —anunció.

Llevaba una alegre falda de algodón y un suéter verde demasiado fino, un atuendo un poco optimista teniendo en cuenta el frío que hacía. No había ni abrigos ni maletas a la vista.

—Me estaba poniendo nerviosa, así que ya he colocado las cosas en el coche —me explicó, abriendo la puerta y dejando que entrase una ráfaga de aire frío.

—Pensaba que lo había dejado cerrado.

Elena sonrió, disimulando, y emprendió la marcha. Seguía habiendo mucha nieve, pero el sol ya había derretido la que cubría mi coche. Nos metimos en él y entonces entendí por qué Elena no se había molestado en despedirse de Dolly. La anciana estaba acomodada en el asiento trasero, arrebujada en una gruesa manta de lana. Parecía dormida.

—¿De verdad es una buena idea? —pregunté, lleno de dudas.

Elena me pidió que me callase llevándose un dedo a los labios. Cualquier fantasía que hubiese tenido acerca de llevármela en un caballo blanco se desvaneció. Al parecer, mi opinión sobre a quién quería rescatar no contaba para nada.

Comenzamos a bajar por el sinuoso sendero. Como tenía la mirada puesta en el retrovisor, no pude observar la reacción de Elena cuando la casa desapareció tras los árboles. Llegamos a la carretera y nos dirigimos a Boston. El rostro de Elena no reflejaba pesar ni aprensión, y Dolly ni siquiera se despertó cuando nos marchamos. Sin embargo, algo en mi interior me decía que nunca más volverían a aquel lugar.

En el asiento trasero se oían unos suaves ronquidos. Miré hacia atrás y vi que junto a Dolly había dos pequeñas maletas y un neceser, y también el largo abrigo negro de Elena.

—¿Eso es todo lo que os lleváis? —pregunté.

Elena asintió, y aunque su expresión no cambió, noté que dejaba escapar un pequeño suspiro.

—He mirado el mapa y sólo tenemos una hora y media de viaje, ¿verdad?

—Más o menos.

—Bien.

Elena permanecía con la mirada fija en el horizonte y la espalda perfectamente erguida como las estrechas casas de ladrillo que flanquean las colinas de Boston. Parecía la clase de mujer que podía subir y bajar aquellas colinas sin dificultad. Ignoraba de qué otras cosas era capaz.

—¿Qué piensas realmente de mí? —le pregunté, rompiendo el silencio, cuando entramos en la autopista.

—Muchas cosas —respondió Elena.

—Dime.

—Bueno, no careces de atractivo.

—¡Lo dices con un entusiasmo...! —dije, soltando una carcajada irónica.

—Lo menciono porque nos será de utilidad. —Elena miró a Dolly, que no se había movido desde que salimos. Estaba tan dormida que no teníamos necesidad de hablar en susurros—. Conocerás a muchas mujeres, y que seas atractivo nos resultará útil.

Recordé las palabras de Dolly acerca de que los conejillos de Indias son criaturas bastante atractivas.

—¿Es eso todo lo que piensas, que seré útil?

—Quizá.

No le gustaba que intentase sonsacarla, ni para bien ni para mal. Así que lo dejé correr. Continuamos el viaje en silencio. Pronto llegamos a las afueras de Boston. Elena no parecía expectante o curiosa, pero algo le rondaba por la cabeza.

—Cuando te dije que Dolly era la última mujer sabia —observó sin más preámbulos—, no me refería a que es como la última grulla silvestre. Es la última hasta que llegue la siguiente. Es un eslabón más de la cadena.

—¿Así que sólo hay una sabia por vez? —inquirí.

—No lo sabemos con seguridad. Dolly se ha pasado la vida intentando encontrar a alguien como ella, pero no lo ha logrado.

—¿Cómo se obtiene el título?

—No se trata de una competición —repuso Elena—. Pero sólo hay una por vez. Una que posee la visión.

Supongo que lo dije como si Dolly se hubiese enfrentado a algún contrincante en un cuadrilátero. La misma imagen debió de surgir en la mente de Elena, porque se echó a reír.

—No lo ganó. Se lo dijeron.

—¿Quién? ¿La anterior mujer sabia?

—Sí. No te lo había dicho, pero Dolly se crió en Boston —dijo Elena—. Cuando era pequeña solían llevar a los niños a la escuela formando largas filas; un monitor iba delante con una bandera y otro vigilaba al final.

—Todavía lo hacen. —Había visto procesiones similares por las mañanas y las tardes, mientras corría.

Elena asintió.

—Los padres de Dolly disfrutaban de una buena situación económica y la protegían en exceso, mucho más de lo que una niña de hoy soportaría. Se suponía que era por su bien, pero Dolly se rebelaba. Ya con tan sólo cinco o seis años se salía de la fila para recoger el envoltorio de un chicle o contemplar los corsés de algún escaparate. Cuando la vigilante la obligaba a volver a la fila con las demás, Dolly obedecía, pero continuaba observando a su alrededor.

»Un día cayó sobre la acera, delante de ella, un trozo de papel. Nadie pareció darse cuenta a excepción de Dolly, que alzó la mirada y vio a una mujer asomada a una ventana. La mujer le señaló el papel y acto seguido se retiró. Dolly se salió de la fila, cogió el papel y se lo metió a toda prisa en el bolsillo para leerlo más tarde. Cuando llegó a la escuela, desdobló el papel y lo leyó: "A que no puedes leer esto."

»Dolly ya había adquirido el hábito de guardar secretos y no se lo dijo a nadie. A la mañana siguiente se aseguró de que las monitoras no la observaban y, al pasar por delante de la casa, sacó un papel doblado del bolsillo y lo dejó caer al suelo, debajo de la ventana. En él había escrito: "A que sí." Esperó ansiosamente todo el día, y cuando volvió a pasar por aquel lugar de vuelta a casa, el papel había desaparecido.

—¿Cuánto años tenía Dolly? —pregunté. Resultaba fácil imaginar el resto de la historia.

—Siete u ocho, creo. Lo bastante mayor para leer todas las notas que cayeron de aquella ventana a partir de entonces. Cada día había un nuevo papel que narraba una historia de la que se revelaba un pequeño capítulo cada día.

—Y que arrojaba la última mujer sabia —aventuré.

—Así es. Sin embargo, eso no lo sabía Dolly y no lo hubiese entendido aunque se lo hubiesen explicado. Todo lo que sabía era que aquella historia era fascinante.

Durante el resto del viaje a Boston escuché la historia, que decía así: «Érase una vez una sirena que recorría las calles de Boston apartándose de su grupo y mirando los escaparates de las tiendas. No contemplaba los gorros ni las faldas, sino que buscaba su cola, que le habían robado.

»La cola, hecha de relucientes escamas verdes y doradas, era de una belleza extraordinaria. Todo aquel que llegaba a verla era incapaz de resistir la tentación de robarla. La sirena no recordaba quién se la había quitado, sólo que un día se había despertado sin ella. Sus padres, junto con las otras sirenas, la expulsaron del mar hasta que volviese con ella.

»Después de muchas lágrimas y vicisitudes, se vio obligada a llevar la vida de una niña normal. Nadie creía que fuese una sirena, puesto que carecía de la prueba evidente: la cola. Pero la sirena sabía muy bien quién era, así que no dijo nada y siguió buscando. Un día pasó por delante de una pescadería y en el mostrador, descansando sobre el hielo entre el bacalao y el salmón, estaba su cola. El pescador que se la quitó se la había vendido al pescadero, el cual, dándose cuenta de su valor, la había escondido. Al ver que nadie venía a reclamarla, quiso mostrarla al público, orgulloso, para que toda la gente supiese que poseía algo tan bello.» Elena hizo una pausa.

—Muy bien, ¿y cómo recuperó la cola? —pregunté.

Elena negó con la cabeza.

—Creo que la historia jamás tuvo un final. Pero en ese punto Dolly ya había comprendido que la sirena era ella. Y también que la mujer de la ventana estaba en posesión de una sabiduría especial. En caso contrario, ¿cómo habría podido inventar una historia semejante, que se ajustaba tan bien a aquella niña en concreto?

—La mayoría de los niños creen que los cuentos de hadas se refieren a ellos —señalé.

—Es verdad —admitió Elena—. Pero Dolly se escapó un sábado por la mañana y llamó a la puerta de aquella mujer. La recibió con los brazos abiertos. Cuando Dolly volvió a su casa se desató una tormenta y tuvo que dar muchas explicaciones y responder a muchas preguntas. Se vio obligada a ser más discreta que nunca. De hecho, me dijo que no pudo volver a aquella casa durante cinco años salvo en muy contadas ocasiones. Cuando Dolly tuvo edad suficiente, la señorita Sophia, que así se llamaba su maestra, comenzó a instruirla.

—De la misma que manera que Dolly te instruyó a ti —observé.

—Nosotras nos conocimos en circunstancias muy distintas. Yo ya era mayor y ella no tuvo que dejar caer papeles al suelo. —Elena recordó algo que la hizo sonreír—. Yo era casi tan testaruda como tú. No me creía que todo aquello tuviese que ver conmigo.

—¿Crees que soy testarudo?

—Desde luego. Sois tal para cual —dijo una voz procedente del asiento trasero.

—No sabía que estabas despierta —manifestó Elena sin molestarse en volver la cabeza. Dolly se había sentado y doblaba la manta.

—¿Cuándo no estoy despierta? —inquirió de forma enigmática—. ¿No es ésa nuestra salida?

La anciana señaló la salida que había estado a punto de pasarme. Giré con brusquedad a la derecha, alegrándole el día al conductor del coche de al lado. Los campos habían dado paso a los suburbios y las autopistas de dos carriles a las de cuatro. Tardamos otros veinte minutos en acercarnos al centro, y desde allí nos dirigimos al South End. En esta parte de la ciudad cada casa tiene una historia por lo general, con más clase que la actual. Las calles, flanqueadas por deslucidas fachadas de ladrillo, esperaban a que alguien les devolviese la vida.

—¿Os parece chocante todo esto? —les pregunté.

Elena y Dolly no habían abierto la boca desde hacía rato. Supuse que debían de estar impresionadas por lo que a mí me parecía normal: calles abarrotadas, pordioseros, ventanas sucias y muros llenos de grafitos.

—Por lo que recuerdo, se parece a cualquier otra ciudad —murmuró Dolly—. No creo que me volviese a gustar.

—Puede ser lo que desees —dijo Elena, categórica—. La podemos cambiar fácilmente.

Encontré un lugar donde aparcar cerca de mi casa. Elena ayudó a Dolly a bajar del coche y yo descargué el equipaje.

Apenas hablamos mientras nos dirigíamos a mi apartamento. No sabía cómo se sentían, y casi en contra de mi voluntad recordé las cosas que tenía pendientes. Había olvidado telefonear a mi hermana para el día de Acción de Gracias. En la oficina, sobre mi escritorio, reposaba un artículo sin terminar acerca de los sin techo que viven en las afueras de la ciudad. Me esperaban varios e-mails y llamadas telefónicas y el correo habitual. ¿Había sido mi vida, día tras día, algo más que esta lluvia constante de cosas por hacer?

Después de conducirlas al vestíbulo del edificio y de subir en el ascensor, abrí la puerta del apartamento y me hice a un lado. Dolly fue la primera en entrar.

—Siento que el piso esté tan desordenado —dije.

—Tiene buenas vibraciones. Es como tú —declaró Dolly—. Los dos necesitáis un poco de trabajo.

Escuchar decir a alguien que debería estar haciendo

calceta la expresión «buenas vibraciones» me hizo gracia. Reí y les hice un gesto para que pasasen.

Yo observaba a Elena atentamente. Se pueden deducir muchas cosas de una persona por la manera que tiene de entrar en tu casa por primera vez. Elena no se mostró efusiva ni miró con curiosidad a su alrededor o tocó la primera cosa que atrajo su atención. No tomó posesión del territorio como un colono ni se desplomó sobre una silla como si estuviera en su casa. Se limitó a echar una rápida ojeada.

—Dolly tiene razón. Eres tú.

Encontré que sus palabras eran muy ambiguas. Abrí una ventana para ventilar la estancia y les mostré el dormitorio.

—Éste será el vuestro. Pondré un saco de dormir en el suelo de la sala de estar —dije.

Mientras colocaba su equipaje en la cama sin hacer, Elena se quitó el suéter verde, revelando un top blanco sorprendentemente diminuto, y se lo ató alrededor de la cintura.

—¿Podemos comenzar hoy? —preguntó, mirando por la ventana. El cielo estaba despejado y los carámbanos de los aleros goteaban.

—Desde luego —repuso Dolly, que se había sentado en la cama y botaba para probar el colchón. Seguramente no le gustó lo que descubrió.

—¿Comenzar con qué? ¿Conmigo o con las vibraciones? —bromeé.

La pregunta surgió espontáneamente, de lo cual me sentí orgulloso dadas las perspectivas de lo que aquellas dos eran capaces de hacer.

—Con ninguno de los dos. —Elena me miró con determinación—. Gracias por invitarnos, pero no podemos quedarnos aquí.

—¿Hay algo que no esté bien? Ya que estáis aquí, ¿por qué no os quedáis?

—Debería haberte dicho que no subieses las maletas, pero me distraje. —Se volvió hacia Dolly—. Vámonos.

Elena fue tan brusca que no supe cómo reaccionar. Dolly, que no parecía en absoluto sorprendida por esta repentina retirada, se levantó de la cama. Le tomó un tiempo cubrir la corta distancia que la separaba de la puerta. La seguí en silencio.

—De acuerdo —dije, esforzándome por aceptar la situación y no sacar conclusiones precipitadas—. Imagino que será lo mejor. ¿Ya sabéis dónde vais a alojaros?

Nadie contestó a mi pregunta. Elena hablaba consigo misma.

—Los bancos aún están abiertos. Miraré en las agencias inmobiliarias. Ah, y déjame el teléfono. Puedes esperar en el rellano, a Dolly no le importará hacerte compañía.

—¿El rellano?

Me llevó sólo un momento encontrar el teléfono, que estaba bajo un montón de ropa. Se lo di y acompañé a Dolly hasta la puerta. Elena nos siguió y cerró en cuanto hubimos salido. Una vez en el rellano Dolly me observó con calma.

—¿Por qué ha hecho eso?

—Necesita intimidad. Siempre trabajamos solas. Y quizá tenga miedo de tu karma —explicó Dolly.

Tuve ganas de reír pese a lo molesto que me sentía.

—¿De dónde has sacado esa palabra?

Se encogió de hombros.

—Una tiene que estar al día.

A través de la delgada puerta oía a Elena hablar por teléfono, pero sus palabras se fueron apagando: se metió en el dormitorio. Estas muestras de desconfianza me desconcertaron.

—¿Qué sabe ella de mi karma? —la interpelé con amargura.

—Oh, no es nada personal —contestó Dolly—. Estoy segura de que tu karma no es un desastre. Al menos, eso espero. Pero ahora estamos en el mundo. Hay todo tipo de vibraciones y no queremos atraer las malas. Creo que el karma es algo que tú mismo atraes.

Aunque intentaba no sacar conclusiones, de repente llegué a una importante. Se iban porque Elena me atraía. La idea de que se suponía que no debía sentirme atraído por ella no me sentó nada bien. Algunos habrían calificado el comentario de Dolly de muy grosero.

—Y otros tal vez lo llamarían algo peor —dijo afablemente.

—Te agradecería que no entrases en mi mente sin que te invite —protesté.

Dolly no contestó, y esperamos a que Elena acabase sus llamadas. El rellano estaba débilmente iluminado por unas bombillas de cuarenta vatios, uno de los ahorros más ridículos del edificio. De nuevo me invadió aquel desasosiego que se había esfumado cuando estuve en casa de Dolly. Comencé a pasear de un lado a otro de la gastada moqueta gris.

—Me imagino que os instalaréis en un sitio mucho más agradable —dije.

—Oh, sí —contestó Dolly—. Estoy segura de que Elena te informará de todo a su debido tiempo.

Me asaltó una sospecha desagradable: yo no era imprescindible. Les había sido útil hasta cierto punto, pero ahora me despedían. Desde el principio habían planeado llevar a cabo su misteriosa tarea sin mí. ¿Y por qué iba a ser de otro modo? Dolly estaba acostumbrada a la soledad y con toda probabilidad la necesitaba. Elena no estaba interesada en mí. Actuaba con un secretismo ostensible. Por la noche atravesaba las paredes y se acercaba a ti sin pedir permiso.

—Hace que Circe parezca un corderito —observó Dolly—. ¡Oh!, olvidé pedirte permiso para leer tus pensamientos. Por favor, discúlpame. Lo hago sin querer.

—Ya me lo imagino. —De hecho, me había gustado aquella intrusión. Mis miedos y temores tal vez se disiparían si Dolly me distraía—. ¿Le lees el pensamiento a Elena?

—No tengo necesidad —contestó Dolly.

—¿Porque estáis muy compenetradas?

—Algo parecido. Ella y yo nos encontramos en el mundo sutil, y allí no hay que ocultar los propios pensamientos. Es una de las grandes ventajas, pero también una de las razones por la que mucha gente se mantiene alejada de allí.

Pensé que, ahora que nos hallábamos solos, Dolly podría decir algo que calmase mi temor de no volver a verlas.

—¿Dónde está el mundo sutil? —inquirí.

—Aquí —respondió Dolly—. Es lo que está más cerca. Siempre estás en él, pero no lo ves.

—¿Tú lo ves?

—Desde luego. El noventa por ciento de ser sabia consiste en saber moverse por el mundo sutil.

—¿Ves algún otro lugar donde nos encontramos ahora?

—¡Hum! —No entendí qué había de difícil en mi pregunta, pero Dolly reflexionó antes de responder—. No sustituyo un lugar por otro. No es como cambiar los muebles de una habitación. Pero si tuviese que ver diferentes formas, sin duda aparecerían. Es como conocer las verdaderas intenciones de una persona por mucho que nos mienta. Los lugares también pueden mentir. Nunca se sabe.

No había duda de que Dolly hablaba con toda familiaridad de este sorprendente reino, pero seguíamos en aquel desastrado rellano pobremente iluminado.

—Te puedo hacer una descripción —propuso, dándose cuenta de mis dudas—. Le dará a tu mente algo a lo que aferrarse. Bien. No imagines nada. Sólo un espacio abierto, vacío, que se extiende en todas direcciones.

—¿Como el espacio sideral?

—Más vacío. Esa nada no puede verse, ni siquiera pensar en ella. Pero está viva. No se tiene que mover para demostrar que está viva. No tiene que hacer ninguna señal.

»Al igual que tu mente cuando duermes, este vacío puede despertar. ¿Qué sucede cuando tú te despiertas por la mañana? No tienes que leer una lista para comprobar quién eres y recuperar tus recuerdos, tus filias y tus fobias, cómo te llamas y dónde vives. No: cuando despiertas lo que tú eres está ahí instantáneamente. ¿Me entiendes?

—Creo que sí. Cuando duermo, aunque mi mente esté en blanco, en realidad retiene todo lo que soy.

Dolly pareció satisfecha con mi respuesta.

—Esta nada que te he descrito quería despertarse y, cuando lo hizo, todo lo que podía existir, existió. De repente y sin que pasase tiempo. Primero no había nada, luego lo hubo todo.

»Ahora bien, no resultaría fácil vivir en un momento en el que de repente todo existiese. Piensa en donde estamos en este preciso instante. Ahora es un edificio, pero hace cien años bien pudo ser una ciénaga o una colina. Antes de eso quizás era un volcán o el fondo del mar. Y en tiempos remotos, polvo. Así que si todo existiese al mismo tiempo, nos sentiríamos muy incómodos permaneciendo aquí.

»Pero esta "nada-que-se-transformó-en-todo" tenía una respuesta para eso: el tiempo. Para que fuese más fácil vivir con millones y millones de cosas, las distribuyó en una secuencia, lo que llamamos tiempo. Ese truco fue muy efectivo, porque no sólo es cómodo pasar de A a B, sino que no tienes que pensar en Z antes de llegar allí. No obstante, en cuanto apareció el tiempo surgió otro problema: el olvido. El tiempo se extiende tanto que acabamos olvidando dónde estábamos hace un rato. Imagina que alguien se toma todas las molestias imaginables para construir un caballo, pero que, al cabo de un año, los átomos y las moléculas que lo conforman se olvidan de su papel y vuelven a convertirse en polvo y gotas de lluvia y aire. Todo sería muy confuso.

»Así que la "nada-que-se-transformó-en-todo" necesitaba un pegamento que mantuviese las piezas unidas y que les recordase donde van colocadas. Y lo que es más importante: no se dejaría engañar por ese truco llamado tiempo. Vería la verdad: que todo fue creado en el mismo momento y que todo encaja perfectamente.

—¿Cuál era ese pegamento?

—El amor. El amor es el pegamento que evita que las piezas se separen. El amor hace que te sientas inmortal, porque ya no te dejas engañar por el tiempo. Cuando amas, de pronto recuerdas lo que «es».

Dolly me contó todo esto de una forma muy sencilla, pero cuando terminó se me puso la piel de gallina. Me había ofrecido una impresionante imagen a la que aferrarme. Pero tenía una pregunta más que hacerle:

—¿Cómo encaja en todo eso el mundo sutil?

Dudó un momento.

—No sé si debería decírtelo.

—¿Por qué no?

—Porque el mundo sutil puede revelarte más cosas de las que en realidad quisieras saber.

Dolly parecía verdaderamente preocupada, pero yo me sentí frustrado.

—¿Qué es lo que podría molestarme tanto? —pregunté, y ella suspiró.

—Está bien. A ti no te gusta que yo te lea el pensamiento. En el mundo sutil todo el mundo lo sabe todo. ¿Podrías vivir con eso? —No esperó mi respuesta—. Supongamos que te sientes valiente y me respondes que sí. ¿Qué sucederá si te enamoras? ¿Estás dispuesto a renunciar a ello?

—¿Por qué tendría que hacerlo?

—Por la misma razón por la que los peces no pueden tener sed. En el mundo sutil sólo hay amor. No te puedes enamorar porque estás inmerso en el amor.

—No entiendo por qué piensas que le tendría miedo a eso —protesté—. Es como el paraíso, ¿no?

Dolly meneó la cabeza.

—Tu idea del paraíso es la de una fiesta en la que todo el mundo es un encanto. En el mundo sutil no hay contrastes, así que estar enamorado no es una delicia. Simplemente es.

Comencé a sentirme más sereno con respecto a este tema.

—Me estás diciendo que tendré que renunciar a ciertas cosas que aquí parecen fundamentales —dije con vacilación—. Es decir, sentir que amas a alguien es lo que hace que sigamos funcionando.

Ella asintió.

—No renunciarás a nada, pero muchas cosas sufrirán una transformación. —Se quedó pensativa un momento—. Imagínate por un lado que Elena se enamora de ti y por otro que siempre te ha amado. ¿Cuál de las dos opciones elegirías?

—No lo sé.

—¿Estás seguro?

Era sorprendente lo rápido que Dolly había llegado al quid de la cuestión. Era verdad que había alimentado un montón de fantasías con relación a Elena: que podía marcharse de repente y no volver nunca, que podía ser una bruja en la que no debía confiar... Pero también las había agradables, como que Elena llegase a enamorarse de mí. No me había dado cuenta de lo celosamente que había ocultado esa fantasía, pero Dolly lo había visto en el acto.

—En el mundo sutil uno lo ve todo en el acto —afirmó ella.

—¿Quieres decir, literalmente?

—Así es. Por eso no leo tus pensamientos: los conozco antes de que los tengas. Y, por supuesto, reajusto un poco lo que veo.

Di un paso hacia atrás. No era sólo Elena la que hacía que Circe pareciese un corderito inofensivo.

—¿Qué significa eso de reajustar un poco?

—Lo sabrás cuando aprendas a hacerlo tú mismo.

La paranoia es el miedo a que alguien sepa algo que quieres guardar en secreto. ¿Cómo se llama cuando alguien sabe todo lo que no quieres que nadie sepa? En el bullicioso espectáculo de luz y sonido de nuestras mentes no hay canción más popular que la que dice: «No me entiendes. Nadie me entiende. Necesito que alguien me entienda o jamás seré feliz.» Suena con bastante insistencia en el cerebro de muchas personas. Dolly sabía todo lo que pasaba por mi mente, y la idea de que me entendiese por completo hizo que la cinta se enganchara en los cabezales. «Todo» es demasiado.

—No vuelvas a repetir lo que estoy pensando —la interpelé. Mi voz temblaba.

—Está bien —contestó Dolly suavemente—. Ahora ya sabes por qué la gente se mantiene alejada del mundo sutil. Es mucho más agradable visitarlo unos instantes y luego largarse. Sólo algunas personas, como Elena y yo, obtienen la ciudadanía.

Dolly rió y miró a su alrededor, como si en el rellano hubiese seres invisibles (¿más ciudadanos con visados permanentes?).

Yo no estaba invitado a esa fiesta. La distancia entre Elena y yo aumentó hasta convertirse en un vasto y oscuro precipicio.

—No te preocupes —dijo Dolly, interrumpiendo mis negros pensamientos—. Ella te ama.

Sentí un estallido de felicidad, pero sólo fue un bache en la carretera.

—¿Y eso qué significa? —quise saber, suspicaz.

—Te ama —repitió Dolly—. Siente amor por ti. Amor es el sentimiento que ella experimenta por ti.

—Pero yo no tengo opción. La clase de amor de la que me estás hablando suena a día soleado sin fin que ilumina a todo el mundo por igual. Es el clima perfecto que la gente deja de notar al cabo de un rato.

«Elena jamás se enamorará de mí», pensé.

—Tienes razón. Ella está por encima de eso. Fue una buena alumna —manifestó Dolly, haciendo caso omiso a mi petición de que dejase de entrometerse en mi interior.

«Eres una vieja tramposa», pensé con amargura.

—¿Puedes hacer que me sienta un poco mejor? —le pedí.

Antes de que respondiese, la puerta se abrió y apareció Elena con el teléfono inalámbrico en la mano. Me lo devolvió.

—Lamento todo esto, pero tu apartamento es terriblemente pequeño —dijo a modo de disculpa.

—Y además la puerta es muy delgada —repuse—. Quizás he irradiado mi mal karma a través de ella.

Me lanzó una mirada inquisitiva y acompañó a Dolly al ascensor llevándola del brazo.

—Olvida el comentario. Aquí fuera ya me han dado un aviso.

—¿Acerca de qué? —preguntó Elena.

—De que no me haga ilusiones.

Sonrió, pero eso no me tranquilizó. Una parte de mí veía ahora a Elena como una suerte de monstruo sagrado metido en el cuerpo de una mujer joven. Era un misterio, y es mejor que los mortales evitemos los misterios.

—Sabes muy bien que podría tenerte miedo —dije.

Elena enarcó una ceja, pero no dijo nada. El corazón me dio un vuelco.

—Se supone que ahora deberías decir que no tengo nada que temer —añadí.

—No tienes nada que temer —repuso—. Y acuérdate de llamar a tu hermana para lo del día de Acción de Gracias.

—¿Y qué le digo?

—Que has conocido a una mujer atractiva y de la edad adecuada y que irás con ella. —La voz de Elena se tiñó de un tono de nostalgia—. Hace tiempo que no celebro el día de Acción de Gracias como se debe.

Señalé el ascensor con la barbilla y entraron en él. Se fueron sin decir adiós y se me olvidó preguntarles dónde pasarían la noche. Pero me sentía mejor. Aquello no era una despedida, y a pesar de toda la sabiduría que Dolly había demostrado, yo todavía abrigaba una buena dosis de locas esperanzas.

El día siguiente no comenzó de un modo propicio. Aunque estuve esperando, Elena y Dolly no se pusieron en contacto conmigo. Regué las resecas plantas, que se habrían salvado si les hubiese echado agua antes, pero que ahora eran ya casos perdidos. Recogí unos calcetines del suelo y los volví a tirar. Lo que me esperaba era obvio: tenía que volver al trabajo. No había más alternativa que simular que había regresado a la vida normal.

Imaginé el montón de trabajo pendiente que tendría sobre la mesa. Cuando finalmente telefoneé a Cuddihy, el redactor jefe, éste no se mostró precisamente encantado con que le hubiese dejado colgado. Estábamos a miércoles, y desde el viernes por la tarde no me había puesto en contacto con él. Le prometí que iría a la oficina y que me quedaría hasta ponerme al día. Como teníamos una buena relación, Cuddihy aceptó a regañadientes. Pero aún perdí algo de tiempo. Desde que mis ojos se posaron en el pequeño anuncio del periódico dominical me había sentido invadido por una excitación secreta que ahora se iba calmando. Aquellas dos mujeres se la habían llevado consigo, quién sabe de qué modo. Incluso mi ansiedad con respecto a Elena ocultaba una emoción que jamás había sentido y que no quería perder.

A eso de las diez y media salí de casa. Le dejé un juego de llaves a Rubén, el portero. No quería que Elena viniese y no pudiese entrar en casa. La describí y Rubén me sonrió con timidez:

—Felicidades —dijo.

—No es eso.

Rubén abrió los brazos.

—Los tipos como tú y yo, amigo, podemos tener esperanzas. Tiene que ser «eso».

Rubén tenía esposa e hijos en su país, Guatemala.

Cogí la línea naranja del metro. Sólo eran un par de paradas —un pequeño salto—, pero sentí que viajaba rumbo a la galaxia equivocada. Mientras permanecía de pie al final del vagón, mirando por la ventana, todo lo mágico desapareció, engullido por la oscuridad del túnel, como si jamás hubiese existido.

Cuando contemplé el edificio de la calle Stuart donde trabajo, tuve la impresión de que unos obreros se habían afanado durante todo el fin de semana para darle un aspecto más feo y desangelado. Se me hizo un nudo en el estómago ante la idea de volver al periódico, que estaba en el quinto piso. Evoqué las hileras de escritorios metálicos iluminados por fluorescentes que emitían un zumbido constante y las chanzas prepotentes de los reporteros, que intentaban demostrar quién sabe qué.

La autocompasión me duró todo el tiempo que tardé en subir por las escaleras. Evité el ascensor porque pensé que subir a pie me estimularía de algún modo. No fue así. Cuando llegué al quinto piso, me senté en las escaleras.

Pocos segundos después, una de las jóvenes becarias, Rebecca, que llevaba una coleta, salió a toda prisa por la puerta metálica y casi tropieza conmigo.

—No he visto nada tuyo esta mañana —dijo.

—¡No me digas! —respondí de malos modos.

—Oye, que sólo era un comentario... —Rebecca me sorteó y siguió su camino. Sus zapatos resonaron al chocar contra las escaleras de metal. No quería moverme de allí. Mi destino quedaría sellado en el momento en que volviese al trabajo, no hacía falta ser adivino para darse cuenta.

Quizá te preguntes por qué en ese momento no demostré una mayor fe. No soy muy bueno en cuestiones de fe. Mis recuerdos religiosos se remontan a la niñez y a la triste desilusión que puede sentir un niño.

Es difícil establecer con exactitud el origen de mi falta de fe. Sin embargo, recuerdo que me gustaba cantar himnos, pero que me aburría en los duros bancos de la iglesia. También recuerdo haberme sentido especial cuando un domingo mis padres me llevaron detrás del altar y observaron cómo me ponía una sotana roja y una sobrepelliz blanca: a los doce años me permitieron ayudar al cura a dar la comunión. Todo aquello estuvo envuelto en una especie de halo. Pero al terminar sucedió lo que recuerdo con más intensidad. El párroco me pidió que tirase a la basura una bolsa con vasos de plástico y botellas de vino vacías. Fui al callejón de la parte de atrás de la iglesia y deposité la bolsa en el contenedor. Aquel callejón apestaba. Había allí un vagabundo melenudo que dormía en un rincón tapado con una manta. Se refugiaba en aquel callejón porque si lo hacía en cualquier otro lugar le agredían. Unos chicos mayores me habían dicho que llevaba una dentadura postiza muy afilada que usaba para morder. Yo le tenía pánico, y cuando oí unos ruidos cerca del contenedor salí corriendo. Desde luego, huía de un fantasma, pero Dios no apareció para sosegarme. En aquel momento dejé de creer que Dios me protegía, y así he seguido hasta ahora.

De modo que si la fe era lo que me separaba de Elena, jamás lograría salvar la distancia.

«Estás en un error. Has sido iniciado.»

Este nuevo pensamiento me golpeó sin previo aviso y, antes de que pudiese preguntarme qué significaba, de entre mis recuerdos surgió una imagen. Volví a ver el verde claro del bosque, pletórico de vida, con los árboles llenos de brotes. Aquel lugar no podía haber existido. A no ser que se tratase de un atisbo del mundo sutil de

Dolly, lo cual quería decir que había penetrado en él, aunque sólo fuese un momento.

Volver al trabajo sería como cerrar esa puerta. Y quizá jamás volviese a encontrarla. La vida no prepara a nadie para una iniciación. Tal vez cada día se produce una, sólo que no sabemos reconocerla. En cualquier caso, una puerta invisible es tan útil como una puerta cerrada con llave. ¿Realmente contaba con algo más que con el recuerdo de una puerta?

Oí un portazo y pasos en la escalera. Rebecca regresaba con lo que fuese que le hubiesen encargado, seguramente pizzas y Coca-Cola. Sin embargo, cuando llegó al último rellano, vi que no se trataba de la becaria, sino de Elena. Se detuvo y se llevó las manos a las caderas, jadeando.

—¿Cómo me has encontrado? —pregunté.

Estaba perplejo, aunque el verla me produjo un gran alivio. Una parte de mí quería echarse a llorar.

Elena estaba de buen humor.

—Sabía dónde estabas porque no me he alejado de ti —contestó.

—¿Me has seguido de lejos? —bromeé con voz lastimera.

—No de muy lejos —repuso—. Necesitabas tiempo para asimilarlo todo. ¿En qué punto estás?

Señalé la redacción.

—No creo que pueda volver allí dentro.

Elena subió el último tramo de escaleras y se sentó a mi lado.

—Es así como funciona. Un día estás en el lugar que te corresponde y al día siguiente no puedes volver a él.

—Pero ahora ¿qué lugar me corresponde?

—El que quieras.

—No creo que ésa sea una buena respuesta —sentencié categóricamente.

Después de todo, sabía escribir, y siempre me sería

posible ganarme la vida. Así que lo que me causaba angustia no era la supervivencia. Era algo más profundo. Había dado un gran paso dentro del mundo de Elena, pero no tenía ni idea de cómo vivir en él.

—Lo que me sucedió fue una especie de iniciación, ¿verdad?

—Exacto. Has dado un paso decisivo. Una de las razones por las que necesitabas estar solo era para que pudieses asimilarlo. Nadie puede decidir salvo tú. Ésa es la grandeza de que te dejen libre.

En aquel momento no sentía que me hubiesen liberado. El haber vislumbrado un par de veces un extraño lugar en el límite de ninguna parte no te proporciona una nueva vida automáticamente.

—Dime qué debo hacer.

—Ahora eres responsable de ti mismo —respondió Elena—. Acepta lo que sabes. Hay un segundo mundo, un mundo sutil, que has tenido el privilegio de descubrir. No desaproveches esta oportunidad.

Elena se había puesto seria conmigo otras veces, pero era la primera vez que sonaba tan solemne. Al ser más joven, se podría pensar que era más informal que Dolly, pero resultaba que era al revés.

—Yo no te hice nada —continuó—, y Dolly tampoco. Simplemente cooperamos con lo que tú querías. Fuimos las parteras que te ayudamos a darte a luz a ti mismo.

Me sentí incómodo ante esta imagen. No quería ser ni una parturienta ni un bebé que llora.

—Si dejo el trabajo no tendré dinero. Si paso el tiempo contigo en vez de con mis amigos, si comienzo a comportarme como alguien especial y hago lo contrario de lo que hacía antes, ¿qué sucederá? Podría volver mi vida del revés y perderlo todo.

Sentí una opresión en el pecho, porque si lo que me decía Elena era que tenía que actuar a mi libre albedrío, no estaba preparado para hacerlo.

—Nadie te pide que hagas nada —manifestó—. El mundo sutil siempre está a tu alrededor, así que no necesitas ir a ningún sitio en particular ni hacer nada especial. No es eso a lo que me refiero cuando digo que tienes que aceptar el don.

Quise saber entonces qué quería decir exactamente.

—La libertad tiene un precio —empezó Elena—. Los grandes progresos son frecuentes. La psique de cualquiera puede ser sacudida sin mucho esfuerzo: somos bastante inseguros y débiles.

»Lo que deseas hacer después de dar un gran paso es lo que determina tu futuro. Ahora puedes ver lo que "es". Tu antiguo yo actuaba en un mundo más ilusorio de lo que creías.

—Pero yo no veo lo que «es» —insistí.

—Lleva algún tiempo.

—¿Y qué hago hoy?

—Lo que quieras.

¿Por qué decía esas cosas que se suponía que debían tranquilizarme, pero que en realidad me alteraban aún más? Aunque parte de mi corazón estaba exultante porque estaba en el mundo de Elena y ella me aceptaba en él, seguía sintiéndome un extraño.

—Yo no pedí ser iniciado —le recordé.

—Claro que lo hiciste.

—¿Cuándo? Dime cuándo exactamente.

—No hay un momento exacto —contestó Elena—. Lo pides antes de nacer. Viniste al mundo para conseguirlo, y ya lo has hecho. Has logrado algo grande, créeme. Muchas personas que buscan la verdad se pasan la vida sin alcanzar lo que tú has logrado. Ahora veamos. La iniciación es un comienzo, al que siguen muchos otros acontecimientos. Para explicarlo con sencillez: has hecho un cambio de nivel. En el nivel anterior te frenaban algunas normas, pero ahora ya no tienes que respetarlas.

Todo esto sonaba mucho mejor, pero no resolvía mi aprensión de volver a la redacción. Me seguía preocupando el hecho de que Elena me estaba proponiendo una forma de vida que sonaba maravillosa pero también poco realista. ¿Adónde me llevaría abandonar todo lo que sabía? Pese a todo lo que me habían mostrado, seguía habiendo en mí una parte primitiva que estaba paralizada, una parte a la que veía como si de un niño asustado y frustrado se tratase, al que me imaginaba así:

Imagínate que conoces a un niño de dos años, un niño algo especial. Estás de visita en casa de sus padres, y cuando éstos salen de la habitación, el niño dice: «Estoy preocupado.» ¿Qué puede preocupar a un niño de dos años? «Los libros», responde. Esto es algo inaudito, pero como el niño parece muy ansioso, le preguntas que por qué está preocupado por los libros. «He ojeado uno y todas las páginas están llenas de manchitas negras. Jamás entenderé lo que quieren decir esos millones de manchas.» Le explicas que esos millones de manchas negras tendrán sentido algún día. Lo que ahora tiene que hacer es jugar con sus muñecos y colorear sus cuadernos. Las cosas cambiarán a su debido momento. «Pero ¿cómo? —me pregunta—. Por mucho que lo intente, mi mente sólo percibe montones de manchitas. Quiero que tengan sentido. ¿Qué debo hacer?»

La respuesta es que no puede hacer nada. Los libros son incomprensibles para quien no sabe leer, pero un día su significado empieza a desvelarse. ¿Fue a causa de algún gen? ¿Realizó el cerebro del niño nuevas conexiones? Pero si tu cerebro no sabe leer, ¿cómo puede saber qué conexión necesita? Nosotros tenemos los mismos genes que el hombre de las cavernas hace un millón de años, pero es obvio que ellos no alucinaban con las páginas deportivas. ¿Por qué íbamos a desarrollar un gen que va a permanecer dormido durante un millón de años por si se da el caso de que se inventa la escritura?

Quizás ése sea el punto donde comienza la fe y termina la ciencia.

No pretendo desentrañar el misterio. Sentado junto a Elena en las escaleras del periódico, supe que estaba a punto de abandonar mi antiguo yo sin ninguna garantía de que el nuevo supiera qué hacer.

—Me encontré en esta situación sin comerlo ni beberlo —murmuré.

Elena sonrió.

—A todo el mundo le pasa lo mismo.

—¿También a ti?

—No te obsesiones con mi historia. Yo no soy una chica cualquiera —me advirtió con aspereza.

—¿Te crees que no lo sé?

—Ya lo veremos. —Su tono se suavizó—. Toda esta aventura tiene que ver con el amor. El amor es lo que verdaderamente te permite volver a construirte.

Elena estaba de buen humor, y sus palabras fueron tan bellas que te contaré todo lo que me dijo ese día. Si lo que te interesa es saber cómo acabó la cosa, te puedes saltar esta parte. Pero está la cuestión cósmica...

—El destino de cada persona es muy difícil de predecir —me explicó Elena—. Pero el mundo sutil es el lugar donde nos espera el futuro. Allí eres joven antes de ser viejo, y mueres antes de nacer. Allí el capullo cerrado que aún no ha brotado ya está abierto, y la cosecha del año pasado nace de las semillas de éste. Voy a tener que enseñarte algo especial si quieres ver ese mundo: el tipo de atención que tendrás que prestar. Puedes llamarlo atención sutil o clarividencia.

Elena se levantó y se sacudió el polvo de la falda.

—Espera. ¿Cómo me lo vas a enseñar?

—Ya lo sabrás.

—¿Cuándo?

—Pronto.

Hubiese podido jurar que Elena se lo estaba pasando en grande. La única cosa que contuvo mi frustración fueron estas palabras:

—Suponte que el mundo sutil quiere que entres en él. El velo que os separa es más fino que una telaraña; no tiene nada que ver con estar lejos o cerca, simplemente no has prestado el tipo de atención adecuado.

—¿Fue la clarividencia lo que me hizo ver la estatua en la nieve? —quise saber.

—Sí, y todo lo que te parece tan sorprendente. La clarividencia a veces parece magia, pero en realidad es algo natural. Verás con los ojos del alma. Hace mucho, mucho tiempo que esperabas hacer esto.

De repente apareció Rebecca en las escaleras. Ninguno de los dos habíamos oído el portazo de la escalera de incendios. Llevaba una bolsa con comida china que despedía un agradable aroma a pato asado y salsa de soja.

—Hola —saludó.

—Estamos hablando de la gran oportunidad del señor Conover —declaró Elena.

—Genial.

Rebecca pasó entre nosotros. Estuve a punto de decirle que me iba de la empresa, pero Elena me apretó el brazo. La becaria desapareció por la puerta de la redacción.

—¿Mi gran oportunidad? —repetí cuando nos quedamos solos.

Elena se echó a reír.

—Bueno, lo es. Es tu momento. Toma esto —me dijo, entregándome una tarjeta.

Era de uno de los hoteles de lujo que hay al otro lado del parque, del Boston Common.

—Nos veremos allí. Ahora tengo que volver con Dolly.

En cuanto se hubo marchado entré en la redacción. Unas cuantas personas levantaron la vista, pero nadie hizo comentarios sobre mi ausencia. Como había imaginado, en mi escritorio se apilaban los papeles. Me senté y comencé a corregir el artículo de los sin techo que acampaban en el Fenway. Me tuvo ocupado casi una hora. Cuando lo terminé, agarré el artículo y fui al despacho de Cuddihy.

—Aquí tienes —dije, dejándolo caer sobre su escritorio—. Terminaré el resto, pero eso será todo. Dejo el trabajo. Me voy.

Entornó los ojos. Cuddihy tiene unos cincuenta años, por sus venas corre whisky y sangre irlandeses y no le gustan los rodeos.

—¿Te vas así, sin más? No he oído ninguna queja tuya. Si es por dinero, podemos discutirlo...

—No es por dinero —repuse—. Todo esto me ha pillado por sorpresa.

—¿Qué es «todo esto»?

—Cada vez me siento más inquieto.

—Así que te sientes inquieto. —El tono de Cuddihy era escéptico—. Vamos a ver, ¿qué es lo que de verdad te pasa?

Como tenía veinte años más que yo y era uno de los fundadores del periódico, Cuddihy hacía gala de cierto paternalismo. El periódico era la niña de sus ojos, su vida. No se ensañaría conmigo si le contaba lo que me había pasado durante el fin de semana porque yo era uno de los que estaba en el periódico desde el principio. Pero tampoco me comprendería. Seguir corrigiendo artículos no me decía nada: a eso se reducía todo.

—Es por una cuestión personal —dije, sin que me gustase mucho la evasiva—. Algo me dice que si no me marcho ahora no volveré a tener una segunda oportunidad.

—Si alguien te ha contratado a mis espaldas, todo lo que puedo decir que es deberías haber hablado conmigo —dijo Cuddihy frunciendo el ceño.

—No me ha contratado nadie. Ya no sirvo para este trabajo.

Hice un gesto de pesar al recordar las veces en que me había dado las gracias por mi lealtad, por no abandonar el barco cuando la economía del periódico amenazaba con hundirlo, algo que sucedía con frecuencia.

Hubo una pausa larga y tensa.

—Está bien, muchacho. Haz aquello que te deje dormir por las noches.

Bajó la vista y volvió a su trabajo.

Retiré mis cosas del escritorio medio aturdido. Tal vez pienses que me lo estaba jugando todo a una sola carta; oía voces en mi mente que me gritaban lo mismo. Pero si era libre, como me había dicho Elena, tenía que probarlo. No quería engañarme a mí mismo. No quería volver a aparecer al día siguiente haciendo y diciendo exactamente las mismas cosas que siempre habría hecho y dicho pero con la íntima satisfacción de sentirme elegido.

La verdad es que, aun cuando estaba dando aquel valiente paso, sabía que tarde o temprano me vendría abajo. El efecto de los grandes avances dura poco, y yo estaba en el crepúsculo del mío. Pronto volverían la duda y la negatividad.

Tratarían de convencerme de que nada había cambiado. ¿Cómo les demostraría que estaban equivocadas? Yo no era el ejemplo de nada. El amor, en su vertiente romántica, no me había funcionado. Mis fantasías se habían incubado en los años de instituto y no habían cambiado mucho con el tiempo.

Déjame bajar un poco el tono del relato mientras te confieso algo de lo que no me siento muy orgulloso. La primera chica con la que tuve relaciones sexuales se llamaba Janice y no tenía muy buena fama. Yo tenía dieciocho años. Nos fumamos un porro y nos fuimos detrás de la casa de mis padres. Nos sentamos en la mesa de jardín a oscuras, hablando de esto y aquello, y tuve ganas de hacerlo. Sin pedirle permiso me eché encima de ella.

Aquello se pareció tanto a hacer el amor como un choque de tres coches al Grand Prix.

Posteriormente, cuando me volví más fino, llamaba «amortizar el colchón» al acto sexual. He olvidado de dónde saqué aquella expresión. La palabra «amante» no significaba «uno que ama», ni para mí ni para nadie que yo conociese. Significaba conseguir lo que deseabas, y puesto que las chicas ya no pedían que se las cortejase, parecía que ambas partes obtenían lo que querían. Yo me consideraba un buen chico, uno de los que jamás hace llorar a una chica ni que se sienta una cualquiera. Para mí era una cuestión de principios que, después de romper, mis novias siguieran siendo mis amigas.

Debería haber sentido un vacío en el corazón, pero no era así. Era más bien como si mi corazón permaneciese discretamente apartado, aunque, creo que en secreto, estaba pensando en desertar.

Una día llevé a mi a casa a una chica después de una fiesta. Hicimos el amor pero no se quedó a dormir. Me dijo que tenía que trabajar al día siguiente, que era sábado. Yo, como era un caballero, acepté esa explicación. Se puso la falda y la blusa mientras yo la miraba desde la cama. No me dio un beso al dirigirse hacia la puerta, pero antes de marcharse me dijo algo. «Algún día deberíamos hacer esto al revés.» Le pregunté qué quería decir. «Pues mira, en lugar de acostarnos, hablar de nosotros y luego quedar, podríamos quedar, hablar de nosotros y luego acostarnos. Eso sería realmente genial.» Lo dijo en un tono irónico, pero dio en el clavo. Nunca lo había hecho al revés, y creo que no conocía a ningún tío que supiese que al revés solía ser al derecho. Lo que es mi manera de decir que debe de haber otras cosas que también se han quedado del revés.

Años más tarde, me pareció una buena idea salir por ahí y averiguar qué era hacer las cosas del derecho.

Abandoné la oficina con la caja de cartón en la que había metido mis cosas y me encaminé hacia la calle Boylston bajo una suave llovizna. A estas alturas ya habrás deducido que el frío es mi elemento. Mientras dejaba que las gotas heladas me fueran empapando, no pude evitar reírme de mi buena suerte. Elena me estaba ayudando a abrirme. No estaba enamorada de mí y al parecer no tenía el más mínimo interés; sin embargo, no cabía duda de que este viaje lo hacíamos juntos. El hecho de que sólo tres personas en el mundo comprendieran algo así me complacía enormemente.

No bajé de las nubes hasta que estuve en el metro y me di cuenta de que estaba completamente empapado y temblaba. Cuando llegué a casa y abrí la puerta, el teléfono estaba sonando. Corrí a cogerlo y tuve que ocultar mi decepción cuando oí la voz del otro extremo.

—¿Encontraste a tu admiradora? —era Renee.

—Desde luego que no —contesté. Ni siquiera se me pasó por la cabeza decirle la verdad.

—Qué mala suerte. Todo el mundo debería tener algún admirador. Me pregunto qué aspecto tendría la tuya.

Parecía espontánea, pero Renee es astuta y lo capta todo. ¿Qué intentaba averiguar? Comencé a pensar deprisa. Recordé que le había hablado del anuncio del periódico. Era la última conversación que habíamos tenido.

—Tenías razón —dije—. Era un tipo excéntrico.

—¿Así que fuiste?

—Sí.

—Estás un poco raro, y no has vuelto a llamarme. ¿Te pasa algo conmigo?

—No, no pasa nada —repuse—. ¿Por qué no nos vemos? Tengo ganas de verte.

Renee pareció satisfecha.

—Sé que vas a pasar el día de Acción de Gracias con tu hermana, pero mi madre ha hecho una tarta, y se supone que es para ti. ¿Puedo llevártela?

—Claro, me encantaría. Tu madre siempre piensa en mí.

—Yo también. Voy enseguida.

Colgué con un sentimiento de culpabilidad. Había hecho todo lo posible para acortar la conversación con Renee. ¿Por qué? Además, había algo nuevo en su voz, y no me había dado suficiente tiempo a mí mismo para averiguar de qué se trataba. No era hostilidad. Tampoco suspicacia. Entonces, ¿por qué estaba intranquilo? Miré por la ventana. Las calles estaban desiertas a causa del día festivo. La nieve sucia se acumulaba en los rincones donde no daba el sol.

¿Cuando Renee llegase, me pregunté, se daría cuenta de la transformación que se había producido en mí? Hasta ese momento, nadie había penetrado en el círculo mágico que Elena había dibujado a mi alrededor. No podía evitar pensar que cualquiera que averiguase algo acerca de nosotros querría hollar nuestro jardín secreto.

Al cabo de lo que me pareció una hora sonó el timbre del portero automático. Contesté y esperé junto a la puerta para abrir en cuanto Renee llamase. Así pensaría que estaba deseando verla. Entonces lo pensé de nuevo y me aparté de la puerta. Si abría demasiado pronto, sospecharía algo. Mi preocupación resultó innecesaria, porque no llamó: oí una llave girar en la cerradura y la puerta se abrió. Renee pasó a toda prisa por mi lado sin apenas mirarme.

—Hola —dijo, llevando una bolsa de papel a la cocina—. ¿Montabas guardia?

—No. Te estaba esperando —farfullé.

—Perdona que haya tardado, es que he estado recortando cosas del periódico. Las rebajas empezarán pronto.

Ahora que Renee estaba en casa me sentí ridículo por haberme puesto nervioso. De hecho, inmediatamente me sentí atraído por ella. Su cabello claro había crecido durante el invierno, y sin el sol del verano había recuperado su tono cobrizo. Emanaba un perfume dulce y limpio.

—¿Has acabado aquel artículo sobre el campamento de los sin techo? Cada vez hace más frío y nadie ha movido un dedo por ellos. Quizá tu historia contribuya a que le lean la cartilla a alguien.

Mientras hablaba, Renee fue sacando de la bolsa una tarta de calabaza envuelta en papel de aluminio, un recipiente de plástico con salsa de arándanos y otro con relleno. Había comida suficiente para tres.

—¿Quieres preparar la comida ahora o la meto en la nevera?

Renee se calló, a la espera de mi respuesta.

El momento exigía una contestación inmediata, pero súbitamente entendí que se sentía herida. Esta comprensión no me llegó en forma de palabras o como un pensamiento consciente. Simplemente lo supe, como si hubiese percibido su emoción directamente en mi cuerpo.

—Lo siento —le dije sin pensarlo dos veces.

—¿Qué quieres decir?

Renee pareció confundida. Se dio la vuelta y abrió el frigorífico para guardar la comida.

«Ahora se está cerrando. La he descubierto y no estaba preparada.»

Esto también lo supe al instante.

—Tendría que haberte llamado —le dije.

Renee tardó un momento en salir de detrás de la puerta de la nevera. Cuando lo hizo, su rostro no mostraba expresión alguna.

—¿Llamarme cuándo?

—Por teléfono me dijiste que no te había llamado este fin de semana.

—Yo no te he dicho eso.

Me miró sin pestañear y sin cambiar de expresión.

Estaba a punto de decirle que sí lo había dicho, pero recibí otro mensaje.

«No está herida sólo por eso. Hay algo más, y es importante.»

En cinco segundos mi capacidad de percepción había pasado de notar el perfume de Renee a descubrir algo oscuro, quizá más oscuro de lo que estaba preparado para conocer. Si se sentía tan dolida, ¿me echaba toda la culpa a mí? ¿O la herida no tenía nada que ver conmigo? No hubiese sabido decirlo. Únicamente percibía un estremecimiento de ansiedad en su interior.

Renee hizo espacio en la nevera para colocar la comida que había traído.

—Últimamente no estás muy comunicativo —dijo—. ¿Lo has notado? Me di cuenta por teléfono y por eso mismo he venido. Quería comprobar cómo te encuentras.

La observé sin saber qué responder. Sus bruscas palabras estaban cargadas de reproche. Pero si se lo hacía ver, Renee lo negaría, discutiríamos y yo sería el culpable de la discusión.

—No tienes que preocuparte por mí —dije.

Renee dobló la bolsa de papel y miró alrededor, buscando un lugar donde dejarla.

—Siempre dices eso. Y es una de las cosas que hace que me preocupe por ti.

—¿De modo que si te pidiese que te preocupases por mí no lo harías?

—No, no quiero decir eso. Estás tergiversando mis palabras.

Intentaba centrar la conversación en mí. Todas las insinuaciones e indirectas se perdían en las sombras. Me resultaba extraño mantener aquella conversación. A pesar de todos sus esfuerzos, desde que había entrado por la puerta se había ido poniendo cada vez más triste.

—Espera, para —dije levantando la mano—. Nos estamos desviando del tema. Volvamos a él, ¿vale?

Renee frunció el ceño.

—Eres tú el que dijo que entre tú y yo no había problemas. ¿Qué te pasa exactamente? ¿Ha sucedido algo en estos días? No te habrán despedido, ¿verdad?

—No —contesté sorprendido.

Renee seguía con la antena puesta, no me había equivocado al respecto.

—Volvamos al momento en que entraste por esa puerta.

Sin esperar una respuesta, me acerqué y la abracé, con la esperanza de disimular la media mentira que le había dicho acerca del trabajo. Durante unos segundos su cuerpo estuvo tenso, pero tras unos instantes interpretó el abrazo como una disculpa y me lo devolvió. Cuando nos separamos estaba más relajada.

—No puedo quedarme. Tengo que hacer unos recados —afirmó—. ¿Estás bien?

Su cara tenía una expresión amistosa pero no funcionó.

«Me das miedo. Tengo que irme de aquí.»

Este último mensaje, que me llegó tan fácilmente como los anteriores, fue el que más me inquietó. No era consciente de haber dicho nada que la pudiese asustar. Pero en modo alguno podía decirle algo así.

—Sí, sí. Estoy estupendamente —contesté—. Dile a tu madre que es un ángel.

Renee esbozó una rápida sonrisa y se dio la vuelta sin darme un beso de despedida. Al cabo de un instante ya no estaba.

Comencé a pasear arriba y abajo. ¿Que había sucedido? Tenía la sensación de que mi mente estaba enredada como un ovillo. Renee y yo éramos viejos amigos; habíamos sido amantes. Había oído su voz, pero también otra, más auténtica, que hablaba al mismo tiempo. Esta voz no era amable conmigo, apenas me conocía. Si había dos Renee, ¿cuál de las dos se había enamorado de mí? ¿Cuál de las dos había decidido dejar de dormir conmigo y vivir sola?

No pude desentrañar y aclarar mis impresiones. Pensé que esto era para lo que Elena me había preparado: la clarividencia. Atención sutil. Mi mente se estaba convirtiendo en una de esas lentes que muestran media imagen bajo el agua y la otra media por encima de la superficie.

Jamás había imaginado que se podía ver de esa manera, y no tenía ni idea de cómo manejarlo.

Era el primer día de Acción de Gracias de mi nueva vida. Me miré en el espejo mientras me arreglaba y pronuncié esas palabras en voz alta. «Mi nueva vida.»

La frase me dio inusitados ánimos, pero me pregunté cuánto tiempo durarían. ¿Qué parte de mi vida sería nueva? ¿Qué parte se negaría a cambiar? Me mantuve ocupado con el fin de no pensar demasiado en todo ello. Me vestí lo mejor que pude y llevé a cabo el ritual anual de lustrarme los zapatos de etiqueta. Éste era el día en que a Linny le gustaba lucirse. Antes de que ella viniese a vivir al norte había pasado más de un día de Acción de Gracias solo. Un año salí a la calle en plena tormenta para comprarme un sándwich de pavo en un establecimiento de comida rápida que aliñé con una salsa de arándanos de lata. Pero en estos últimos años mi hermana siempre me reservaba un lugar en su casa para las fiestas.

Cuando acabé de vestirme regresé al cuarto de baño. Me miré en el espejo de nuevo y pronuncié las palabras mágicas una vez más: «Mi nueva vida.» «Nadie más que yo tiene que notarlo —me dije a mí mismo—. Nadie más debe saberlo.» Fue una bravata. Aquella misma mañana, temprano, había comprado una botella de Burdeos en la bodega del barrio, algo por encima de las posibilidades de un hombre que acaba de perder su trabajo. Entregar cuarenta dólares y que me devolviesen sólo dos fue toda una experiencia. Mi antigua vida no se rendía tan fácilmente: seguía lanzando señales de desaprobación y de preocupación como cargas de profundidad.

Linny quería que todo el mundo llegase a las dos de la tarde para poder empezar a cenar a las cuatro. Fui a buscar el coche. Si recogía a Elena un poco antes, podríamos alargar la media hora del trayecto hacia la costa. Ese tiempo extra me permitiría recuperar la inspiración.

Cuando llegué al hotel, Elena ya me estaba esperando con un ramo de flores en la mano. Me incliné hacia el asiento de al lado y le abrí la puerta, adelantándome al portero. Le deseé un feliz día de Acción de Gracias, intentando parecer desenvuelto. Elena, que parecía inmune a los cambios de humor, me sonrió y subió al coche. Las flores eran lirios, y su fragancia dulzona llenó el vehículo de un aroma oriental.

—Estás muy guapa —le dije mientras ponía el coche en marcha.

El tiempo había mejorado y Elena llevaba un conjunto muy ligero, un vestido negro que daba a sus pálidos rasgos la apariencia de la porcelana.

—Así que tenías un traje escondido en alguna parte. —Elena me sacudió las solapas con la mano, un gesto que las mujeres no pueden evitar—. Buena elección.

—Deberías haber visto cómo quedó el tipo con el que me peleé para quitárselo.

Todo esto era muy agradable, pero yo esperaba una mirada o una palabra secreta, alguna señal que indicase que estábamos en otra onda. Como ella tan sólo se mostraba alegre, me sentí molesto. Empecé a contar los golpes de los neumáticos contra las junturas del hormigón de la autopista.

—Hoy estás diferente —me dijo Elena al cabo de veinticinco golpes.

—Espero que mejor.

En su cara se dibujó una expresión de duda.

—Un poco más tenso, de hecho. No esperes sentirte bien todo el rato. No funciona de esa manera.

Le conté la experiencia que había tenido con Renee y le pregunté si había sintonizado con ella a través de la atención sutil.

—Estoy segura de que sí. Estabas percibiendo esa parte de ella que no se siente querida. Todo el mundo la posee pero no la muestra, y nosotros hacemos como que no lo notamos.

—¿Así que no le hice nada?

Elena me lanzó una sonrisa irónica.

—¿La verdad?

—Desde luego.

—Le traes malos recuerdos. La haces infeliz siendo lo que ella no quiere que seas.

—Traté de ser lo que ella quería —protesté.

—Estoy segura de que lo hiciste, o de que al menos lo intentaste —dijo Elena—. Pero ¿qué importa? Si tratas de ser lo que otra persona quiere, el que acaba siendo infeliz eres tú. Y si no intentas ser lo que otra persona quiere, eres un egoísta. Tu relación se romperá o bien degenerará y se convertirá en una relación de dos personas que comparten un espacio. Es algo difícil.

Elena dijo todo esto deprisa, sin mostrar mucho interés. Estuve a punto de decirle que no me estaba ofreciendo respuestas, pero se me adelantó.

—Ahora no hablo de ti y de Renee. No estoy aquí para arreglar las cosas por ti ni para hacerte de consultorio sentimental.

Sentí que me había pillado.

—¿Qué debo esperar de ti?

—Puedes esperar que te diga la verdad sobre el proceso.

—¿Qué es el proceso? —pregunté con suspicacia.

Había oído utilizar esta palabra de muchas maneras. Las mujeres, concretamente, hablan de «procesar» sus sentimientos cuando están tristes y enfadadas. Luego está el factor culpabilidad, como en la frase «he procesado lo que me has dicho y me he dado cuenta de que me he sentido fatal por culpa de lo que me hiciste». Pero si alguien procesara realmente sus sentimientos, ¿no desaparecerían la ira y la tristeza?

Elena captó mis dudas.

—No te enganches en las palabras. Yo me refiero al proceso de convertirte en alguien real. Utiliza el término que quieras. Ahora que ha empezado, me tendrás a tu lado para decirte la verdad de lo que ocurre —añadió—. Esto es muchísimo más importante que hacer que te sientas bien. El proceso no siempre es agradable. Durante una temporada te sentirás como antes: en general nublado con ratos de sol intermitente.

¿Se estaba burlando de mí o quería suavizar las cosas?

—¿Y por qué no siempre soleado? —inquirí, notando que se me hacía un nudo en el estómago.

—Porque no puedes mirarte a ti mismo y sentirte optimista todo el tiempo. Eso no es realista. Tú le echas la culpa a Renee y ella te culpabiliza a ti. ¿Por qué? Por crear problemas. Muchas personas aspiran a tener una relación para sentirse bien, y cuando eso no sucede llegan a la conclusión de que es la relación lo que no funciona. Ahora es mejor que ni siquiera pienses en lo que otras personas hacen. Entrégate por completo al proceso.

Pese a que hasta aquel momento todos mis intentos de que Elena me contase su experiencia habían resultado infructuosos, ahora me reveló una parte.

—Todo el mundo se entusiasma ante la perspectiva de una nueva vida. Esperan que el proceso sea siempre agradable. Yo me sentía así, pero Dolly deshinchó el globo muy pronto.

Dolly, ¿cómo había podido olvidarla?

—Hace dos días que no veo a Dolly. ¿Dónde está?

—Está bien, no te preocupes —contestó Elena y siguió relatando su historia.

—El proceso era nuevo para mí. Me habían sucedido algunas cosas extrañas y, al igual que tú, no reconocí que constituyesen un avance. Lo único que sé es que casi me volví loca. Me habían dicho que el poder de las mujeres reside en cómo se sienten, y el de los hombres, en lo que hacen. Yo no sabía cómo me sentía y no podía hacer nada. Algunos días me parecía que era un ángel al que le estaban saliendo las alas y otros días temblaba por dentro de miedo. No pude conservar mi empleo y tuve que dedicarme a hacer trabajos temporales de una semana de duración.

—¿Cuántos años tenías?

—Veintitrés. El destino nos unió a Dolly y a mí. Me dijo que no me estaba volviendo loca, sino que había iniciado un proceso. Es desconcertante que te hablen en términos tan vagos, casi amenazador. Pero estaba claro que no podía continuar así. Dolly me dijo que le recordaba a una serpiente que está cambiando de piel: se desprende de la vieja pero aún no tiene la nueva. A mí me dan miedo las serpientes, de modo que no fue de mucha ayuda.

—¿Qué aspecto tenía Dolly entonces?

—El mismo que ahora. No obstante, desde el primer día supe que ella había pasado por todas las etapas que estaba pasando yo. Así es cómo trabajaba Dolly. Te ponía a prueba y te observaba para ver cómo te las arreglabas sabiendo todo el tiempo cómo se había sentido ella misma en su momento. Esto nos lleva a lo que quería decirte. Un día fui a casa de Dolly, la misma en la que aún vive, y sacó un par de zapatos. Eran de un rojo chillón, con altos tacones de aguja. Cuando los vi me puse nerviosa. «¿No te gustan? —me preguntó—. Son unos zapatos llenos de pasión.» «Me gustan siempre y cuando no tenga que ponérmelos», le respondí. «Sólo tendrás que llevar uno», manifestó Dolly.

»Me quedé de piedra, pero ella hablaba totalmente en serio. Me obligó a ponerme uno de aquellos zapatos de buscona y a caminar por la sala de estar. En cuanto pude caminar sin tropezar me acompañó a la puerta. Mis órdenes eran que durante una semana llevase puesto aquel zapato rojo adonde quiera que fuese.

—¿Lo hiciste?

Elena asintió.

—Había comenzado a confiar en Dolly, aunque me sobrecogía un poco. Tenía que averiguar qué era lo que ella pretendía. Mi orgullo me impediría volver allí y decir que había fracasado.

»El primer día fue horrible. Me puse un zapato negro de tacón alto en el otro pie, pero aun así la altura de los zapatos era diferente. Además de hacer el ridículo, caminaba con tanta inseguridad que por poco me caigo de bruces al subir al autobús. La gente me miraba, un hombre me silbó y yo me imaginaba a los demás murmurando sin cesar a mis espaldas. En mi trabajo temporal, el supervisor me llevó a un rincón y me dijo que vestía de una manera inadecuada. Le dije que lo que estaba haciendo era acoso sexual y me dejó tranquila. Nadie se me acercaba. El segundo día ni siquiera pude hacer ver que se tratara de una especie de aventura. Cuando volví con Dolly me sentía como un monstruo. En cuanto crucé la puerta me eché a llorar.

—¿Qué te dijo?

—Se sentó y me escuchó mientras le contaba lo humillada que me sentía, y entonces se echó a reír. Yo esperaba que me iluminaría con su sabiduría y que me confiaría algún solemne secreto espiritual. Me enfadé y comencé a quejarme, y le dije que iba a marcharme y que nunca más volvería a verme. Y cuando más enfadada estaba, se inclinó hacia mí y me soltó una bofetada. Me quedé petrificada. No fue una bofetada fuerte, como esas que dan en las películas cuando alguien se pone histérico. «¿Por qué lo has hecho?», le pregunté. «Para que comprendas una cosa —respondió—. Todo lo que has sentido esta semana: ira, humillación, vergüenza, timidez, resentimiento, todo está en ti. Nadie lo ha provocado.»

»Le dije que se equivocaba. Era ella quien lo había provocado, junto con toda esa gente que me miraba como si fuese un monstruo o una loca. Pero Dolly me dijo que si quería ser verdaderamente libre tendría que aprender que las fuerzas exteriores no hacen más que desencadenar nuestros propios sentimientos. Nosotros somos los responsables de todo lo que hay en nuestro interior. Los sentimientos son ecos de reacciones pasadas que permanecen en nosotros hasta que los llamamos. Fue un momento decisivo para mí.

—¿La creíste?

Elena asintió.

—Dolly estaba diciéndome la verdad acerca del proceso, tal como yo lo hago ahora. Dijo que había buenas y malas noticias. La buena noticia es que tienes la oportunidad de cambiar lo que ha ido mal en tu vida. La mala noticia es que tienes que enfrentarte a todo lo que ha ido mal en tu vida.

—¿Es ése mi futuro? —pregunté, soltando una risa nerviosa—. ¿Pagar por mis pecados?

—De ninguna manera —respondió Elena rápidamente—. Es como deshacer nudos. En su interior, toda persona está llena de nudos. Somos como ovillos de historias enredadas, sólo que los hilos son invisibles. Sé que te intriga Dolly y que incluso te divierte. Ahora puede parecer inofensiva, pero era una maestra despiadada. No le importaba el tipo de máscara que llevaras para sentirte cómodo. Aquel día me habló de mi cuerpo emocional. Todo el mundo tiene un cuerpo emocional. Es donde almacenamos nuestros sentimientos del pasado. Es como un banco de datos al que podemos acudir cuando necesitamos reaccionar a algo. Si alguien te da una orden y ese alguien se parece demasiado a un padre dominante, o si te ofendió la semana pasada, o si su tono de voz te recuerda a un antiguo rival de la escuela, no necesitas procesar toda esa información para reaccionar. La reacción está ahí. La recuperas automáticamente de tu cuerpo emocional.

—¿Por qué lo llamas cuerpo? —pregunté—. ¿Por qué no llamarlo simplemente «mis emociones»?

—Revestir a las emociones con un cuerpo está más cerca de la verdad. En el nivel de los sentimientos, en este preciso instante estás digiriendo todas las experiencias. Las estás metabolizando y almacenando la energía que proporcionan. A veces almacenamos toxinas emocionales; otras veces la energía es positiva y nos nutre. Cuando necesitas energía emocional, recurres a tu cuerpo emocional. Si tienes suerte, puedes deshacerte de todos los residuos en vez de conservarlos. La complejidad del cuerpo emocional es tan grande como la del cuerpo físico, sólo que no nos damos cuenta de su importancia.

Nos estábamos acercando a nuestra salida, pero Elena tenía una última cosa que contarme acerca de sus comienzos.

—Dolly empleó una suerte de terapia de choque con aquel zapato rojo porque a mi cuerpo emocional le resultaba imposible soltar lo que estaba reteniendo, al menos de forma voluntaria. Una gran cantidad de emoción negativa me oprimía como un puño, y aquélla fue una manera rápida de liberarme. Naturalmente, al principio estaba perpleja y confundida, pero al final, entre estallidos de ira y de lágrimas, tuve que aceptar la verdad.

»"La manera en que la gente trata de evitar que la hieran es cerrando el cuerpo emocional —dijo—. Al igual que los caracoles, que viven metidos en su concha, cada uno de nosotros ha creado una armadura para proteger sus sentimientos, una armadura invisible. Y puesto que nos ocultamos tras ella con el fin de no sentir nada, nuestra principal actitud es la negación." Me hizo andar por ahí con un zapato rojo porque quería que experimentase algo de lo que no podría ocultarme por mucho que lo intentase.

—¿Y tenía razón?

Elena se echó a reír.

—¿Tú qué crees? La manera en que caminaba por la calle, dando trompicones, hacía que los demás se fijasen en mí. No podía esconderme, y eso era lo que Dolly quería.

—Pero si te sentiste tan mal, ¿de qué manera te estaba ayudando?

—Obligó a mi cuerpo emocional a revelar sus secretos. Tuve que experimentar lo que era perforar la armadura y permitir que aflorasen las emociones. Fue una catarsis. En aquel momento lo odié, a cada minuto. Pero cuando todo hubo acabado, Dolly me dijo algo que jamás olvidaré: «Tu trabajo ahora no consiste en sentirte bien, sino en ser auténtica.»

—¿Qué hay de fantástico en ser auténtico si hace que te sientas fatal? —dije con una mueca.

—Ser auténtico es increíble. Es la única cosa por la que vale la pena vivir —afirmó Elena categóricamente—. Pero para llegar a ese punto tienes que abrirte paso a través de todo lo que no es auténtico. Dolly y yo hicimos un pacto: ella me diría la verdad y yo la escucharía. Tú y yo aún no lo hemos hecho.

Todavía tenía un nudo en el estómago. No podía dejar de pensar en que Elena me pondría alguna prueba humillante. Pero me las arreglé para decirle, sin que los nervios me traicionasen, que también quería que me dijese la verdad. Para entonces ya habíamos tomado la salida de la costa.

—Ya casi hemos llegado —anuncié—. Y, francamente, éste es el último lugar en el que me gustaría estar. Quiero seguir hablando.

Elena sonrió.

—No te preocupes, nadie se ha quejado nunca de que durante el proceso la gente se quede sin tema de conversación. ¿Quién asistirá a la cena?

Le contesté que estarían Linny, su familia y unas cuantas personas a las que no conocía.

—Mira a tu alrededor y observa —me propuso—. A ver qué te dice tu clarividencia. Intenta captar cómo actúa todo el mundo desde ese nivel del que hemos hablado.

Pronto nos encontramos en el sendero de grava que conducía a la gran casa, situada a orillas del mar. Linny abrió la puerta con el delantal puesto. Pareció sorprendida, pero nos abrazó a mí, a Elena y al ramo de lirios blancos y nos llevó con los demás.

—Quiero saberlo todo de ti —le dijo a Elena—, pero en este momento formo parte del cuerpo de bomberos.

La seguimos hasta el garaje. Su marido, Josh, que estaba de pie junto a una cazuela enorme, nos saludó con un «hola». Estaba friendo el pavo, que nadaba entre chisporroteos en aceite hirviendo, aunque no había llegado a entrar en erupción como temía Linny. Aun así, la tarea no carecía de riesgos. Josh tenía un aire intrépido, y a su alrededor varios niños intentaban mirar dentro de la cazuela, fascinados ante la perspectiva de una posible explosión. Una docena de espectadores adultos deambulaban por allí, con una copa en la mano. Conocía a algunos de otros días de Acción de Gracias. Constituían una mezcla de los círculos respectivos de mi hermana y mi cuñado: amigos, vecinos, compañeros de trabajo. Mi idea era no separarme de Elena, pero Linny la reclamó desde la cocina.

Me senté un poco apartado, preguntándome qué quería Elena que observase. A los amigos de Linny, como a ella, se les veía contentos y las cosas les iban bien. Todos los que estábamos allí teníamos secretos, por supuesto, y también debilidades. ¿Era eso lo que Elena quería que descubriese?

Para gran desilusión de los chicos, el pavo no explotó. Cuando lo sacaron de la cazuela los asistentes aplaudieron y lanzaron vítores. El vino comenzaba a hacer efecto entre los invitados, aunque no en mí. Todavía tenía aquel nudo en el estómago que había empezado a sentir en el coche. Justo antes de que fuéramos a sentarnos me llevé a Elena a un rincón.

—Inventémonos alguna excusa. No me siento a gusto aquí.

Eché una mirada a la habitación. Los rostros estaban relajados. La gente había llegado a ese punto de la fiesta en que las tensiones sociales se han suavizado. Un grupo de personas desconocidas iba a relacionarse socialmente durante unas horas para luego separarse y olvidarse de sus mutuas existencias.

—No estás observando —me advirtió Elena—. Vuelves a caer en tus viejas reacciones.

—Entonces enséñame lo que ves tú —le pedí.

—Está bien. Dame la mano durante la cena y te ayudaré.

—Pero ¡nos verán todos!

—A nadie le importará —rió—. Simplemente pensarán que no puedes apartarte ni un centímetro de tu nueva novia. Soy la chica del año.

Al parecer tenía razón. Cuando Linny nos llamó a todos a la mesa, nos colocó juntos a Elena y a mí, como si fuésemos pareja. Nos fuimos pasando la comida unos a otros y nadie se fijó en nosotros. De vez en cuando, Elena me cogía la mano durante unos segundos.

Comencé a ver fragmentos de una foto de grupo. Los niños eran bulliciosos y libres; eran incapaces de permanecer sentados el tiempo suficiente para salir en la foto y además no les importaba cómo quedaran. A los adultos, en cambio, les importaba demasiado. Cada cual se afanaba, a su manera, por atraer la atención de la cámara, pero al mismo tiempo sentían muchísima ansiedad y se esforzaban en vano para que no se descubriese en lo que se habían convertido. Cada cual proyectaba a su manera una imagen que pasaba por ser la persona real. La mujer que se hallaba a mi lado tenía una risa estridente que dejaba traslucir todo el resentimiento y la hostilidad que ella creía que quedaban ocultos tras su exagerada sociabilidad. Su marido estaba furioso porque pensaba que su mujer hacía el ridículo. Le lanzaba miradas asesinas mientras ella decía a gritos lo bueno que estaba el pavo y lo genial que era Josh por haberlo cocinado de aquella manera tan sorprendente. Era obvio que el marido luchaba por ocultar su convicción de que ella no le merecía.

¿Tenían la menor idea de que lo que intentaban ocultar saltaba a la vista?

Mentalmente los vi a los dos comiendo en un restaurante. El camarero se equivoca con el vino y el marido le abronca. El camarero va a por otra botella y mientras tanto, el marido comenta: «Este tío es un incompetente. Ni siquiera sabe tomar nota. ¿Cómo es posible que estas cosas ocurran en un restaurante tan caro?» Su voz está llena de desprecio, y la mujer sabe en su interior que también la desprecia a ella. Pero la mujer no tiene el valor de decirle que lo sabe, y el marido está demasiado ocupado desviando su agresividad hacia una víctima propiciatoria.

Y luego estaba Linny. Mientras la observaba di gracias porque ella no tuviese la misma aura gris y densa que otros invitados. Sin embargo, su afán por agradar no era realmente espontáneo. Al igual que el año pasado, y el otro, saltaba de la silla para volver a llenar un plato, coger en brazos a un niño que lloraba o recibir un cumplido con una sonrisa. Pero se estaba cansando. La actuación de este año le costaba más que la del anterior. Su papel, asumido en algún momento olvidado de su pasado, la obligaba a expresar emociones que en realidad no sentía. Una parte de ella quería rebelarse: odiaba aquella máscara y quería arrojarla lejos. Pero la mayor parte de mi hermana, la parte que sabía que tenía que amoldarse para sobrevivir, ganaba la batalla. Con el tiempo sólo le quedaría un jirón de conciencia para rebelarse, y entonces haría todo lo posible por extirparlo.

—¿Jess?

Me volví hacia la voz. No me había dado cuenta de lo absorto que estaba. Elena me había soltado la mano. Con la mirada me indicó la cabecera de la mesa. Josh me estaba haciendo una pregunta.

—¿Ya has bajado de la nube?

—Sí, lo siento.

Le pedí que me repitiese lo que había dicho.

—Sólo me interesaba por tu futuro. Tu amiga dice que has dejado el trabajo.

Linny, que intentaba endosarle a alguien una fuente de pechuga de pavo para que se la llevara, soltó una exclamación y la sonrisa se borró de su rostro.

—¿Te has quedado sin trabajo?

—Un momento —respondí, levantando las manos—. No pasa nada, sólo quería cambiar de aires.

—¿Cambiar de aires? ¿En dónde? —preguntó Linny.

Algunos invitados dejaron de hablar. La tensión flotaba en el ambiente.

—Está trabajando para mí. Me está ayudando a montar una escuela —dijo Elena antes de que yo contestara.

—¿De verdad? No sabía que Jess pudiese dar clases —respondió Linny. Ella ignoraba qué papel jugaba Elena en mi vida, y hasta que no lo supiese, la mujer del año levantaría suspicacias. La cuestión es que yo tampoco tenía ni idea de qué estaba hablando Elena.

—No es necesario que tenga formación —contestó Elena con afabilidad—. Vamos a hacer algo nuevo. Una clase de escuela en la que nadie ha pensado.

—Estás en Boston. Aquí se ha pensado en todas las escuelas habidas y por haber —aseguró alguien.

Este comentario provocó unas risas educadas. Cuando se acallaron, Elena continuó.

—Es una escuela de misterio. ¿Se os había ocurrido?

—¿Y eso qué quiere decir? —preguntó Linny, que ya no disimulaba su intención de interrogar a Elena.

—Puesto que se trata de misterios, tendrás que pagar para averiguarlo —intervino una mujer.

Estas palabras también produjeron cierto regocijo. Elena se volvió a la mujer que había hecho el comentario.

—De hecho, tiene toda la razón.

Linny dejó la fuente de servir sobre la mesa.

—Jess no sabe de qué estás hablando. Salta a la vista, míralo.

—Quizá yo veo algo que no veis —observó Elena.

—¿Ah, sí? ¿Y qué es? —soltó Linny.

—Dejad de pelearos por mi culpa —interrumpí—. Fui yo quien tomó la decisión de dejar el trabajo. Y si queréis saber lo que pienso ahora, os diré que estoy contento. Quizá no sepa lo que es una escuela de misterio, pero creo que todos vosotros deberíais asistir.

—¿Por qué? —preguntó alguien—. ¿Porque te crees mejor que nosotros?

Los niños tenían los ojos abiertos como platos, incapaces de entender el súbito acaloramiento de los mayores. Algunos de los invitados parecían a punto de salir huyendo.

Elena me puso la mano en el hombro para evitar que contestase. Se levantó.

—Lo siento. Fui invitada en el último momento y no conozco a ninguno de vosotros. Pero he estado observando, y esto es lo que he visto: todos vivís bastante bien. Parecéis saber quiénes sois y para qué estáis aquí. Pero ¿cuánta verdad hay en estas afirmaciones? Lo que habéis elegido, ¿ha sido lo mejor?

Varios hombres resoplaron o sonrieron con aire de suficiencia. Las mujeres permanecían calladas y con expresión de desconcierto. Elena se volvió hacia el hombre que se creía demasiado bueno para su esposa.

—¿Ha amado a alguna mujer de alma a alma?

—¡Que hoy es el día de Acción de Gracias, por el amor de Dios! —exclamó el hombre sin disimular su irritación.

Creí que los demás harían callar a Elena, pero ella pareció contenerlos pese al malestar que sentían.

—Está bien —dijo—. Pero si rechaza la pregunta, ¿quién se creerá que conoce la respuesta? La palabra «amor» os incomoda, la palabra «alma» está vacía. Alguien decidió un día celebrar esta espléndida fiesta de Acción de Gracias, pero ¿a cuántos de vosotros os mueve la gratitud?

Cualquier persona se habría avergonzado de hablar de aquella manera, pero Elena echaba chispas. Una oleada de calor recorrió la mesa. Elena los miró a todos, uno por uno, y yo jamás he visto a un grupo de personas tan acorraladas.

—Ninguno de vosotros volverá a verme si no quiere —dijo Elena en un tono menos hiriente—. Me preguntasteis qué era una escuela de misterio, y os lo diré: es un lugar en el que se aprende que el amor es un misterio. O es un misterio, o es lo que estáis viviendo, algo que carece por completo de misterio.

Elena se sentó.

—No entiendo de qué va todo esto —dijo alguien.

Uno de los más bebidos, que se había ido sirviendo vino con discreción, gritó de repente:

—¡Atención, atención!

Otro hombre dio golpecitos en un vaso con el tenedor. Su mujer le agarró del brazo para que parase.

—Deberías escuchar —le espetó la mujer.

—Pero ¿a ti qué te pasa? —se sorprendió aquel hombre.

—Nada.

La mujer se sintió cohibida al convertirse en el centro de atención, pero sus palabras destilaban cierta amargura.

—Si tuviera más agallas, iría a esa escuela —afirmó con la voz pastosa por el vino—. Y ya que hablamos del amor, y me refiero al de verdad, no a lo que...

—Haz el favor de callarte —la interrumpió el marido. Mi hermana Linny estaba a punto de perder los nervios.

—Por favor, que hay niños en la mesa —rogó.

—Quizá sería bueno que ventiláramos la habitación. El ambiente está muy cargado —aventuró Josh.

—Estoy de acuerdo —dijo el achispado—. Estos encuentros con la verdad me dan sed.

Algunos de los presentes rieron con disimulo.

Hice un gesto con las manos.

—Quedaos donde estáis. Nos vamos.

Le tiré de la manga a Elena y ella, sin protestar, dobló la servilleta y se levantó. Los demás permanecieron sentados mientras nos íbamos. Linny nos observaba con una mirada llena de dolor y enojo. Cuando me incliné para besarle la mejilla no me devolvió el beso. Sus ojos me decían «Me has arruinado la fiesta».

Una vez en el coche, pasaron cinco minutos antes de decidirme a romper el silencio.

—¿Teníamos derecho a hacer eso?

—¿A hacer qué? —preguntó Elena.

—Atacarlos de esa manera. Fue algo brutal... ¿Viste a mi hermana?

—Intenta olvidarte de tus propios juicios. Allí dentro estaba pasando algo diferente —dijo Elena, pero en lugar de explicarse esperó a que yo reaccionase.

—No sé —respondí—. ¿Acaso sugieres que todas esas personas sabían lo que iba a suceder?

Elena asintió.

—No sólo lo sabían. Vinieron con el propósito de ser

cuestionados. El que vive en un caparazón no quiere abrirse. No prestes tanta atención a su resistencia; no es una experiencia agradable cuando el caparazón se rompe.

—Pero no puedes machacarlos sólo porque tú creas que es lo que quieren.

Elena sonrió.

—¿Piensas que es como la seducción, dicen que no pero que en realidad quieren decir sí?

—¿No fue así?

—No. Yo no tenía ninguna razón personal para provocarlos, ni siquiera por su propio bien. Tendrás que aceptar que vi lo que vi. Jamás digo verdades que puedan herir a alguien.

Continuamos en silencio mientras yo intentaba asimilarlo.

—No sé lo que les hiciste a ellos, pero a mí me liberaste. Debería sentirme tenso como una cuerda de violín, pero a decir verdad me encuentro estupendamente.

Elena parecía satisfecha.

—Quería que vieses lo que puede hacer el secretismo emocional. Cuando entramos allí vi lo que te pasaba por la mente. Pensabas que estabas rodeado de gente feliz y de éxito y que tú eras la excepción. Necesitabas abrir los ojos.

Realmente no sé qué vio en mí, pero el proceso, fuese lo que fuese, tenía que ser mejor que el mundo en el que Linny quería que me quedase. Tenía que ser mejor que dormir con alguien a quien una vez quisiste, pero que ahora se está convirtiendo en poco más que un mueble, o que tener que ocultar que desprecias a tu mujer mientras ella hace como que no le importa.

—En cualquier caso, no he obligado a nadie a ponerse un zapato de tacón rojo —dijo Elena.

—Compremos un par.

Me eché a reír al imaginarme la escena, pero al instante me puse serio.

—¿El proceso siempre ataca al ego?

—No, ése es el miedo que tiene el ego, e intentará transmitírtelo —contestó—. En concreto, los hombres, cuando se enfrentan a las emociones profundas, generan ira para ocultar el miedo. Eso os pone en desventaja. Toda la vida os han enseñado que las emociones debilitan la masculinidad, lo que significa que de manera instintiva lucharás contra el proceso que podría liberarte. A una chica, si tiene suerte, no se la educa en la idea de que las emociones son una debilidad, pero a todos los chicos se les enseña eso precisamente. Y si no se lo enseñan en casa, sus compañeros se encargan de ello en la escuela.

»Éste es un problema grave y que viene de lejos. Los hombres quieren el poder, y mientras el poder sea visto como una fuerza fría, agresiva e impersonal, no tienen otra elección que la de suprimir sus emociones. Nadie debería pagar un precio tan alto por el poder. Pero hay demasiados hombres que están dispuestos a hacerlo, y ahí reside la tragedia.

—¿Las mujeres ya son conscientes de ello? —pregunté.

—En algún lugar de su interior deben saberlo —me respondió Elena—. No estoy diciendo que las mujeres sean espiritualmente superiores a los hombres. Las mujeres no son inmunes al autoengaño. Pero la manera masculina, imponer la negación de los sentimientos, ha llegado demasiado lejos. Espero que algunas de esas mujeres me llamen. De hecho, creo que algunas lo harán.

—¿Así que lo de abrir una escuela iba en serio?

—Cuando crucé la puerta no lo pensaba, pero ahora no veo qué otra cosa puedo hacer. —Elena me lanzó una mirada pícara—. En cualquier caso, le prometimos a Linny que encontrarías trabajo. Ella prefiere que seas un redactor muerto de hambre, pero ya lo arreglaremos.

—No me moría de hambre —objeté rápidamente—. ¿Cuándo empezamos?

—Mañana haré unas llamadas —dijo Elena.

Se guardaba una última sorpresa, aunque debería habérmela imaginado.

—Ya te habrás percatado de las posibilidades que hay de que alguno de esos hombres acuda...

—Ninguna —repuse, y tras un instante de reflexión le pregunté—: ¿Quieres decir que serán todo mujeres? ¿Que yo seré el único hombre?

No intentó disimular una expresión de triunfo.

—De momento. Ya te acostumbrarás. Pondremos anuncios, y tú puedes hablar con todas esas hembras ansiosas que tienen tu número de teléfono. ¿Qué hay de malo en ello? A ver quién viene. Suceda lo que suceda, estará bien.

No era la primera vez que la confianza que tenía Elena en sí misma me dejaba atónito. No obstante, ella no se daba importancia. Me había equivocado al pensar que se había pasado de lista conmigo. Confiaba en sus propios impulsos y me trataba como si yo sintiese lo mismo.

Cuando empezó a hacerse de noche ya habíamos llegado al hotel.

Sería complicado hablar con Linny la próxima vez que llamase. Yo no tenía ni idea de hasta qué punto podía serles de ayuda a Dolly y Elena. Me había topado de frente con una escuela de misterio y yo era el único hombre que había en ella. Mientras Elena bajaba del coche, solté la segunda bravata del día.

—No sé cuántas mujeres vendrán —dije—, pero empiezo a saber lo que quieren.

Elena se había arrebujado en su vestido negro, para protegerse del frío de la noche.

—Dentro de un mes, a duras penas sabrás si eres un hombre o una mujer. Buenas noches.

Esta peculiar profecía, que no dijo en tono de broma, me devolvió a casa.

SEGUNDA PARTE

La escuela de misterio

Al día siguiente tenía un mensaje de Elena en el contestador que me decía que me encontrase con ella en cierta dirección, a unos veinte minutos de mi apartamento. Parecía como si hubiese llamado desde una cabina, puesto que de fondo se oían los ruidos de unas obras. No daba más explicaciones, sólo que fuese en cuanto recibiese el mensaje. Me costó localizar la calle. Fui comprobando un plano en el coche y acabé en un laberinto de calles de una sola dirección que llevaban al puerto. Pasé un buen rato conduciendo entre solares abandonados y vías de tren en desuso.

Cuando llegué a la dirección indicada, sencillamente no había nada. En el lugar donde debería haberse levantado un edificio, sólo había un solar. Dolly y Elena se hallaban frente a él, contemplando los hierbajos y los escombros. Sonreían como si estuviesen encantadas ante la visión de los almacenes y los depósitos abandonados y de una estrecha franja de océano gris.

—¿Es aquí donde deberíais estar? —pregunté mientras me acercaba.

El gélido viento es mucho más penetrante cerca del puerto, y ambas se habían envuelto en gruesos chales de lana.

—Pensaba que habíais encontrado un edificio para la escuela.

—Y así es —respondió Elena—. Bueno, lo encontró Dolly. Ayer se pasó todo el día buscando uno.

—Un hombre que aparecía en el listín telefónico me indicó este lugar —explicó Dolly, señalando con la mano el terreno vacío.

Llevaba una gran bufanda azul chillón alrededor de la cabeza, y el trozo de cara que asomaba resplandecía.

—¿Habéis comprado esto?

—No. Lo hemos alquilado.

Dolly mencionó una cifra que me hizo silbar.

—Ahora entiendo que alguien se tomase la molestia de enseñártelo el día de Acción de Gracias —observé—. Debían de estar desesperados.

El terreno estaba situado entre dos almacenes en muy mal estado. No muy lejos de allí una cuadrilla de obreros hacían trabajos de demolición. Ya habían pasado por aquí: donde antes se levantaba un edificio descansaba ahora un enorme montón de ladrillos y escombros de más de tres metros de altura. El solar estaba rodeado por una valla metálica que se cerraba con un candado.

—No puedes construir una escuela en un terreno alquilado —señalé.

—Ya lo sabemos —contestó Elena.

Se acercó a la valla, sacó una llave y abrió el candado. Antes de que la pudiese detener, Dolly se coló por la abertura. Esquivó con cuidado el contenido de un bidón volcado y se detuvo ante el montón de ladrillos.

—Bien, bien —murmuró.

Al examinar más de cerca el montón de cascotes vi que además de ladrillos había gran cantidad de botellas rotas y basura que había sido arrojada por encima de la valla. De no haber sido por el estruendo de las obras, con toda seguridad hubiésemos podido oír ruidos de correteos.

—Hablemos ahí fuera —les grité en medio de aquel caos.

Pero Dolly no me prestó atención. Recogió con cuidado uno de los ladrillos, caminó tres metros hacia su izquierda y lo colocó en el suelo. Elena observaba con aprobación.

—¿Qué está haciendo? —le pregunté.

—Trasladar ladrillos. A Dolly le gusta este lugar porque cada uno tendrá algo que hacer.

Dolly regresó al sitio de antes. Estudió el montón de escombros como el que elige un diamante en una joyería. No podía dejarla allí. Crucé la valla y tropecé con los restos de una tubería.

—¿Puedes ayudarme? —me preguntó Dolly. Señaló un ladrillo que estaba a más de dos metros de altura—. Aquél de allí.

Trepé como pude por el montón de escombros y bajé el ladrillo que Dolly me indicaba, que era idéntico al resto. Dolly señaló el lugar en el que había dejado el primero y coloqué a su gemelo al lado.

—Un poco a la izquierda —me ordenó.

Lo puse a unos quince centímetros a la izquierda.

—No, mejor déjalo como estaba.

Volví a colocar el ladrillo donde había estado antes. Elena se reunió con nosotros.

—Estás temblando.

Al salir me había puesto lo primero que había encontrado y no iba a resistir mucho más tiempo al aire libre con aquel viento helado. Elena señaló un chaquetón de marinero que había sobre un somier oxidado.

—De momento ponte esto.

Me puse el chaquetón, pero empecé a desconfiar.

—Esto ya lo habíais planeado —afirmé.

Vi que en un rincón había unos bidones de petróleo con papeles y maderas alrededor, todo dispuesto para encender un fuego.

—Como en tu relato —dijo Elena.

—Ya me he dado cuenta.

Dolly no nos hacía ni caso. Estaba buscando otro ladrillo entre los escombros.

—Dame alguna pista acerca de qué es lo que hago aquí —le pedí.

—Todo se debe a la misma razón —repuso Elena.

El proceso. Supongo que forma parte del mismo que no te den toda la información. Me acerqué al montón de ladrillos y trepé de nuevo para coger el que Dolly me indicaba. Lo coloqué junto a los dos primeros y, aunque frunció el ceño, no hizo ningún comentario.

—Asegúrate de cuál es el que quieres y de dónde tiene que ir —advirtió Elena—. No estaremos todo el rato aquí, así que has de saber que es una tarea delicada. No puedes usar una carretilla y sólo puedes escoger un ladrillo por vez.

—Es tu turno —dijo Dolly.

—Bien.

Cogí uno de los ladrillos que había a mis pies. Dolly volvió a arrugar el entrecejo.

—¿De verdad piensas que ése es el bueno?

Iba a contestarle que cualquiera me parecía bueno, pero eso debía de contravenir las reglas del juego. Imité lo que ella había hecho: observé con detenimiento el montón de escombros con la esperanza de que algún ladrillo me mandase una señal. Pensarás que el frío me estaba afectando el cerebro, pero de pronto uno de los ladrillos, situado en una esquina, me dijo «Cógeme». Trepé tres metros para llegar a él y casi me rompo la crisma al bajar. Nadie pareció oponerse a mi elección, así que lo coloqué junto a los tres primeros.

—¿Contento? —pregunté, dirigiéndome al ladrillo.

—No te oye —dijo Dolly—. Es un ladrillo.

De acuerdo. Contemplé el ladrillo que había elegido y al cabo de un rato lo desplacé unos cinco centímetros a la derecha. De algún modo, pareció absurdamente satisfecho, o más bien debería decir satisfecho de una manera «pura». Fui a por otro ladrillo y luego a por otro. Dolly y Elena no me hicieron más sugerencias, y lo atribuí a que trabajaba con seriedad. Ya me esperaba algún tipo de prueba, y creí que podría superar ésta. Esperé hasta que el ladrillo bueno me avisó, y cuando lo deposité en el suelo lo hice en el lugar correcto, ni más ni menos.

Mientras yo trepaba por el montón de escombros, Dolly y Elena se apartaron un poco. Agarraban con fuerza un papel para evitar que el viento se lo llevase. Cuando Dolly lo desdobló, las dos se rieron.

—¿Qué pasa? —grité.

Me encontraba a unos dos metros y medio por encima de sus cabezas. Elena me indicó con un gesto que siguiera. Continué a la caza del ladrillo, pero no pude evitar la curiosidad. Tenían que estar riéndose de mí. Descendí como pude y me acerqué a ellas. Elena escondió el papel.

—¿Puedo verlo? —pregunté, pero dijo que no con la cabeza—. ¿Por qué no?

—Aún no está terminado. Ya lo verás, no te preocupes.

No me gustó cómo sonaba eso.

—¿Cuántos ladrillos esperáis que coloque hoy?

Dolly y Elena se miraron.

—Ocho —respondió Dolly.

Ya tenía colocados seis, así que volví y escogí dos más. Cuando puse el último me di cuenta de que había hecho una hilera. Todos los ladrillos estaban a la misma distancia y eran del mismo tamaño. Dolly los inspeccionó y a continuación los tiró de nuevo uno por uno al montón de escombros.

—Este ladrillo no vale porque era sólo un ensayo. Éste tampoco porque no te lo tomaste en serio. Éste tampoco porque sólo querías acabar lo antes posible. Y éste tampoco porque estabas pensando en que nos reíamos de ti.

—Me temo que tendrás que empezar desde cero —observó Elena.

Así que lo hice. Me di la vuelta y contemplé una vez

más el montón de escombros. Si has llegado hasta aquí seguro que piensas que te puedes saltar esta parte. Nada que decir. Si esto tiene algún significado simbólico, ¿a quién puede importarle sino a mí? No obstante, en aquel momento no le encontraba ningún simbolismo.

Elegí un ladrillo y lo bajé. Cuando lo puse en el suelo, Dolly no esperó ni un instante. Lo cogió en el acto y lo devolvió de nuevo al montón.

—Estabas refunfuñando.

—Bien —masculló y reemprendí la tarea.

El siguiente ladrillo también fue rechazado, porque según dijo mi mente estaba distraída. Y el siguiente también, porque estaba resentido. Dolly esperó mientras yo decidía qué hacer.

—No pararemos hasta que tenga ocho, ¿no? —pregunté. Ella asintió—. Y por el momento no tengo ni el primero.

Elena señaló los bidones de petróleo y los maderos dispersos.

—Te podrás calentar cuando el sol se haya puesto.

Me quedé perplejo. ¿De verdad querría yo seguir haciendo eso hasta que oscureciese? No poseo grandes dosis de paciencia, pero en aquel momento no pensé en rebelarme. Había captado las intenciones de Dolly y sabía lo de Elena y el zapato rojo y que la prueba tenía por objeto el que me rindiese. De alguna manera perversa quería saber cuánto tiempo pasaría escogiendo ladrillos antes de estallar. Además, no puedes perder un juego cuando sabes que es una farsa.

—Estás perdiendo el tiempo —me advirtió Dolly al ver que dudaba.

Volví a mirar el montón de escombros. Vi el ladrillo que ella había tirado hacía poco. Fui hasta él y lo coloqué en el suelo.

—Ése ya lo habías elegido —me dijo.

De hecho, eso hizo que me sintiese mejor: estaba en

lo cierto al pensar que me observaba atentamente. Sentí renacer mis esperanzas y traté de concentrarme en el siguiente ladrillo. Cuando lo coloqué, Dolly le echó una rápida ojeada.

—¿Crees que ése es el bueno?

—¿Por qué lo iba a escoger si no lo creyese? —le contesté.

—Tienes que ser positivo —sentenció ella, y lo volvió a tirar.

Coloqué un par más y Dolly devolvió sólo uno. Se quedó con uno que yo había elegido mientras acariciaba la idea de arrojárselo a la cabeza.

—Bonita elección —dijo—. Pero no creo que lo hubieses hecho.

De pronto dejó de oírse el ruido de las obras. Miré el reloj. La pausa del mediodía. Por un instante pensé seriamente en la posibilidad de que encontrar ocho ladrillos me llevase todo el día. Mis tobillos comenzaban a flaquear. El montón de escombros se desmoronaba una y otra vez bajo mis pies y me costaba trabajo mantener el equilibrio. Mi espalda comenzaba a quejarse y me dolían los muslos.

Por el rabillo del ojo vi a unos individuos que pasaban por allí. Se detuvieron a curiosear mientras yo trepaba por el montón de escombros. Llevaban casco.

—¿Ha perdido algo? —se interesó uno de ellos.

—¿Tienen permiso para estar ahí? —preguntó el otro—. Por aquí hay policía.

—Tenemos permiso —respondió Elena.

Me sentí realmente incómodo al bajar de la pila de escombros mientras aquellos dos tipos me observaban. Dejé el ladrillo a bastante distancia de donde se encontraban.

—No puedo verlo si no lo traes aquí —me advirtió Dolly.

Su voz tenía un tono autoritario. La miré y sentí que las mejillas me ardían. Cogí el ladrillo y se lo llevé.

—¡Sí, señora! —exclamó uno de los tipos.

Dolly arrojó el ladrillo al montón.

—Detestas este ladrillo.

Los del casco se echaron a reír y se marcharon.

—No vuelvas a hacer eso nunca más —solté, iracundo.

—¿Hacer qué? —dijo Dolly con aire inocente.

—Hacerme quedar en ridículo.

Dolly lanzó una mirada a Elena.

—Ya podemos parar. No estamos logrando nada —manifestó la joven.

Pero, por supuesto, ellas sí estaban logrando algo. Esto era el proceso, ¿no? Si no elegía el ladrillo adecuado y no lo colocaba en el lugar correcto, no demostraba suficiente confianza o fe o intuición. La vibración no me había alcanzado: no me hallaba en su zona de influencia. Si me rendía, inventarían cualquier otra tarea inútil para hacerme estallar. Cuando se sobrepasa un determinado punto, tienes curiosidad por saber qué se siente cuando pierdes por completo el control.

—Cerraré la valla con el candado cuando nos vayamos —me indicó Elena—. Así nadie te molestará si te quedas.

Le contesté que no lo hiciera: no me parecía buena idea quedarme allí encerrado. Y, en cualquier caso, ¿adónde se iban? Me dijo que Dolly comenzaba a cansarse, así que almorzarían en algún sitio y luego quizás harían la siesta.

—Marchaos, yo me quedo —les dije, despidiéndome con un gesto de la mano.

La verdad es que recoger ladrillos a mi aire me pareció mucho mejor, al menos en aquel momento. Elena acompañó a Dolly a través de los cascotes y la basura. Su cabeza asomaba por entre las vueltas de la bufanda azul eléctrico. De pronto me pareció extraño haberme enfadado tanto con aquella diminuta anciana tan abrigada y que parecía un pitufo. Al poco caí en la cuenta de que debería haberles ofrecido las llaves del coche, pero ya habían doblado la esquina para ir a buscar un taxi.

Estuve un buen rato sin coger ladrillos. Unos cuantos viandantes me vieron sentado sobre el montón de cascotes al pasar, pero no hicieron ningún comentario. Mi sudorosa piel se estaba enfriando, pero me incomodaba más la sensación de ir a la deriva. No había intentado comunicarme ni con Linny ni con Renee, ni les había dejado ningún mensaje. Tampoco sabía qué les diría cuando habláramos. Del cielo gris plomizo comenzó a caer una suave llovizna. De repente comprendí que me había adelantado a los acontecimientos. Había intentado entender el significado de la prueba en vez de limitarme a hacerla. Seguramente, Dolly lo había percibido; había visto que yo intentaba adivinar sus intenciones y convertir aquello en una lucha de poderes que, por supuesto, yo nunca podría ganar, puesto que Dolly era quien decidía si los ladrillos valían o no.

—Te lo estás tomando demasiado en serio.

Levanté la vista y vi a una mujer al otro lado de la valla.

—¿El qué? —exclamé.

—Lo que quiera que estés haciendo. Tienes cara de pocos amigos.

—Estoy descansando —respondí, deseando que se largase cuanto antes.

—No quería molestar... —dijo la mujer, que permaneció en el mismo lugar.

¿Cómo podía interesarle lo que yo estaba haciendo? Aparentaba poco más de treinta años y era más bien bajita y corpulenta. Llevaba un abrigo de cuero marrón. Su acento no era de Boston, sino de algún lugar del Medio Oeste.

—¿Por qué recoges ladrillos? —preguntó—. Te vi hace un rato, cuando viniste.

—Estoy limpiando el solar —contesté.

—Es una broma, ¿no?

—Sí.

No se trataba de una mujer atractiva. Su voz era áspera, como cascada. Pese a su relativa juventud, su rostro mostraba cierta flaccidez y empezaban a marcársele unas arrugas en el entrecejo, que fruncía con frecuencia.

—Me llamo Fran —dijo y, sin pedir permiso, cruzó la valla.

La verdad es que no me importó, puesto que la alternativa era ponerme a buscar ladrillos.

—Cuidado con los clavos —le advertí, y le dije mi nombre.

Fran tomó un ladrillo y lo estudió.

—¿Los buscas iguales a éste o diferentes?

—Iguales que ése.

Con una expresión de desconcierto en el rostro, volvió a dejar el ladrillo en su sitio.

—Me gusta esto —murmuró—. ¿Puedo quedarme y observarte?

Depositó el gran bolso de lona que llevaba consigo sobre el suelo y se sentó en el somier oxidado. «Haz lo que quieras», pensé. Mi mente no estaba muy inspirada, así que me levanté y comencé a buscar el siguiente ladrillo. Acaricié la idea de engañar a Dolly, haciendo el trabajo deprisa y corriendo y luego retándola a que me dijese que los ladrillos no valían. Pero tuve miedo de que me obligase a empezar de nuevo desde el principio.

Mientras escalaba la pila de escombros me volví y vi que Fran sacaba un termo del bolso.

—¿Café?

Negué con la cabeza. Si quería dedicarme por entero al proceso, debía descartar las pausas para el café. Pero tras colocar un par más de ladrillos, cedí y le pedí una taza. Estaba muy bueno. Por alguna razón, Fran no dejaba de mirarme con una extraña expectación en los ojos.

—¿Te conozco? —le pregunté.

Sin responderme, señaló el otro lado de la calle. En un poste de teléfonos había una hoja de papel pegada. Tuve un mal presentimiento. Le devolví la taza y crucé la calle para echar una ojeada. Me estremecí ante lo que vi. Elena había colgado mi foto en el poste. Era la de mi pasaporte, sólo que muy ampliada. Mi cara tenía el aspecto de los delincuentes más buscados del país. En la parte superior del papel había unas palabras impresas: «El dios del amor ha vuelto.»

¡Jesús! Arranqué el papel e intenté controlarme. Éste era el motivo de que Elena y Dolly se rieran. Yo era el anzuelo de su escuela; ése era su plan. La paranoia se adueñó de mí. ¿Y si en vez de ir a comer estaban pegando mi foto por toda la ciudad?

«El dios del amor ha vuelto.» Me imaginé a mis amigos leyéndolo. No, eso no tenía importancia. Cualquiera que lo viera y recordase mi cara podría humillarme o darme una patada en el culo. La oferta del día. Se me secó la garganta. Apenas podía respirar de la vergüenza.

Desde el otro lado de la calle, Fran me observaba con atención. No sé hasta qué punto mi cara reflejaba mis sentimientos, pero con toda seguridad no pensaba que estaba contento. No dejaba de mirarme. Su expresión era de ligero desconcierto.

«Le gustas —dijo una voz en mi cabeza—. Al ver tu foto, sintió algo. No sabe exactamente qué, y por eso ha vuelto.»

Podría haber saltado a mi coche y salir huyendo: aquella mujer no significaba nada para mí. Pero, aun a mi pesar, sabía lo que ella sentía. Anhelo. Ver aquel papel con mi foto había hecho aflorar sus anhelos de tal modo que no pudo resistirse. Lo supe sin pensarlo, del mismo modo en que supe lo que sentía Renee. Me dio otro ataque de paranoia. ¿Acaso no había bromeado con Elena, diciéndole que sabía lo que querían las mujeres?

Tardé unos momentos en darme cuenta de que volvía a respirar. Hice una bola con el póster, me lo metí en el bolsillo del chaquetón y me dirigí al solar. Fran, que empezaba a estar empapada a causa de la llovizna, no se levantó del somier oxidado.

—Alguien te ha gastado una broma, ¿no? —aventuró.

—No, no exactamente.

Se la veía apesadumbrada y dubitativa.

—No pasa nada. Ya me marcho —dijo, disponiéndose a guardar el termo.

—¿No te irás ahora? —dije—. Vas a perderte la acción.

Sin esperar su respuesta, subí por el montón de escombros y busqué otro ladrillo. Me tomé mi tiempo, imaginando que ambos lo necesitábamos. Sin embargo, Fran no estaba en condiciones de seguir observándome mucho rato. Al cabo de unos minutos se levantó y me entregó un comprobante bancario con algo escrito en el reverso.

—Mi nombre y mi número de teléfono —me indicó un tanto incómoda—. Deberías haber puesto el tuyo en ese anuncio. Fue un descuido no hacerlo, y a mí no me gustan los hombres descuidados.

¿Qué podía hacer? Se supone que las mujeres tenían que ponerse en contacto conmigo; ése era el acuerdo al que de un modo tácito había llegado con Elena, y ésta había sido su disparatada idea para atraerlas. Partí el comprobante en dos y escribí a mi vez mi nombre y mi teléfono.

—¿Lo hacemos en tu casa o en la mía? —preguntó Fran—. Me refiero a la terapia o como lo llames.

Sentí que me ruborizaba intensamente. Fran se colgó el bolso.

—Supongo que no debo esperar que me llames —observó al marcharse—. De todos modos, no intentes entrar por la fuerza en mi casa para robar. No vale la pena. Hay alarmas por todas partes, te lo digo en serio.

Esbozó una sonrisa forzada, como si hubiésemos mantenido una conversación agradable. No tardó en desaparecer por la esquina. Caminé lentamente hacia mi coche mientras leía su nombre: Fran Fitch. Ahora que ya conocía a su propietaria, el nombre me pareció tan áspero como la arpillera. Abrí la portezuela del coche con la intención de ir a algún sitio donde sirviesen alcohol.

Cuando entré di un respingo. Elena me esperaba en el asiento de al lado.

—Ha ido bien, ¿no crees?

—No te burles de mí ahora —le respondí—. ¿Cuánto tiempo llevas aquí?

Puse el motor en marcha.

Elena permaneció callada mientras yo conducía con expresión sombría en dirección a Beacon Hill.

—¿Qué percibiste en ella? —me preguntó finalmente.

—Nada bueno —gruñí.

—Me esperaba algo más.

El tono recriminatorio de Elena me sorprendió.

—¿De mí? Hice todo lo que querías. He cooperado con esa chorrada y he acabado tan agobiado como pensaba, y aun así lo he hecho.

—Vuelve a pensarlo —me pidió Elena con suavidad.

«Te necesito. Estoy sufriendo.» Las palabras se formaron en mi mente con toda claridad. Fran era una completa extraña, pero la conocí al instante.

—¿En qué me has metido? —exclamé.

—Vas a ofrecer refugio a un alma necesitada —dijo Elena—. Ahora ya sabes lo que es sentir compasión. Estás comenzando a percibir a los demás desde tu interior. Sé que es extraño.

—¿Por qué me ha sucedido ahora?

—Has empezado a moverte por el mundo sutil. Estás prestando atención. Eso es todo, nada mágico. La atención sutil se adquiere de manera natural. Algunas personas la poseen toda su vida; otras jamás la alcanzan.

—¿Cuánta atención adquiriré?

Había mantenido mis pensamientos lejos de Fran deliberadamente. Mientras trataba de decirme lo perdida que estaba, lo mucho que me necesitaba.

—Toda la que tú te permitas —respondió Elena—. Hay quienes aceptan ese don y luego no son capaces de vivir con él. Sentir las propias emociones ya es bastante duro. —Soltó un pequeño suspiro—. No conozco toda tu historia.

—¿Y qué necesidad tienes, si siempre vas por delante de mí?

Hizo caso omiso de mi deliberada ironía.

—Hoy por hoy sintonizo con tu alma mejor que tú mismo. No siempre será así. Hago todo lo que me dice que haga. Sin embargo, puedes elegir. ¿Quieres seguir adelante?

Supuse que se refería a Fran.

—¿La alternativa es recoger ladrillos?

Elena sonrió.

—Podría ser. Se trataba de improvisar algo hasta que alguien se presentara. Dolly tiene sus caprichos.

—Entonces, ¿todo eso carecía de sentido? —dije, no demasiado satisfecho con su respuesta.

—Tú ya lo sabes.

Meneé la cabeza.

—Tienes que ser más concreta. ¿Qué objeto tenía el capricho de Dolly? Un ladrillo es igual a otro.

—¿Es un minuto igual a otro? —replicó Elena—. Puede que lo parezca, pero son las elecciones que uno realiza lo que diferencia un momento de otro, lo que hace que una suma de momentos pueda convertirse en algo importante, o que se desaproveche un momento y lo echemos a perder. Hay diferencias entre perder un momento, aprovechar el momento y hacer que todos los momentos sean importantes. Si todos los momentos fuesen iguales, estas diferencias no existirían. Pero no lo son, y Dolly intentaba mostrarte el porqué.

—Si los observo durante mucho rato, ¿cambiarán los ladrillos? —inquirí.

—No.

Hice un gesto mental de impaciencia.

—Entonces, en el fondo es imposible. Me pedís que vea algo completamente invisible y que sepa con toda certeza que mi elección es buena, tan buena que Dolly o tú o cualquier otra persona presuntamente sabia estaría de acuerdo en que he hecho la elección adecuada.

—Sí. —Elena siempre parecía segura de sí misma, y eso puedo explicarlo. Lo que me resulta imposible de describir es la serenidad, la certidumbre que emanaba de ella. Jamás fue condescendiente conmigo ni observó mi confusión con un desapego bondadoso. Era como el amor cuando es inalcanzable, una joya rodeada por la bruma.

También era típico de ella acercarme a las puertas del misterio para luego cambiar de tema.

—Creo que mañana deberías llamar a Fran lo más temprano posible.

Me sentí contrariado.

—No sé qué es lo que quiere —protesté—. Y quizás ella tampoco lo sepa.

—Al dios del amor, ¿no?

—Ya vale. Está sola y seguramente desesperada. Nadie en su sano juicio se hubiese tomado en serio ese cartel.

Elena vio que me sentía abochornado y probablemente sabía que había estado a punto de salir corriendo cuando arranqué el papel.

—Lo estarás haciendo por ti. Fran no es una mujer cualquiera; está lejos de ser simple. Nadie lo es nunca, no importa lo que nos digamos a nosotros mismos. Hasta que llegamos al final del proceso, quiero decir. Entonces todo es simple. Descubres aquello que valía la pena descubrir y, una vez lo ves por ti mismo, te preguntas cómo pudiste pasarlo por alto.

—¿Puedes explicármelo ahora, antes de que lo vea? Elena habló en voz baja.

—Podría describirse como una especie de resplandor. Detrás de todas las cosas ves de repente una brillante luminosidad que llena el mundo.

—¿Quieres decir que se ve realmente? —Elena asintió—. ¿Me lo mostrarás algún día?

—Puedo abrirte una ventana —dijo, evadiendo la cuestión, y continuó hablando con suavidad, como si se adentrase en un sueño—. Lo vi muy pronto, cuando aún era demasiado pequeña para contárselo a alguien. Tenía siete años y sucedió mientras regresaba a casa. La escuela estaba a un kilómetro de donde vivíamos, pero era un pueblo pequeño y no corría ningún peligro volviendo de la escuela sola o con mi hermana, que era un poco mayor.

»Aquella tarde nos sorprendió un chaparrón y mi hermana me dejó sola. La lluvia llenó las alcantarillas de un agua caliente y marrón. Ella se alejó gritando y saltando sobre los charcos. Yo me quedé atrás y, tan de repente como había venido, el chaparrón se detuvo. El arco iris apareció sobre los tejados, y la luz del sol hacía brillar las húmedas paredes de ladrillo de las casas. Seguía chispeando, sin embargo. Seguramente fue eso, sentir la fina llovizna en la cara y al mismo tiempo ver el arco iris.

»De repente el mundo normal dejó de existir. Quedó reducido a una superficie plana, como una valla publicitaria que se extendiese hasta el horizonte. Yo me hallaba frente a la valla, y me di cuenta de que cada árbol y cada casa y cada coche eran sólo una imagen iluminada desde atrás. Me habían engañado para que creyera en las tres dimensiones, y el truco había dejado de funcionar. No eran imaginaciones mías. El mundo, ¿sabes?, no es como una película. "Es" una película. Lo que lo mantie-

…o, y las piernas cruzadas le dolían mucho más que du-
…nte la cena. Una especie de vigilante de posturas, un
…onje que empuñaba un largo bastón, se dirigió hacia él
…e dio un fuerte golpe en los hombros, obligándole a
…antener una posición erguida. El golpe le dolió y, tras
…eberse el té siguiendo el ritual lento y preciso que le
…bligaba a beber un solo sorbo cada vez, y no sin antes
…cibir dos golpes más, se encontró vaciando letrinas de
…uevo a las cuatro de la mañana y en la más absoluta os-
…uridad.

Aquel lugar era peor que el infierno. La primera se-
…ana casi acaba con él. Le dolía todo el cuerpo. Su men-
…se rebelaba contra la estupidez de su trabajo, que
…empre era el mismo. Comenzó a odiar al joven monje
…e nunca hablaba. Lo peor de todo era que oía a la gen-
…que hablaba y reía cuando pasaba por el otro lado del
…uro. Veía los techos de los autobuses y la brisa le traía
…omas de sabrosas comidas. Sin embargo, durante la
…gunda semana el estadounidense se sintió más fuerte y
…cidió quedarse.

Pasó un mes. Se había acostumbrado a los dolorosos
…uales, y el vigilante de posturas ya no le golpeaba tan a
…enudo con el bastón. La vida de monje zen se hizo casi
…vadera. Salvo que no había alcanzado la paz interior,
…siquiera un poco. Sin embargo, había dejado de estar
…fadado todo el tiempo y casi había logrado contener la
…tocompasión. Lo que estaba acabando ahora con su
…sistencia era el aburrimiento. Mientras llenaba los cu-
…s y esparcía los excrementos sobre los macizos de flo-
…s, tenía mucho tiempo para pensar. Pensaba en su casa
…en la gente a la que había dejado en su país. Se recrea-
…en todos los recuerdos que le pasaban por la cabeza.
…ertas fantasías le ayudaban a distraerse durante una
…ra. Pero al cabo de dos semanas se sintió profunda-
…te disgustado al darse cuenta de que se le había ago-
…o el repertorio: todo aquello sobre lo que valía la

ne en funcionamiento es la luminosidad que se proyecta
desde atrás. Si quieres, puedes dejar de mirar la película
para observar directamente ese fulgor. Ante ninguna
otra experiencia te sientes más humilde y ninguna otra
experiencia es más real.

—Así que miraste directamente —apunté.

—Ni mucho menos —respondió—. Fue un atisbo.
Mucho más tarde logré verlo todo.

Si esta última experiencia le trajo algunos recuerdos,
Elena no quiso compartirlos conmigo todavía.

—¿Me falta mucho para llegar a echar una ojeada?

—Venga, no querrás que te estropee la sorpresa —contestó Elena, saliendo de pronto de su ensimismamiento.

Bajó la ventanilla y sacó el brazo, dejando que el frío
viento ejerciese su efecto vigorizador.

—Estropéala todo lo que quieras, no me importa —le
dije, pero ella sacudió la cabeza.

—Sólo te diré que la compasión forma parte del resplandor. Cualquier impulso amoroso que brille a través
del velo de este mundo es parte de él. No es necesario
que veas chispas, aunque sea agradable. Y no me hagas
más preguntas. Lo que tenga que ser, será. Simplemente
recuerda que eres muy afortunado.

Dejó de hablar. Volvía a estar tan pálida y serena
como antes. Seguí conduciendo de vuelta al hotel. Me
vino a la mente un pensamiento que ya había tenido antes. Sólo en este momento supe realmente la verdad que
encerraba.

«Cada día trae consigo un mundo diferente.»

Resulta difícil ordenar este libro de manera que cada
pieza encaje en el lugar que le corresponde. Mucho después de los acontecimientos de aquel día, fui a dar con
algo que me podría haber ayudado. Se trataba de la historia de un hombre que tuvo que superar una prueba más
desconcertante y penosa que la de recoger ladrillos. De
modo que si eres de esos lectores que tienen la tentación

de ir al final del libro antes de que se resuelva el misterio, aquí tienes algo que hará que continúes a mi lado.

Un estadounidense que viajaba por Extremo Oriente llegó a Japón y tuvo la ocurrencia de hacerse monje zen, doctrina sobre la que había leído algunos libros. Así pues, se dirigió a un famoso y antiguo monasterio y se presentó ante el abad. Le dijo que estaba en el sendero espiritual, pero que sus progresos eran muy lentos. Quería someterse a una auténtica disciplina. ¿Se seguía una auténtica disciplina en aquel monasterio? El abad era extremadamente cortés, pero en su opinión el joven no estaba hecho para el zen, así que le dijo que se marchara.

El joven era inquieto, y como ya estaba en Japón, insistió. Finalmente, todavía algo perplejo, el abad lo aceptó. Dio unas palmadas y alguien trajo un kimono negro para que el joven se lo pusiera. Le ordenó que fuese a hablar con el jefe de jardineros. El estadounidense disimuló su decepción, porque no veía qué tenía que ver la jardinería con la disciplina. Pero pronto lo descubrió. El jefe de jardineros le dijo que se metiese debajo de las letrinas con un cubo, lo llenara de excrementos y vaciara su contenido en los macizos de flores. «¿Durante cuánto rato?», preguntó el joven. El jefe de jardineros no le respondió.

Era un caluroso día de agosto y el hedor de las letrinas era insoportable. El joven estadounidense no tenía ningunas ganas de empezar, pero vio a otro monje zen, unos cinco años menor que él, enfrascado en aquella tarea. A pesar de lo desagradable que era aquel trabajo, el monje estaba sereno, en paz. No hablaba ni se quejaba. No eludía el trabajo; simplemente llenaba un cubo tras otro.

El estadounidense pensó: «Quiero sentirme tan sereno como este monje», así que se puso a trabajar. La tarea era mucho peor de lo que había imaginado, pero siguió adelante con ella. Al final del día tenía náuseas y

dolor de estómago y estaba harto. El otro mo[n]dó con una ligera reverencia y se alejó.

El estadounidense pensó en marcharse [del] monasterio. Todo lo que tenía que hacer e[ra] muro para encontrarse en una de las carreter[as que con]ducían a la ciudad. Pero entonces recordó l[a] del joven monje, así que se aseó y se fue a ce[nar].

La cena, por desgracia, fue un auténtico [...]. Los monjes se sentaban en dos hileras, u[nos frente a] otros, con las piernas cruzadas, algo a lo que e[l estadouni]dense no estaba acostumbrado. Las pantor[rillas le do]lían tanto que fue una bendición que, al ca[bo de unos] minutos, las piernas se le durmieran. Ningú[n monje po]día tocar la comida hasta que el abad daba la [señal, y a pesar] al hambre voraz que sentía, tuvo que perma[necer senta]do y sin moverse un buen rato antes de que [diera la] señal. Pero entonces sólo se podía comer de [una deter]minada manera. Delante de él descansaba[n un cuenco] con arroz y otro con té verde. Primero tenía [que llevar]se a la boca un poco de arroz con los palillos, [con los mis]mos movimientos precisos que realizaban [los demás] monjes. Luego tenía que beber un poco [de té verde,] también levantando el cuenco y llevándoselo [a la boca] en dos movimientos precisos, exactamente c[omo hacían] los demás monjes.

El estadounidense puso toda su voluntad [en seguir] la estricta rutina, pero estaba tan hambrient[o que cuan]do se acabó el arroz y el té verde tenía más [hambre que] antes. Al menos, no obstante, podía sentirs[e satisfecho] de haber seguido la disciplina, lo cual, desp[ués de todo,] era lo que andaba buscando. Por la noche d[urmió en el] suelo, sobre una estera. Lo despertaron a l[as cinco de la] mañana. Los monjes se reunieron en silenc[io en el re]fectorio con un único cuenco de té verde [para cada uno.] Nada de arroz. El estadounidense se caía de [sueño, y por] mucho que lo intentaba no lograba mante[ner]

pena pensar ya había pasado tres o cuatro veces por su mente. A su alrededor no había nuevas sensaciones, sólo un montón de monjes vestidos con kimonos negros que no le prestaban ninguna atención.

Al final del primer mes el aburrimiento era abrumador. El joven estadounidense se quedó horrorizado al comprobar lo difícil que es vivir sin más compañía que uno mismo.

Comenzó a considerar que su idea de ingresar en aquel monasterio había sido un error, pero sabía que, si se dejaba llevar por la debilidad, no habría una segunda oportunidad: jamás volvería voluntariamente a aquel sitio infernal.

Así que perseveró durante otro mes, sólo para ver cómo el aburrimiento se transformaba en depresión. Sentía el cuerpo cansado y pesado. Recorría la escasa distancia que separaba las letrinas de los macizos de azaleas con pasos cortos y arrastrando los pies. De haber podido reunir la energía necesaria, se habría asustado de su estado de salud.

«Una dieta a base de arroz y té verde no puede ser buena —pensaba, a pesar de la evidencia de que a los demás monjes se les veía fuertes y activos—. ¡Al diablo con los demás monjes!» Al estadounidense le daban asco ellos y toda la situación. El extremo cansancio le impedía gritar, y aunque su mente sonaba como una lata vacía, la ausencia de pensamiento no le ayudaba. Experimentaba una especie de agonía silenciosa que le hizo pensar en el aburrimiento como una bendición.

¿Quién sabe cuánto tiempo pasó? Un día era igual a otro. Él era un cuervo negro más en una bandada de andrajosos cuervos negros. Sólo hubo un día especial: aquél en que se despertó y supo que iba a huir. Mientras se arrastraba al refectorio a las tres de la madrugada, el estadounidense supo con absoluta certeza que el siguiente bocado de arroz y el siguiente sorbo de té verde lo matarían. Todo aquello había terminado y, una vez lo supo, la esperanza renació en su corazón. En dos días se hallaría a bordo de un avión que lo llevaría de regreso a un país sensato como el suyo.

Mandó decir que quería hablar con el abad. Se le concedió una audiencia.

El estadounidense se sentó con las piernas cruzadas, postura que ya no le costaba adoptar, y le comunicó al abad su intención de marcharse. El abad escuchó en silencio. Al ver su cara inexpresiva, el joven se dio cuenta de que a aquel hombre no le importaba en absoluto que se quedase o se marchase. Los tormentos por los que había pasado no tenían importancia, y en el momento en que se fuera sería olvidado.

Cuando se dio cuenta de esto le invadió la rabia. Se levantó y comenzó a gritar al abad.

La ira que había ido acumulando durante semanas se desbordó. No sabía lo que decía, sólo que su desprecio y su rabia no tenían límites.

El abad escuchó, impasible. Cuando el estadounidense se marchó echando chispas no se levantó para hacerle una reverencia y ni tan siquiera movió la cabeza.

Mientras corría por los jardines camino de su habitación, el joven estadounidense estaba tan enfurecido que quería prenderle fuego a todo el recinto. Pasó junto a una de las azaleas más grandes, una a la que había echado abono muchas veces. Estaba a punto de florecer, y su mirada se distrajo. La flor era de un color rosa brillante, pero mientras la contemplaba, el color comenzó a brillar con un fuego interior. El resplandor se esparció por toda la planta y luego por todo lo que había alrededor. El estadounidense se quedó sin aliento. Era como si el mundo entero se hubiese incendiado. Algún dique invisible se había roto y la vida se había precipitado como un torrente a través de la grieta, creando un resplandor de tal belleza y beatitud que apenas podía soportarse.

El joven se dio la vuelta y regresó corriendo a la choza del abad, que permanecía sentado en la misma postura.

«¿Qué está pasando? ¿Qué es esto?», exclamó el estadounidense. Estaba tan abrumado que le parecía que la cabeza le iba explotar.

El abad se encogió de hombros en un gesto apenas perceptible.

«Todas estas cosas absurdas son necesarias —dijo el abad—, sólo para que abramos los ojos.»

Aquella noche, cuando volvía a casa, no estaba muy entusiasmado con respecto a Fran, pero a la mañana siguiente ese poco entusiasmo había desaparecido por completo. Quizá tenía suerte: era muy poco probable que me llamase. ¿Quién era yo? Un hombre cuya cara había visto en un póster. Seguramente habría recuperado la sensatez y no querría saber nada de mí. Pero no fue así. Cuando desperté me esperaba un mensaje, breve y nervioso, en el contestador. Lo había dejado a las dos y media de la madrugada, al parecer después de haber estado dudando hasta altas horas de la noche. Escuché el mensaje de pie, con el pijama aún puesto.

—Hola, soy la mujer de esta tarde. De ayer por la tarde, quiero decir. Me gustaría verte. Quizás alguien te haya incitado a hacer esto, no lo sé. En fin, no me llames si no quieres. Bueno, adiós.

Sus dudas me dejaban una puerta abierta, pero pensé en lo que Elena me había dicho acerca de la compasión. Y aunque una parte de mí me decía que la compasión podía llevarme al desastre, devolví la llamada. Cuando oyó mi voz, Fran pareció aún más nerviosa que en el mensaje. Quedamos en que pasaría a eso de las tres de la tarde por su apartamento, que no quedaba muy lejos del mío, en el centro del South End. Tras colgar, no pude seguir engañándome. Fran apenas podía ocultar sus problemas. Aunque ignorase los detalles, sentía claramente su vibración.

Aquella sensación de derrota persistía mientras subía los escalones de piedra de un edificio de tres plantas de la calle Tremont. Toqué el timbre y me abrió desde arriba. Cuando llegué al tercer piso la puerta estaba abierta. Fran me esperaba junto a la puerta, frunciendo el ceño con la misma expresión inquisitiva del día anterior. Se había vestido con elegancia: falda de ante y blusa de seda de un color pálido, lo cual me alarmó y me confirmó que se tomaba el encuentro como una cita. Me dije a mí mismo que dejaría caer la palabra «platónico» en la conversación en cuanto tuviese ocasión.

—Entra, pero no esperes gran cosa —me saludó Fran.

Se dio la vuelta y recorrió el estrecho pasillo de su apartamento hasta desaparecer por un recodo. Me esperaba en la sala de estar, sentada en un sillón gris. Señaló una bandeja con queso y galletas que había sobre la mesita de centro.

—Probablemente los dos nos preguntamos por qué hacemos esto —dijo nerviosamente—. Pero al menos no pasarás hambre.

Me senté delante de ella en un sillón gris idéntico al suyo, pero no quise comer nada.

Fran frunció el ceño y sirvió el vino. Eché una mirada a la habitación, amueblada con gusto en tonos grises y beige. O bien Fran detestaba el riesgo o había decidido decorarla de acuerdo con su estado de ánimo. Los objetos estaban cuidadosamente colocados sobre las estanterías y no había ni una mota de polvo. Como pie de foto se habría podido escribir: «Mujer soltera, extremadamente pulcra, espera ser rescatada.»

—Sea lo que sea lo que te hayas imaginado, no tengas miedo —le advertí, mientras cogía la copa de vino que Fran me tendía—. Tampoco estoy en una misión.

Si pensaba que esto la calmaría, me equivocaba por completo. Fran se puso tensa.

—Me refiero a que está bien tomar las cosas como vienen, conocernos mejor...

Fran asintió, pero sin relajarse lo más mínimo. Yo pensaba en algo que decir. Entonces habló ella.

—¿Sueles ir por ahí pegando tu foto?

Intenté no hacer una mueca.

—Ha sido la primera vez.

—Me llamó la atención eso de que te llamases gurú del amor o algo por el estilo. Mis otros psicoterapeutas no solían anunciarse. Ninguno colgaba carteles.

Hablar la estaba calmando un poco. Bebió un buen trago de vino.

—Si quieres que te diga la verdad, tampoco creo que saliesen mucho a la calle —añadió.

—No soy psicoterapeuta.

Fran se quedó perpleja. Me pregunté por qué no dejaba que pensase lo que quisiera, puesto que la verdadera historia era demasiado extravagante.

—No sé nada de neurosis —añadí.

Otro paso en falso. Fran apartó la mirada y se alisó la falda con la mano. La palabra «neurosis» no era precisamente la que quería escuchar. Sus manos, pequeñas e inquietas, eran como pájaros que no sabían dónde posarse.

—Te diré algo...

La interrumpí.

—Colgué mi foto porque quería ayudar a alguien. Fue un palo de ciego. Nunca había hecho algo semejante, pero mis intenciones eran buenas. Por favor, créeme.

Pronuncié estas palabras apresuradamente para intentar tranquilizarla, pero el sentimiento que subyacía era sincero. No podría decir con exactitud qué fue lo que las provocó. Si fue la compasión, confiaba en que no me hiciese estropear más las cosas. Entonces me oí a mí mismo decir algo para lo que no estaba ni remotamente preparado.

—Creo que el amor puede hacer muchas más cosas

de lo que la gente cree. El amor puede cambiarlo todo. No me considero un gurú del amor, lo que digo es que el amor es un dios porque deberíamos ser sus devotos. Y si el amor es menos que eso, ¿hay alguien a quien le importe? En serio, ¿a quién le importa?

Fran me observaba con los ojos completamente abiertos y la copa a medio camino de sus labios.

—Vaya. Esto no me lo esperaba —dijo.

Un pensamiento surgió en mi mente. Elena. Era ella la que me hacía decir estas cosas. Pero aún tenía más cosas que decir.

—Tiene que haber una manera de hacer que el amor sea importante. El amor hace que me sienta bien, pero puedo sentirme bien de otras muchas maneras, sin necesidad de ser humillado y rechazado. Quizás has experimentado lo mismo. En cualquier caso, si el amor no es dios, no es nada.

Me levanté y, al hacerlo, tiré la copa de vino. La mirada de Fran se dirigió de manera automática a la alfombra, en la que se formó un mancha oscura.

—Lo siento —farfullé, mientras ella se arrodillaba e intentaba secar la mancha con servilletas de papel. Levantó la vista, pero en vez de lanzarme una mirada asesina o preguntarme a gritos si era tonto, me sonreía.

—No te puedes ir ahora —dijo dócilmente.

Era una petición llena de humildad. Su voz había perdido toda aspereza. Me volví a sentar en el sillón. Estaba demasiado desconcertado como para prestar atención a sus reacciones. Fran dejó de limpiar la alfombra y me miró por encima de la mesa de centro.

—Estoy divorciada, pero no busco plan —dijo—. Nos podemos relajar los dos.

—Está bien —repuse mecánicamente.

Volví a llenarme la copa y en mi fuero interno agradecí que fuese ella quien retomara la conversación.

—Mi ex marido trabaja en el centro, en uno de esos

enormes edificios donde están los bancos. Se llama Mitchell. Me cuidaba y me daba todos los caprichos. Cada año ganaba más dinero. Me compró la casa más bonita que yo había visto nunca. En aquella época yo era muy distinta. Cuando nos conocimos, Mitchell corría detrás de mí como si yo fuese el primer premio de la lotería. Pero era un hijo de puta. —Su voz recobró la dureza, y Fran hizo una pausa para calmarse—. Todavía pienso mucho en nosotros. De hecho, a todas horas.

Se levantó y se dirigió a la cocina, de donde regresó con un rollo de papel y una botella de quitamanchas. Se arrodilló de nuevo y siguió hablando mientras frotaba la mancha roja y oscura.

—Vivimos juntos seis años, primero en Chicago y luego aquí. Hace un año, Mitchell me dejó por otra persona.

Hizo una pausa.

—¿No me vas a preguntar nada?

Dudé unos momentos.

—En realidad no sé qué preguntarte.

—Pregúntame si Mitchell me trataba mal.

—¿Lo hacía?

—No más que cualquier otro marido que engaña a su mujer.

Fran dejó de limpiar.

—Esta mancha no sale —declaró.

Le dije que llamase a un profesional y que luego me mandase la factura.

—No, no te preocupes —repuso—. Pensaré que es sangre de Mitchell.

Fran rompió a reír entre dientes, pero se calló de pronto.

—Lo siento —dijo—. No es verdad que quiera tener su sangre en la alfombra. Tendré que comprar otra botella de quitamanchas.

Aquella risita ahogada de antes se transformó en

una auténtica carcajada. Intentó incorporarse, pero perdió el equilibrio y cayó sentada con las piernas abiertas.

—¡Huy! —exclamó.

Volvió a reír sin querer, esta vez con más fuerza. Sus esfuerzos para controlarse le hacían poner muecas.

—¿Estás bien? —le pregunté.

—¡Huy, es sólo un contratiempo, o un contrapompis! ¡Huy! ¡Huy! —Fran comenzó a reírse sin poder dominarse y se dobló sobre sí misma.

La palabra «¡Huy!» se atascó en su mente, y la repetía sin cesar, como si fuesen las sílabas de una palabra sin sentido. «¡Huy, huy, huy!»

—¿Seguro que estás bien? —repetí, pero sólo logré que volviese a estallar. Su pecho se agitaba y las lágrimas le rodaban mejillas abajo.

—¡Dios mío! ¡Todo esto es tan cómico! —jadeó.

Yo no conseguía distinguir los sollozos de las risas. Poco a poco se calmó. Cuando todo terminó, apenas podía respirar.

—¡Dios mío! —susurró débilmente—. ¡Sí que me ha dado fuerte!

Le tendí la mano para ayudarla a levantarse.

—Eso ha estado muy bien —le dije.

—¿Sí?

Fran se alisó el cabello, que estaba húmedo de sudor. Se tambaleó hacia atrás y se dejó caer en el sillón.

—Deja que me recupere. Seguro que no te imaginabas que venías a la casa de la risa.

La tensión de antes había desaparecido. Sentí en mí una nueva energía, una necesidad de conectar con esta mujer que estaba dispuesta a estremecerse de llanto y de risa.

—Sigamos hablando —dije—. ¿Mitchell te engañó más de una vez?

Fran suspiró, ya serena.

—Casi todo el tiempo que estuvimos casados. Con

una ex novia con la que nunca lo dejó del todo. Lo típico, vamos. —Murmuró esta última frase en la copa, antes de tomar un largo trago de vino.

Aquel recuerdo provocó que en su voz volviera a reflejarse la amargura.

—Era mucho más cabrón de lo que jamás llegué a imaginar. Llámame estúpida si quieres.

Se estaba alejando del fondo de la cuestión, y yo no quería perderla.

—El hecho de que tu marido te engañase no te convierte en estúpida. Estoy seguro de que le amabas.

Fran se quedó boquiabierta y soltó otra risotada, esta vez casi salvaje. Aquella risa era tan estentórea como un rebuzno, y tan horrible que me dejó clavado en el sillón. Fran no había podido resistir el impulso: sus ojos me pidieron disculpas, pero su cuerpo había cedido al arrebato. Volvió a calmarse y echó la cabeza hacia atrás.

—Esto es increíble. ¿Qué me estás haciendo?

—Yo no soy...

Comencé a alarmarme. Me pareció que Fran estaba deshecha, pero agitó la mano con languidez.

—No quería expresarlo de esa manera. Es estupendo. Sigue con lo que quiera que estés haciendo.

Su voz se apagó y cerró los ojos durante un buen rato. Pensé que tal vez se había dormido. Descansar un poco le sentaría bien.

Entonces empecé a percibir algo. Sentí una débil presencia en la habitación, como cuando alguien famoso o con poder se incorpora a una fiesta. El aire estaba cargado y mis sentidos estaban totalmente alerta. Yo no le estaba haciendo nada a Fran, pero Elena tampoco. Aquello no era fruto de un encantamiento, sino de esa fuerza invisible. Cosas que manteníamos en nuestro interior y que nunca pretendimos que salieran a la luz, ahora lo hacían, aunque en aquel momento no tuve tiempo de comprenderlo. Al cabo de un momento, Fran se incorporó lentamente y se frotó las mejillas, donde las lágrimas habían dejado un rastro.

—¿Por qué has mencionado el hecho de que le amara? —me preguntó—. Yo solía decir de mí misma que era una romántica, pero creo que tú me ganas.

No respondí, pero no hacía falta. Fran siguió hablando.

—Me he esforzado como una loca para superar este amor, y ahora... ¡Oh, Dios mío! Ahora me vuelven tantas cosas...

Sus labios comenzaron a temblar y le costó trabajo recuperar el aplomo.

—No necesito que nadie me hable del amor. Cuando Mitchell se marchó me hizo un favor, y no bromeo. Estar solo es un regalo cuando tu pareja te ha estado engañando, ¿no es cierto?

Parecía muy abatida. Estaba seguro de que la presencia seguía en la habitación. ¿Sabías que las ondas de un diapasón pueden hacer vibrar una copa desde cierta distancia? Se llama vibración por simpatía, y eso es precisamente lo que estaba sucediendo: aquella presencia estaba provocando en Fran una vibración similar.

Cuando volvimos a hablar, su cuerpo ya no luchaba contra aquellos sentimientos que querían aflorar. Después de aquellos estallidos, se expresaba con una claridad pasmosa.

—Si mi marido me quería, ¿por qué me mintió acerca del dinero y se guardó la mitad de lo que ganaba en una cuenta en Suiza? ¿Por qué hizo que le cediera mi parte de la casa diciéndome que era por mi propio interés? Ahora lo sé. Nunca dejó de tener amantes. Desde el primer momento fue egoísta y calculador.

»Tenía que estar preparado para el día en que yo me enterase de todo. Sabía que algún día yo ya no le serviría de nada, pero me subestimó. Me vengué. Mi abogado se quedó bastante impresionado. Probablemente tú también me subestimas.

Fran terminó su historia con gran frialdad. Ya no le costaba controlar sus emociones. Ahora se expresaba con un desapego indiferente, como si explicara la vida de alguien que se había marchado hacía mucho tiempo dejando atrás una casa vacía.

Seguí escuchando con la esperanza de encontrar de nuevo las palabras adecuadas. Fran había vivido demasiadas emociones y ocultaba muchas más. Yo no sabía cómo manejar la situación.

—Lo siento, pero no puedo ayudarte —dije en voz baja.

—No te preocupes.

Su voz y su rostro no reflejaban ninguna emoción. Fuese lo que fuese lo que iba a ocurrir, no sucedió nada. El teléfono sonó. Fran miró el identificador de llamadas.

—Tengo que responder.

Descolgó el teléfono y me dio la espalda. Al principio se expresó con monosílabos, pero al cabo de un momento la conversación se animó.

—Te dije que pasaría esto. Siempre le das dinero. ¿Te acuerdas de lo que te dije la última vez? Exacto, pero no lo hiciste, ¿verdad?

Este retorno repentino a la amargura y el resentimiento me despistó. «¿Qué se cree que está haciendo?», pensé. Fran quería ser amada. Quería que alguien se preocupase por ella y que se lo dijese.

Sin embargo, hacía todo lo posible para rechazar el amor. No buscaba a las personas que podían ofrecérselo, y cuando éstas aparecían no les decía lo mucho que necesitaba su cariño.

Fran estaba terminando la conversación.

—Eso está mejor —decía—. Eso es lo que quiero oír. Ahora tengo que dejarte.

Cuando se volvió hacia mí, su expresión era de desafío.

—Sí, hay quien confía en mí. Ahora te puedes reír.

—Sonaba como si confiase mucho en ti —respondí, sin morder el anzuelo.

—Mi mejor amiga tiene problemas con los hombres. Más que yo, aunque parezca imposible.

La presencia que había permanecido en la habitación se marchaba, ahuyentada por el retorno de Fran a su aspecto más duro.

Me sentí confundido e impotente, hasta que tuve una idea. Me vino tan de repente que tuve que hacer un esfuerzo para no estropearlo todo.

Le dije a Fran que me diese un lápiz y un papel. Me miró con aire de sorpresa pero lo hizo. Dibujé un gran círculo.

—Esto representa una tarta. Divídela en porciones, una por cada persona que signifique algo para ti. Y ve poniendo un nombre en cada porción.

En su cara se reflejaron un montón de objeciones, pero dividió el círculo en seis partes, y escribió un nombre en cada una. Hizo una pausa y añadió otras dos.

—Mis padres.

Su rostro volvía a ser una máscara inexpresiva, como cuando llegué a su casa.

—¿Se trata de un juego?

Le contesté que podía considerarlo de esa manera.

—Antes, cuando hablabas de Mitchell, sentí algo en el ambiente. ¿Tú no? —Fran me miró con expresión dubitativa, pero continué—. Creo que era la misma clase de energía que la gente siente cuando está enamorada. Se abría paso a través de todas las cosas antiguas que estabas sacando.

Podría haberme dicho que todo aquello era muy raro, pero continuó mirándome y un atisbo de confianza asomó por detrás de la máscara.

—¿Tú lo sentiste? —me preguntó.

—Sin ninguna duda. Te dije que quería ayudar a alguien, y así es cómo ha sucedido: invitando a algo superior a ti y a mí. Acudió cuando te desternillabas de risa y ahora se ha ido. Pero quizá podemos pedirle que vuelva.

—¿Quieres que me dé otro ataque?

—No. Creo que eso ocurrió porque te pilló por sorpresa. Creo que ahora pasará algo tierno y maravilloso.

Jamás había dicho cosas semejantes, pero tenía la sensación de que estaba totalmente en lo cierto. Un chispazo de intuición me iluminó.

«No hace falta que sigas buscando el amor. Es él el que te busca a ti.»

Me emocioné con esta idea en cuanto me asaltó, porque se podía aplicar a cualquier persona, incluyendo a Fran. Sin embargo, no podía comunicársela directamente. Una percepción así no tendría sentido para ella. Yo sabía que en aquel momento ella recelaba de mí, así que debía ir con pies de plomo para vencer su desconfianza y su inquietud.

—¿Qué quieres que haga? —me preguntó vacilante.

—Voy a leer los nombres que has escrito y vas a darle a cada uno una puntuación —respondí, cogiendo el papel.

—¿Por qué? —dijo Fran, alarmada.

—Será como un mapa. Cuando hayamos terminado sabremos en quién confías, de quién recibes cariño, quién te quiere y te respeta. Son los que te dan la misma energía que había aquí hace un momento. Cuando encontremos a la persona adecuada sabrás a quien dirigirte cuando lo necesites.

—¿Y tú cómo sabes lo que yo quiero? —repuso con desconfianza.

—No lo sé. Pero creo que tú tampoco. Todavía estás enganchada a los sentimientos que te provocó tu divorcio.

—¿Y qué esperabas? —contestó Fran con creciente agresividad.

—Nada. Todo el mundo se refugia en su interior cuando es herido, pero si te encierras demasiado, el amor no puede encontrarte. Sin embargo, hay personas que quieren transmitirte una energía diferente. Quieren alcanzarte, penetrar a través de tu tristeza y tu dolor. Tenemos que saber quiénes son esas personas.

Cuando vi que Fran no me respondía nada, pensé que había que aprovechar la oportunidad, sobre todo porque yo no tenía ni idea de dónde procedían mis palabras ni de cuándo dejarían de venirme al pensamiento.

—¿Estás lista? —le pregunté con rapidez. Eché una mirada al primer nombre escrito—. Joseph.

Fran no se movió y yo contuve el aliento.

—Es mi hermanastro. ¿Quieres que le dé una puntuación del uno al diez? —inquirió pensativa—. No puedo. No sé qué respondería si le preguntásemos cuánto le importo.

—No pienses en su posible respuesta. Dime tan sólo lo que tú recibes.

—Seis —dijo Fran tras una breve pausa.

—Margaret.

Una larga pausa.

—Ésa es mi madre. Creía que no eras psicoterapeuta... Ocho. No, siete.

—Lizzie.

—Cinco.

—Madison.

Fran se puso seria.

—Tres. Me mataría si me oyese. Seguramente piensa que le pondría una nota mucho más alta.

—Jeffrey.

De nuevo una expresión circunspecta.

—Quiero cambiar lo de mi madre y poner cuatro —dijo Fran.

Cambié la cifra y pronuncié el siguiente nombre, pero esta vez Fran no respondió. Su boca tembló.

—Este juego es estúpido —soltó en un áspero susurro—. A nadie le importo lo suficiente. Te he mentido con las puntuaciones.

—Estoy seguro de que le importas a alguien —le dije con cariño.

—¡Tú no sabes nada! —estalló.

Pensé que se echaría a llorar, pero hizo un esfuerzo y se calmó. Tenía algo que contarme.

—Hubo un tiempo en que me imaginaba que había ido a parar a una isla desierta. Nadie podía llegar o marcharse de allí salvo yo misma. Coleccionaba fotografías de islas exóticas, y siempre que veía algo que me impresionaba, lo añadía a mi isla. Todos los detalles eran auténticos: cascadas azules, playas de arena negra, mangos que caían de los árboles.

—Tu Paraíso Terrenal privado —dije.

—Más bien mi balón de oxígeno. En cierto modo, nunca había suficiente aire donde me hallara.

Fran desvió la mirada y, por primera vez, sus ojos, que habían estado fijos en mí como cámaras de vigilancia, se volvieron hacia su interior. Un tono soñoliento se adueñó de su voz. Apenas se daba cuenta de que yo estaba allí.

—En mi isla podía respirar, y sólo podía llevar conmigo a una persona por vez. ¿Sabes a quién llevé?

Negué con un movimiento de cabeza.

—A mis padres nunca —siguió Fran—. No sabían cómo tratarme. No sabían cómo tratarse mutuamente. No me preguntes por qué eran así; no tengo los conocimientos suficientes para responder. Vivíamos encerrados en la misma casa, compartiendo discusiones a gritos y largos silencios llenos de rabia. Fluctuábamos entre la frialdad de esos silencios y el acaloramiento de las peleas. Muy entretenido.

Fran se detuvo y esperó a que el dolor de sus recuerdos se calmase.

—Una niña no puede saber por qué papá se enfada y grita durante horas o por qué alguien se encierra y llora detrás de una puerta. Lo que sí sabía es que quienes viniesen a mi isla tenían que quererme de verdad.

—Tus visitantes, ¿eran imaginarios?

—¡Oh, no! Llevaba a mi mejor amiga o al chico que me gustara entonces. Me llevé a una tía mía que más tarde murió. Incluso llevé a Mitchell en una ocasión. Lo conocí cuando acabábamos de entrar en la universidad.

Esta vez fue capaz de pronunciar el nombre de su ex marido sin vehemencia.

—Ahora hago este juego —dijo señalando el papel—, y ya no queda nadie. Ya nadie merece venir a mi isla. Qué triste, ¿verdad?

Pronunció esta última frase con un tono de amarga ironía.

—Quizá les importas más de lo imaginas —sugerí.

Fran me echó una mirada dura.

—¿Cambiaría algo eso? Si yo no siento que les importo, de nada me sirve. Todos están en sus propias islas, por lo que sé.

—¿Cómo llegaste a este punto? —pregunté.

Fran se sumió en una reflexión melancólica.

—Las cosas acaban por derrumbarse. Después de dos años de matrimonio, Mitchell y yo nos trasladamos aquí, a una ciudad extraña. Las llamadas telefónicas a los míos cada vez me confortaban menos, y cuando él me abandonó me quedé sola. Nadie quiere estar junto a una mujer cuando ya no forma parte de una pareja feliz. La gente te llama poco y luego se olvida de ti por completo —explicó Fran.

»De estar destrozada pasé a estar deprimida, pero fui tirando. Ahora ya estoy acostumbrada. Todavía no hay suficiente oxígeno en esta casa —sonrió—. Ahora ya lo sabes. Te pido disculpas por haber sido tan grosera contigo antes.

Estaba alejándose de nuevo, transformándose en la mujer que hablaba de sí misma como si se hubiese marchado mucho tiempo atrás. Su dolor tiraba de mí y casi me estaba arrastrando. Entonces lo recordé.

—Fran, aquí había algo, y era real. —Puse sus manos entre las mías—. Dime que tú también lo has sentido.

—No lo sé —dijo—. Jamás esperé que sucediera algo como esto.

—¿Puedo volver? ¿Podemos intentarlo de nuevo?

Bajó la mirada sin decir nada, y yo me levanté. Doblé el papel y me lo metí en el bolsillo.

—Tienes mi número. Si no me llamas, no importa. Pero deberíamos estar en contacto.

—Si quieres...

Salí sin decir nada más.

Caminé por la extensa sombra que proyectaban las hileras de casas, demasiado pegadas unas a otras para que pasase la luz. El sol invernal desaparecía con rapidez tras el horizonte. Me supo mal dejar a Fran tan afligida. Se había arrojado a los brazos de mi compasión, no había otra manera de plantearlo. Desde el momento en que le pedí que nombrase a las personas que realmente se interesaban por ella, la voz interior de Fran había repetido una y otra vez: «Tú eres lo único que tengo.»

No tenía sentido, y sin embargo tenía todo el sentido. Mi corazón todavía palpitaba cuando pensaba en lo cerca que había estado de conectar con ella. No obstante, tenía que ir con cuidado. Fran alimentaba todo tipo de fantasías acerca de ser rescatada, y yo encajaba demasiado bien en el papel de salvador. Lo más importante no era yo, sino aquella presencia en la habitación, algo que todavía no alcanzaba a comprender.

—El dios del amor ha vuelto —murmuré.

Sentía en mi cuerpo el hormigueo de la energía que había fluido a través de ella. Lentamente, mi mente se fue concentrando en una de las posibilidades. Miré dónde estaba y me dirigí a casa. Al cabo de un rato, como si hubiese accionado un interruptor, la energía desapareció y me sentí vacío.

Cuando entré en mi apartamento me sumí en la oscuridad de la sala de estar y puse la televisión, pero la apagué al instante. Traté de hablar con Elena, pero la telefonista del hotel me dijo que no estaba en su habitación. Cuando sonó el timbre de la puerta no me sorprendió mucho que fuese ella.

—Quería saber cómo había ido todo —dijo al entrar por la puerta.

—Estabas allí. ¿Cómo crees que ha ido? —repuse.

—Bastante bien —contestó, mirándome directamente a los ojos.

—Yo no estoy tan seguro —objeté—. Fran no estaba muy bien que digamos cuando me marché. Cuando llegué estaba enfadada y llena de amargura. Es lo único que muestra. Es la auténtica víctima, y no la culpo. Está peor ahora que cuando me presenté allí.

Elena no se inmutó.

—¿Qué pasó después? —preguntó.

—Le dije que quería volver.

—Veremos cómo funciona eso. Fran podría rechazarte: cuando se presiona demasiado, la gente reacciona con hostilidad. Mañana estará más tensa que cuando comenzaste.

Me quedé sorprendido, y no era la primera vez, por la manera en que Elena era capaz de conocer a la gente con sólo verla. Su único contacto con Fran había sido al observarla desde el coche aparcado al otro lado de la calle.

Elena adoptó un aire filosófico.

—Fran no está sola. La mayoría de las personas anhelan ser amadas, pero se comportan como si no lo quisieran. Ella actúa con dureza y rencor, recitando su lista de agravios una y otra vez. Eso es lo que quería de ti, que fueses su paño de lágrimas.

—¿No crees que la próxima vez me acercaré más?

—No lo esperes —contestó Elena—. Los avances son personales e impredecibles. Considéralos más bien como una especie de milagro que tal vez tengas el privilegio de contemplar, pero que no puedes provocar. Un milagro resuelve lo que parece imposible. Y nada parece más imposible de resolver que el sufrimiento humano. Quedamos atrapados en él porque colocamos nuestras cuestiones sin resolver como los caballitos en un carrusel. Cada día los caballitos giran en nuestras cabezas. Antiguos agravios, dolores que no se olvidan, resentimiento, ira, fracaso, inseguridad... El carrusel gira y gira. Imagina un mundo que gira en torno a un eje de sufrimiento que nadie sabe cómo detener. Ahora ya conoces con qué se enfrenta el amor a diario.

—Entonces tenemos que hacer algo —exclamé con vehemencia.

Me sentía inquieto, y me paseé arriba y abajo de la habitación mientras Elena permanecía en medio de la sala de estar con el abrigo puesto.

—Creo que me sentaré —anunció.

Apartó un montón de periódicos de la silla y esperó a que yo también tomase asiento.

—Si el amor es real, ¿no crees que quiere salvarnos a todos? —inquirió con afabilidad—. ¿Cómo se puede llamar amor si permite que haya alguien que sufra?

—Hay millones de personas que sufren —murmuré entre dientes.

—Eso es innegable. Pero también hay millones que tienen libertad para elegir. —Elena me cogió la mano—. Estabas en lo cierto. Yo me hallaba en la habitación contigo, no voy a engañarte al respecto. El mundo sutil lo conecta todo. Pero yo no fui la autora del poder que sentiste, ni tú tampoco. Existe en todas partes.

»Quiero aclarar algo que tú creíste sin importancia: la tarea que te impuso Dolly, la de recoger ladrillos. Ella quería que cogieses cada uno con amor. Ése era el único misterio y la única respuesta. Elige cada momento con amor, contempla cada momento con amor, siente cada momento con amor.

—Si es eso lo que quiere, entonces no puedo hacerlo. Es imposible —respondí con tristeza.

Elena se inclinó hacia mí.

—Por supuesto que es imposible. Por eso se la llama escuela de misterio. Tienes que encontrar el milagro que resuelve lo imposible.

Su rostro resplandecía y sentí un temor reverencial, no de ella, sino de lo que me estaba transmitiendo. Me clavó una mirada tan profunda que fui incapaz de interpretarla.

—Tal vez sólo existan unas cuantas personas que hayan cruzado el umbral y conozcan la verdad, pero no somos responsables de lo que el amor consigue. Nos hemos entregado a él. Vamos a donde él nos guía.

¿Ese «nos» me incluía a mí? No hice esa pregunta. Sin embargo, aunque Elena estaba inmóvil, me pareció que asentía de forma imperceptible.

—Me estás asustando —exclamé, retirando la mano.

—Lo sé —contestó—. Es inevitable, porque una buena parte de ti todavía no quiere aceptar nada de todo esto. Si te ha llegado el momento, y estoy segura de que sí, habrás vislumbrado algo increíblemente importante en aquella habitación con Fran. ¿Fue así? ¿Había un mensaje?

Me puse en pie de un salto.

—Me estás poniendo muy nervioso.

—No era mi intención.

Tenía que creerla, pero la atmósfera parecía cargada de expectación.

—¿Todo tiene que ser una prueba? —solté.

—Casi todo —respondió Elena con una sonrisa, invitándome a relajarme, pero me tapé los oídos con las manos.

—No quiero oírlo —dije.

—Entonces no me corresponde a mí obligarte. —Elena dijo estas palabras sin la menor señal de decepción—.

Pero sé cuidadoso con Fran. Su situación es delicada y hemos de respetar eso, incluso si comienza a tenerte miedo. Eres como la bestia que ha surgido de la maleza. Para su mente, el peligro es que tú sepas más de ella que ella misma.

—Pero no es así —objeté, sintiéndome más inquieto a medida que Elena hablaba.

—Sabes que se siente vacía. Sabes que quiere ser salvada. Sabes que el amor que ella quiere y la manera en que quiere conseguirlo son incompatibles. Es arriesgado revelar estas cosas a alguien.

Elena se levantó, pero yo había tomado una decisión. Saqué del bolsillo el arrugado papel con mi foto y lo sostuve ante ella.

—Desde que te conocí me he estado diciendo a mí mismo que eres una mística. Quizás ésa no sea la palabra exacta, pero jamás se me ocurrió que hablaras en sentido literal. «El dios del amor ha vuelto.» ¿Acaso no es sólo una metáfora?

Por primera vez pareció perpleja.

—No, no es una metáfora. Existe un dios del amor.

—¿Y cómo sabéis que ha vuelto? ¿Lo habéis visto?

Negó con la cabeza.

—Dolly me dijo que ella sí. Y tú llegarás a hacerlo si vas a convertirte en la última mujer sabia.

—Me has preguntado si recibí algún mensaje en el apartamento de Fran. Sí, recibí uno. Decía: «No hace falta que sigas buscando el amor. Es él el que te busca a ti.» ¿Era algún tipo de señal?

—Puedes llamarlo así. Es una parte de la verdad. Yo no lo sé todo.

Elena rió, nerviosa. Seguía un tanto desconcertada.

—¿Estaba el dios del amor en aquella habitación? —pregunté.

—Lo tendrás que descubrir por ti mismo.

Me permití sonreír. La estrategia de Elena, desde el

comienzo, había sido darme vislumbres de lo que yo tenía que descubrir por mí mismo. Estaba a punto de marcharse, así que me ofrecí a acompañarla.

—No, tú debes quedarte.

Elena se acercó a mí. Pensé que iba a darme un beso de buenas noches. Me incliné un poco hacia delante, no anhelante, pero sí dispuesto a recibirlo. Elena levantó la mano y me golpeó con el puño en el pecho, como si llamara a una puerta maciza. Oí como sus nudillos chocaban contra mi esternón y la fuerza del golpe me echó hacia atrás. Me dolió. Sorprendentemente, me dolió mucho. Sentí una presión en el pecho y durante unos instantes me quedé sin aire.

—Esto es por el deseo —me dijo Elena con suavidad. Había un toque seductor en su voz, pero antes de que pudiese reaccionar ya había salido de la habitación.

El dolor aumentó y se hizo más agudo y profundo, como si me estuviesen clavando un cuchillo. No grité, pero solté un gemido. Me llevé la mano a la zona en donde me había golpeado. A través de la camisa, sentí la piel caliente. Al poco esta sensación también desapareció.

Me acerqué a la ventana y contemplé a Elena, que acababa de salir del edificio y se alejaba. Cruzó la calle y se convirtió en una figura distante con un abrigo negro. Una mujer más en la multitud un sábado por la noche. Había intentado enseñarme algo acerca del misterio de la vida. Sin embargo, me preguntaba si el misterio no sería la propia Elena.

Casi había esperado que dejase tras de sí un rastro luminoso.

«Esto es por el deseo.» No se me escapó el matiz de ironía que contenían esas palabras al pronunciarlas Elena para luego marcharse. Mi mente no dejaba de darle vueltas mientras me desvestía para meterme en la cama.

¿Acaso no mantenía ella a raya mi deseo constantemente? No te reprocharía que la acusases de manipularme. Sembraba la duda en mi mente a cada momento. Jamás revelaba hechos concretos acerca de sí misma. Sin embargo, te equivocarías si pensases que eso tenía importancia. Aunque Elena hubiese sido tan vieja y encorvada como Dolly, habría aguantado hasta el final.

Supón que alguien se te acerca en la calle y te dice: «Creo que anhelas llevar otro tipo de vida. Yo puedo ayudarte a encontrarla.» Puedes deshacerte de esa persona simplemente dándote la vuelta. Pero entonces puedes pensar: ¿Quién logró cambiar de vida dándole la espalda a una oportunidad? El desdén puede alejar a un charlatán, pero también a la verdad. Es un secreto a voces que el mundo material no nos satisface.

Una frase flotaba en el ambiente: «Sigue a tu felicidad.» La gente que lo hace, ¿adónde se cree que la está siguiendo? La felicidad proviene de lo que Elena llamaba el resplandor. La gente que sigue lo que ama llega a vislumbrar el resplandor. Por supuesto, es posible que se detengan ahí: es maravilloso levantarse una buena mañana y que te asalte por sorpresa un sentimiento de dicha absoluta. Pero no creo que detenerse en el umbral sea la única posibilidad. Muchas personas se preguntarán cómo pueden pasar al otro lado.

Y es por esta razón por lo que me hallaba tumbado sobre la cama mirando el techo y pensando: «Ojalá que ocurra.» Me imaginé que, al golpearme, Elena había abierto una puerta.

Cuando Elena se marchó, no tenía nada de sueño: apenas eran las siete. Me comí unos espaguetis que calenté en el microondas, tiré la basura y bajé al sótano a lavar la ropa en una de esas lavadoras de monedas.

Pero debía de estar muy nervioso, porque cuando me metí en la cama no logré conciliar el sueño. A medianoche estaba tan despierto como cuando me acosté. A las tres de la madrugada la espalda me dolía de dar tantas vueltas. Tapé el reloj y cerré las persianas del todo. Encontré unos viejos tapones para los oídos, que sólo sirvieron para que oyese con más intensidad el ruido de mi cabeza. Lo más parecido a soñar que tuve fue la sensación de estar debajo de un gran peso. Había visto un grabado semejante en un libro de torturas medievales. No podía mover el pecho y una especie de pánico a cámara lenta se fue apoderando de mí. Me desperté como si me hubiesen dado una paliza. Traté de darme la vuelta, pero la espalda me molestaba demasiado para seguir en la cama.

Me paseé por el apartamento. Finalmente me aposenté junto al ventanal y contemplé los tejados cubiertos de nieve. Como mis ojos estaban acostumbrados a la oscuridad de la habitación, la blancura de la nieve hizo que los edificios me pareciesen al alcance de la mano.

—Sé que estás ahí —murmuré. No me dirigía a nadie en concreto, sino a lo que acechaba tras el decorado. Si el cielo se hubiese abierto, ¿habría aparecido un gran rostro?

A eso de las ocho y cuarto me puse la chaqueta y salí. Volvía a ser domingo, y al menos podía hacer lo que solía. Fui a la cafetería y me quedé en la puerta. A través de la cristalera empañada observé a las parejas sentadas a las mesas, absortos en conversaciones cuyos sonidos no me llegaban. Parecía irreal. Casi creí que podría introducir el dedo en los muros del edificio y atravesarlos. En lugar de entrar seguí caminando. De vez en cuando miraba por encima del hombro, tan intensa era la sensación de que, a mis espaldas, cuadrillas de obreros iban desmontando el decorado, tirando abajo las falsas fachadas hasta que yo regresase.

Tardé unos veinte minutos en llegar a la calle Boylston. El sol brillaba y, aunque era un frío sol invernal, logró sacar a la calle a mucha gente. Caminé lentamente para observar y escuchar. Sería un agente doble, un traidor que sabía cómo vivir entre dos aguas. La vi en una cafetería, justo al lado de la puerta. Llevaba una mochila color morado colgada del hombro.

Renee. Éste no era su barrio. Tenía buen aspecto. Sacudió la cabeza para apartarse el cabello de la cara mientras rebuscaba en el monedero. Sonreía mientras conversaba con el individuo del mostrador. No se dio cuenta de que la observaba, así que me tomé mi tiempo para cruzar la calle. Salió de la cafetería y giró a la izquierda sin verme.

Aquello me extrañó, aunque de hecho me hallaba a cierta distancia. Quizá no me había visto porque justo en aquel momento un coche se interpuso entre nosotros. La seguí con la mirada. Me invadió un cosquilleo de deseo. No era mi intención, pero ahí estaba. Seguí con la mirada el contoneo del cuerpo de Renee mientras se alejaba. Volví a experimentar aquella dolorosa sensación en el esternón, que casi había olvidado, y que me decía: «¿Qué esperabas?» Corrí en busca de Renee. Cuando la llamé se dio la vuelta.

—¡Oh! —dijo, no «hola» o «qué tal».

Antes de sonreír dudó una fracción de segundo, que

fue suficiente para desconcertarme. Se acordaba de todo, de cuando estuvo en mi casa poniendo comida en la nevera y se marchó sin sentirse apoyada.

—Te vi comprando el periódico —dije para ganar tiempo: quería que Renee me diese una pista de por dónde comenzar.

Asintió con la cabeza y su mirada vagó por la calle.

—Mi intención no era asustarte —añadí.

—¿Has salido a correr un rato? —preguntó distraídamente, aunque era evidente que yo no llevaba ropa de deporte. Podía haber pasado por alto ese comentario. Podía haberla acompañado un rato para ver si se mostraba más amistosa. Pero las cosas podían ponerse peor, así que le dije lo mucho que la había echado de menos. La sensación de deseo aumentó. Esta apertura podía conducir a alguna parte.

—Me viste hace sólo unos días —dijo, entornando los ojos ligeramente. Se daba cuenta de que había algo que quería decirle.

—Es verdad, pero no hablamos mucho. He estado a punto de llamarte varias veces...

—Hay otra persona.

A Renee no le gustó mi reacción. Quiso continuar, pero la interrumpí.

—No debería sorprenderme de que lo supieses —solté—, pero...

—¿Pero qué? —Estaba perpleja—. No me entiendes, Jess. He conocido a otra persona. Cuando fui a tu casa pensaba decírtelo, pero estabas tan raro que preferí callarme.

Me quedé en blanco.

—¿Quién es? —Fue todo lo que pude decir.

—Alguien del trabajo. No me mires de esa manera.

—No te miro de ninguna manera —le contesté.

No me ayudó el haber sentido antes aquel peso aplastante en el pecho que ahora volvía. Los ojos de Renee observaban nuevamente la calle. Le estaba esperando. Hice ademán de retirarme.

—Ya hablaremos en otra ocasión —le dije.

No quería verlo por nada del mundo. Pero se cumplió la ley de Dolly. Cuando me dijo que aquella historia quería desarrollarse, en realidad formuló una ley cósmica. Todas las historia exigen un final. Una voz de hombre pronunció el nombre de Renee. Se acercó a nosotros. Era más o menos de mi edad, apuesto y con las facciones muy marcadas. Llevaba una de esas gafas de montura ligera, de ésas que parecen decir: «En realidad no llevo gafas. Esto es sólo un complemento.» Le odié en cuanto le vi.

Me fue presentado como Matthew, y no dijo aquello de «Renee ya me ha hablado mucho de ti, Jess». Su expresión no mostraba reconocimiento alguno. Rodeó los hombros de Renee con el brazo. En el otro llevaba una bolsa de una tienda de comestibles. Renee se relajó. No tenía prisa de que me fuera, y mientras Matthew me decía algo sobre el mercado de valores, ella lo miraba a él y no a mí.

En cuanto pude me largué. Sabía que no me estarían mirando mientras me alejaba. Estarían embebidos el uno en el otro, y en cinco minutos se encontrarían en la cama con los panecillos. Tenía que borrar esa imagen de mi mente. Aunque ahora las piezas encajaban.

Había venido a hablarme de él porque imaginaba que tarde o temprano yo me enteraría. Primero: no se había puesto en contacto conmigo y no me había preguntado si quería que pasásemos juntos el día de Acción de Gracias. Y en segundo lugar estaba aquella mañana en que yo la había despertado a primera hora. Se había levantado de la cama y llevado el teléfono al cuarto de baño porque había alguien más en la cama. Una mente suspicaz habría captado todas esas señales sin la ayuda de un manual.

No, eso no era así. Había huido de la pareja y ahora me hallaba a un par de manzanas de distancia, lo bastante lejos para calmarme. El problema, lo que me reconcomía, no era la sospecha. Eso era mentira. Hacía cuatro meses que Renee había dejado de ser mi novia. Yo había permitido que se fuera y apenas lo había sentido. Me decía a mí mismo que la seguía queriendo y que, de hecho, estaríamos más cómodos separados porque la cuestión de desearnos —o no desearnos— habría desaparecido.

Pero era mentira. El amor sin deseo es otra palabra con la que nos autoengañamos. El lugar donde Elena me había golpeado comenzó a dolerme. Había visto cómo Matthew rodeaba los hombros de Renee y cómo sus dedos le rozaban el pecho. Estaba tomando posesión de su deseo, y lo había hecho como si quisiera dejar patente que tenía derecho. Por supuesto que sabía quién era yo: dos hombres en esa situación no tienen que intercambiarse las tarjetas: simplemente lo saben. Su deseo podía penetrar en el espacio que yo había dejado. ¿Por qué no iba a hacerlo? El deseo fluye constantemente. Busca su objetivo sin que te des cuenta; lo busca incluso cuando estás dormido. Matthew no significaba nada para mí, pero era el único que comprendía lo único que yo había pasado por alto: el amor que niega el deseo es una farsa.

Mi conciencia adquirió un tono bíblico, haciendo que el pecho me doliese aún más. ¿Quién me pensaba yo que era? Renee había entrado en mi vida y luego había percibido que el lugar donde yo debía estar se hallaba vacío. ¿Cuánto tiempo le llevó? Tal vez ni siquiera una semana. Un hombre que no podía —o no quería— satisfacer su deseo de ser amada no era lo que ella quería. Puede que siguiera a mi lado con la esperanza de que me espabilase. Recordé que yo llamaba «amortizar el colchón» a hacer el amor. La mayoría de las noches le preguntaba si quería y, aunque ella rara vez me decía que no, ¿hacía una mueca por dentro? Cuando yo creía que estábamos unidos, ¿se sentía excluida del círculo que yo había trazado a mi alrededor?

Seguí torturándome hasta que un pordiosero me sacó de mi ensimismamiento. Se hallaba ante una tienda, un Seven-Eleven, y no le hice caso cuando sacudió la lata delante de mis narices.

—Espero no sentirme jamás como tú ahora —me espetó.

Tenía que recuperar el dominio de mí mismo. La idea de volver a mi apartamento me desagradaba, pero no tenía otro sitio al que ir. Regresé y comencé a pasearme por el apartamento. No podía llamar a Elena. De hecho, era la última persona a la que debía llamar. Era un veneno, la mujer que quería enseñarme la manera de amar a todo el mundo. ¿Por qué había picado tan fácilmente? Porque mantenía viva mi mentira. Dolly me lo dijo con toda claridad. Cuando esperábamos en el rellano la primera noche, me dijo que Elena jamás se enamoraría de mí. Eso debería haberme ahuyentado, pero no hizo más que sellar mi destino. Yo no esperaba «a pesar» de que Elena era inalcanzable, sino que yo esperaba precisamente porque era inalcanzable.

Nada de esto me estaba ayudando. Llamé al hotel y esta vez pregunté por Dolly, con la esperanza de que tuviese una habitación propia. Se me ocurrió que tal vez podría liberarme de alguna manera que sólo ella conocía. La telefonista me informó de que no les constaba ninguna señora Feathering.

Me decidí y llamé a Linny.

—¿Qué te pasa? Pareces intranquilo —me dijo en cuanto oyó mi voz.

No me recriminó la escena del día de Acción de Gracias, lo cual me alivió.

—Me siento perdido —manifesté, y le conté que se me habían juntado un montón de cosas.

Fui yo quien sacó el tema del día de Acción de Gracias.

—Siento mucho lo que pasó. De verdad que lo siento.

Linny vaciló. Entre Elena y yo la habíamos sacado de quicio, pero había tenido tiempo suficiente para calmarse.

—No pienses más en ello —repuso, intentando mantener un tono animado—. Eres mi hermano pequeño. Simplemente estaba preocupada.

—No voy a volver a ver a esa mujer —le dije—. Ya sabes que a veces algunas ideas parecen buenas.

—Sí, claro.

El nerviosismo había desaparecido de la voz de Linny.

—No me corresponde a mí decirlo, pero haces bien —añadió.

—Lo sé.

Esperé para añadir otra palabra de arrepentimiento, para sellar un pacto con mi hermana. Ella quería estar de mi lado, quería que encontrase a una mujer que fuese buena para mí.

—Es posible que tu puesto de trabajo todavía esté libre —me dijo—. Eras bueno en lo que hacías; seguro que no se las arreglan sin ti.

—No tengo noticias de ello.

Mi voz se estaba debilitando, pero el pacto estaba sobre la mesa. Todo lo que tenía que hacer era firmar.

—¿Jess?

—Lo siento —contesté—. Estaba distraído.

—¿Te ocurre a menudo? Puede ser un síntoma de depresión.

No debería haberme dicho esto. No debería haber abierto aquella grieta por la que asomaba su verdadera opinión. A Linny nadie le había dicho jamás: «Lo siento. es que para ti no estoy. Estaba contemplando un mundo más elevado», porque si lo hubiese dicho habría sido el final. Le habría parecido absurdo y cruel. Los hombres no existen para sentir el amor en todas las cosas. Ella quería el amor para ella, a la mierda con todo lo demás.

Mis dudas desaparecieron de repente.

—Tengo que colgar. Sólo quería saber si estabas bien —dije.

Linny pareció desanimada.

—Josh me cuida mucho, Jess.

Tras la conversación con Linny, el sueño se fue apoderando de mí. Me metí en la cama y dormí hasta que se puso el sol. Luego fui con el coche hasta el puerto. La valla del solar vacío estaba cerrada con el candado. Rebusqué en el chaquetón de marinero, que estaba en el asiento de atrás. La llave seguía en el bolsillo. Los obreros se habían marchado y el barrio estaba tranquilo. Sólo se oía el lejano rumor del tráfico y el viento, que jamás deja de soplar tan cerca del mar. Me senté en el montón de ladrillos, reflexionando. Necesitaba una nueva palabra mágica. «Mi nueva vida» no estaba funcionando. Todo lo contrario.

Alcé la vista y vi un taxi que daba la vuelta a la esquina. Dolly bajó y pagó al conductor. Me levanté para ayudarla a cruzar la valla, pero me hizo un gesto con la mano para que me volviese a sentar. No llevaba la llamativa bufanda azul de lana, y mientras sorteaba como podía los escombros, el viento agitaba su rizado pelo gris.

—¿Hubieses preferido a Elena? —preguntó cuando estuvo a mi lado.

—No, es mejor así.

Dolly asintió.

—Muy sensato por tu parte. Tener lástima de uno mismo no es lo más adecuado para impresionar a una chica.

No estaba de humor ni para estas afables advertencias, pero entonces Dolly se acercó y puso su mano sobre la mía. Supe que algo fuerte pasaría. Así había ocurrido hasta entonces, y ahora no iba a ser de otro modo. Mi abdomen se contrajo de pronto y se me hizo un nudo en el estómago. Un dolor repentino e intenso me cortó la respiración.

—Eso es —dijo Dolly.

Dolly retiró la mano, y el dolor comenzó a desaparecer, escurriéndose como el agua por una grieta. Una fría rigidez se fue extendiendo por mis dedos hasta llegar al pecho. Era como la sensación que te invade cuando estás muy asustado.

—¿Por qué me haces esto? —dije cuando conseguí abrir la boca.

—Para mostrarte aquello contra lo que has estado luchando. No era un fantasma.

—¿Qué era?

En lugar de responder, Dolly siguió mirándome con fijeza.

—Si tan sólo pudieras coger un ladrillo...

—No puedo, y no sé por qué. Explícame eso al menos...

Pero Dolly no estaba dispuesta a cooperar. Con un dedo huesudo dibujó un círculo alrededor de mi plexo solar.

—Es de aquí de donde deberías obtener tu poder —dijo—. Pero no puedes si está vacío. El vacío ha sido tu gran temor y tu peor enemigo.

Fuese su contacto o no, lo cierto es que sentí que aquel entumecimiento helado se me alojaba de nuevo en la boca del estómago.

—¿Lo notas ahora? —me preguntó Dolly—. Cuando el lugar donde reside el poder está vacío, no puedes obtener lo que quieres, no hay reservas a las que recurrir. Aunque esto es más que una sensación...

Parecía un médico dándome un diagnóstico después de tomarme el pulso.

—Puedo oír las palabras que surgen de aquí —añadió.

Antes de que pudiese preguntarle que quería decir, yo también las oí: «Ojalá.» «Por favor.» «Si no te importa.»

—Esas expresiones no son mías —murmuré.

—¿De verdad? Entonces, ¿por qué te sientes tan débil?

Dolly me levantó el brazo. Mis músculos se habían vuelto de gelatina.

Traté de frotarme las manos, pero no hubiese podido aplastar un huevo. La fría sensación del estómago me había chupado la fuerza.

—¿Siempre que me mirabas veías esto?

—¡Oh, sí! —Ahora, su tono era cálido—. Cuando Elena y yo estamos cerca, te damos una inyección de energía, pero cuando estás solo... —Acabó la frase encogiéndose de hombros—: Ahí es donde perdiste la magia. «Por favor» y «ojalá» se utilizan cuando dependemos de alguien que no somos nosotros mismos. Si los deseos fueran caballos, todos los pedigüeños cabalgarían.

Este afectado discurso podría haber resultado interesante, pero internamente me sentía amedrentado, y cuando traté de deshacerme de ese sentimiento, no pude. Me lo impedía la sensación que sentía en el plexo solar.

Dolly asintió y continuó hablando:

—El vacío existe porque crees en él. Te has adaptado a no tener poder, pero ése no es el estado en que se supone que debes vivir. Debes abandonar lo que no funciona y jamás funcionará. Ahora escucha —dijo, y levantó la voz—: «Nací para el dios del amor. No volveré a mendigar nunca más, ni por la cosa más insignificante.»

Sus penetrantes ojos se clavaron en los míos.

—¿Crees lo que he dicho? Ahora dilo tú.

Lo intenté, pero las palabras desaparecieron en el vacío de mi estómago.

—A ver ahora —dijo Dolly, tocándome de nuevo.

Esta vez el helor del abdomen comenzó a desaparecer, el vacío, a llenarse.

«Nací para el dios del amor. No volveré a mendigar nunca más, ni por la cosa más insignificante.»

Sentí que las palabras cobraban firmeza, y también percibí algo más. ¿Cómo describirlo? Una grieta que se rellena, un cable que se repara... son unas metáforas algo torpes, pero eso era lo que estaba sucediendo. Un hueco se llenaba, una conexión se restablecía. Pero el hueco era invisible, igual que aquello que lo colmaba. Sin embargo, sí visualicé una imagen. Me vi a mí mismo como un niño pálido y perdido que esperaba recibir unas migajas de amor como limosna.

—¿Ése era yo? —le pregunté con voz temblorosa.

La imagen había sido fugaz, pero me dio miedo. Dolly asintió y se puso seria.

—Estás experimentando lo que sucede cuando te separas de la fuente, como cuando se rompe una arteria. El amor es la sangre de tu vida. Fluye para darte fuerzas y nutrir todo tu ser. Recorre sus propios canales, no físicos, sino los de tu conciencia. Si los canales están abiertos, el amor te proporciona todos sus dones. Sólo tienes que hacer una petición y cualquier cosa que quieras será tuya. Pero si los canales están cortados, el poder del amor no puede llegar a ninguna parte. Sientes un vacío de deseo. Aunque no puedas darle un nombre a lo que sientes ni tocarlo, la debilidad sigue estando ahí hasta que te enfrentas a ella.

¿Cómo puedo explicártelo sin tener a Dolly aquí...? Todos estamos obsesionados por el vacío. Una y otra vez nos ponemos a prueba a nosotros mismos enzarzándonos en una batalla u otra. Tal vez no sean enfrentamientos armados, pero sí unos buenos sustitutivos: son los interminables conflictos que nos brinda el día a día. Una mujer que te ama pierde la fe en ti. Tú debes encontrar la manera de que la recupere o bien admitir la derrota. Un hombre al que has traicionado lo sabe, y tienes que reparar esa brecha o perderle para siempre. Miras en tu interior para averiguar si albergas el vacío o bien algo sólido, algo que te ayudará a convertirte en lo que quieres ser. Quizá se trate de un núcleo de verdad, o de fe, o de carácter. A los ojos de Dolly, uno no puede enfrentarse a la vida si el núcleo está vacío. Con un solo contacto, ella me había sanado, llenándome. ¿Suena a utópico? Entonces dime cómo podemos dejar de ser pedigüeños de amor.

—¿Ves? No era tan difícil.

En el rostro de Dolly se reflejó la satisfacción, pero una parte de mí todavía se sentía afectada por la imagen de aquel niño pálido y perdido. Es muy duro ser humillado. Sin embargo, no tuve demasiado tiempo para aquello: mi abdomen se estaba llenando de un oro líquido y caliente.

—Ahora tal vez te convertirás en un hombre, ¿no? —Dolly vio que me ruborizaba y se echó a reír—. No te enfades. Fuiste un niño encantador, y ese niño puede quedarse el tiempo que quiera.

Dolly siguió hablando para ocultar mi incomodidad.

—Has tenido suerte de haber tardado sólo una semana. Ahora has experimentado lo poderoso que es el deseo. Sin él, nunca dejarás de pedir amor.

—Seguiré siendo un pedigüeño —dije, sombrío.

—E irás por la vida simulando que no lo eres —añadió Dolly, terminando la frase.

Permanecimos en silencio unos momentos, pero su frágil cuerpo se resintió a causa del frío y la humedad. Comenzó a temblar. Me quité el chaquetón de marinero y se lo eché por encima.

—Sólo unos minutos más —dije.

Me miró con dulzura.

—¿Aún no te has dado cuenta? No te negaré nada.

Al oír esas palabras, un escalofrío me recorrió la espalda. Nadie me había dicho nada semejante nunca, desde aquellos maravillosos primeros años en que nuestra madre lo piensa pero nosotros no estamos lo suficientemente formados para entenderlas: las comprendemos de un modo tácito. Al oírselas decir a Dolly me pareció que volver a nacer podía ser algo real. Hasta ese momento la perspectiva de convertirme en un hombre nuevo había sido tan sólo una idea. Pero ahora había oído la voz del amor mismo susurrándome «No te negaré nada». Dolly era el canal de una energía que lo abarca todo, tanto que yo era incapaz de aprehenderla sin su ayuda: todavía no había adquirido el suficiente poder.

—¿Qué se siente? —murmuré—. Quiero decir, cuando se es como tú.

Dolly no pudo o no quiso responder. En lugar de hacerlo, se sacó un sobre del bolsillo. Por un instante tuve miedo de que contuviera una carta de despedida.

—Es el contrato —dijo. No podía leerlo en la oscuridad, pero supe que era el contrato de arrendamiento de aquel solar.

—Lo pusimos a tu nombre —añadió Dolly.

—¿Por qué?

—Porque te harás cargo de la escuela de misterio. Y porque si no tuvieras un contrato tendrías problemas con la policía.

Cogí a Dolly del brazo y la ayudé a levantarse. Las farolas que iluminaban la calle se apagaron durante un momento, como suele pasar, y ella se hizo invisible y se convirtió en parte de la noche, en una respiración sibilante y unos pasos blandos y amortiguados. Con sumo cuidado la acompañé afuera. Su brazo pesaba poco más que la manga de su abrigo. Estaba acompañando al último vestigio de la Nada antes de que decidiese volver a su propio mundo, que es el Todo.

—No puedo hacerme cargo de la escuela de misterio —dije—. Tú y yo lo sabemos.

—Pero quien acuda no lo sabrá.

—¿Quieres que finja?

No contestó directamente.

—No mendigues por nada. Eso incluye las respuestas.

La conduje hasta la esquina. Las calles estaban vacías y no se veía ninguna cabina desde la que llamar a un taxi, pero de repente apareció uno.

—Tienes suerte —dije.

—Y tú eres un ingenuo —contestó con una sonrisa.

Abrió la puerta trasera del vehículo y subió sin mi ayuda. Cuando se fue, no se volvió ni me dijo adiós con la mano.

No me había ofrecido a llevarla porque tenía algo importante que hacer. Mientras conducía me sentía estupendamente. En las fronteras de mi vida había verdades que esperaban para dejarse ver. Nunca había sabido cómo invitarlas a hacerlo, pero ahora podría. El único aliado posible de mi nueva vida era inestable. Muy inestable, de hecho. Decidí ir a verla.

Desde una cabina llamé a Fran para avisarla de mi visita sólo unos minutos antes de llegar a su puerta. Me imaginaba que, siendo domingo por la tarde, estaría en casa, y no me había equivocado. Le pregunté si podía pasar por allí para ver cómo estaba.

Pareció contenta de verme. Señaló las dos cervezas que había en la mesita de centro.

—No manchan —dijo—. Por si acaso.

Me senté en el sofá que había delante, como el primer día, para que tuviese espacio.

—¿Querías saber cómo estoy? —preguntó—. Pues no tengo nada roto.

Fran hizo un brindis con la botella de cerveza. No quería dar la impresión de que me tenía miedo, eso estaba claro.

—Tal vez se te haya ocurrido otro juego o como quiera que lo llames —dijo a modo de propuesta, lo cual fue una sorpresa.

—Creía que con el último te habías sentido mal.

—Quizá no me creas, pero ignoraba que estuviese tan sola. El resentimiento ocupa mucho espacio.

Lo dijo con determinación, pero no parecía cómoda. Se esforzaba en aparentar que dominaba la situación.

—¿Estás esperando que descubra más cosas? —le pregunté.

—Tal vez. No lo sé —respondió con una risa nerviosa.

—No tenemos por qué hablar de ti —dije.

En su rostro se reflejó el alivio.

—¿No te tomas la cerveza?

—Puedo esperar.

Fran se removió en el sillón. Yo intentaba encontrar la manera de tratarla como a un aliado. No tenía un plan, sólo el comienzo de una idea.

—Puede que tenga un nuevo juego —tanteé—. ¿Quieres saber de qué se trata?

Asintió sin pronunciar una palabra. Me sentía cansado, pero estaba seguro de que perdería esta oportunidad si no la aprovechaba. En el fondo sabía que yo la necesitaba tanto a ella como ella a mí.

—Imagínate a una niña que parece normal y feliz, pero que cuando está sola tiene miedo de que las cosas no le salgan bien. De mayor quizá no sea lo bastante guapa o inteligente, y los chicos que se interesen por ella tal vez no sean los más adecuados.

»Pero en su fantasía todo es diferente. Allí suceden cosas maravillosas. Allí su vida tiene magia. De modo que se refugia en su mundo imaginario cada vez que puede. Especialmente cuando el futuro le da la espalda. Ser guapa y ser inteligente son conceptos relativos, y también lo son los chicos. Nada es perfecto. Se había preocupado de antemano por los problemas a los que ahora tenía que enfrentarse, pero eso no la había preparado para resolverlos. —Hice una pausa—. ¿Te sientes bien con lo que voy diciendo?

Fran asintió. No se la veía tensa. Sabía distanciarse y ser objetiva. De vez en cuando tomaba un trago de cerveza, pero no desviaba la mirada.

—Con el tiempo la chica se convirtió en alguien que nunca pensó que sería —continué—. Una persona realista. Sentó la cabeza y se adaptó, porque eso es lo que hacen los realistas. El destino le brindó un hombre que la quería, si bien no respondía a sus fantasías. Después de la universidad todo sucedió muy deprisa y no hubo sitio para la magia. Aunque intentó con todas sus fuerzas ser realista, amoldarse a las circunstancias no resultó. No de la manera en que lo había planeado. Y llegó el desastre.

Fran dejó de prestarme atención. Sus ojos habían perdido la expresión.

—Puedo parar si quieres —dije en voz baja.

Fran vaciló. Me encontraba en la frágil frontera que separa compartir confidencias e invadir lo más íntimo. Yo sabía que no iba a herirla, pero era ella quien tenía que decirme si debía continuar o no.

—Sospechaba que esto ocurriría —murmuró.

Su tono podía interpretarse de una docena de maneras diferentes. No me pareció amenazador; más bien resignado.

—Puedes añadir lo que quieras a la historia —le propuse.

—La mujer estaba simulando —dijo tras dudar un instante.

Le pregunté qué simulaba.

—Le hacía creer a la gente que se sentía segura. Se lo hacía creer a ella misma. Toda la culpa fue suya.

—Yo creo que no. Quien habla ahora es la culpa, y la culpa siempre oculta la verdad.

Debí de cruzar la frontera, porque Fran se enfadó de repente.

—¿Ahora hablas como Dios? —Se puso de pie y me

miró de arriba abajo—. ¿O sólo eres mi nuevo protector? Ya sé qué hacer para sentirme segura. ¿Por qué quieres que lo cambie? Creo que hablar contigo ha sido un error.

—No, no ha sido un error, pero no te negaré que es arriesgado.

—Estás hablando de riesgo con la persona equivocada.

La observé mientras daba vueltas por la habitación. No la estaba ayudando a sentirse mejor, pero no había venido a su casa a eso.

—Sólo estoy hablando de esa mujer —dije—. No es necesario que salga a relucir tu nombre.

Fran se dio la vuelta como un rayo con las manos en las caderas.

—Me gustabas más cuando te ponías nervioso.

—¿Por qué?

—Porque eso quería decir que te asustaba un poco. Quizá pienses que soy retorcida, pero me gustaba.

—No eres retorcida —repuse—. Simplemente invertiste los papeles, dejaste de ser como acostumbrabas. Ahora tú eres la fuerte, incluso la agresiva. Estableces las fronteras y marcas los límites. Perfecto. Pero detente un momento y piensa. ¿Soy yo el hombre más indicado para que inviertas los papeles?

Nuestras miradas se encontraron. Sería mi aliada sólo si a algún nivel ella sabía que estábamos conectados. Elena me había dicho que mi alma estaba de acuerdo con todo lo que me estaba pasando. Eso tenía que ser así también para Fran. Vi cómo se iba echando atrás. Hasta aquel momento nada la había afectado tanto.

—Esta mujer sufrió una terrible frustración —dije—. Pero tras superar el sentirse destrozada, deprimida y asustada...

—Y llena de rabia —intervino Fran.

—Sí, también eso. —Mi voz se hizo más apremiante—. Después de todos esos problemas, la mujer aprendió que no podría contar con nadie. Nadie la iba a amar profunda e incondicionalmente. Nadie se arrojaría a rescatarla. Y como era una mujer extraordinaria, mucho más de lo que ella pensaba, comenzó a encontrar consuelo en ese pensamiento.

—¿Ah, sí? —preguntó Fran, perpleja.

—Por sorprendente que pueda parecer, lo hizo. Porque si podía admitir que estaba completamente sola, lo vería todo claro, mucho más claro que antes, cuando dependía de los demás. Ahora estaba sola en su isla, con luz y espacio alrededor, y aunque esa vista le asustaba, nadie le ponía límites. Recordaba el pasado, cuando quería magia, recordaba cómo aquellas esperanzas habían muerto. Ahora volvían, pero en lugar de ser como la magia que sueña un niño, sus deseos eran cada vez más sabios.

—Y ahora es más fuerte —añadió Fran.

—Lo suficientemente fuerte como para que nunca más intente adaptarse. Nada ni nadie puede ahogar su deseo. Ese deseo quiere llevarla a lo desconocido.

Me detuve para asegurarme de que Fran me seguía. Su rostro resplandecía y sus ojos estaban fijos en mí.

—Su deseo podría atravesar las paredes. Por la noche podría visitar a sus amantes y pedirles lo imposible. ¿Quiere ir ella adonde el deseo quiere llevarla?

Fran no titubeó.

—Tiene que hacerlo. Lo desconocido es el único lugar al que puede acudir. Una voz en su interior le dice «Cambia o muere. Encuentra una nueva vía o estarás perdida». Pero ese mensaje le da más miedo que estar sola.

Se me puso la piel de gallina. Ponía la misma voz que yo había estado empleando.

—De modo que la mujer intenta desoír el mensaje —continuó Fran—. No quiere creer. Ya ha cubierto su cupo de riesgos.

Terminé el pensamiento porque también era el mío.

—Sin embargo, la voz, débil y tímida, continúa apremiándola. Tiene que permitirse confiar en lo desconocido, porque si no lo hace morirá poco a poco, ¿no es cierto?

Me detuve. Ambos sabíamos que aquél era un momento crucial. Fran necesitaba un aliado tan desesperadamente como yo. De una manera extraña nos encontrábamos en el mismo lugar. En nosotros, el amor y el deseo no estaban conectados. Podría haber aplazado este encuentro para siempre, pero ahí estaba. Una mujer a la que apenas conocía quería algo de mi alma. ¿Sabía siquiera lo mucho que pedía? Por el momento Fran no daba señal de saberlo.

—¿Crees lo que acabo de decir?

No era suficiente haberla puesto en el umbral de la esperanza; ella tenía que dar el paso.

Fran respiró profundamente y se pasó los dedos por el cabello.

—Casi me convences —dijo—. Siempre me gustaron los hombres con labia.

—No eran sólo palabras —repuse, conteniendo el aliento.

—Ése es el latiguillo de los hombres con labia. Antes de pedirte dinero para la hipoteca.

Fran rió con tristeza. El brusco cambio que se produjo en su tono hizo que la habitación pareciese vacía, pero no estaba dispuesto a rendirme.

—No necesitas ser tan cínica cuando hablas de ti misma.

—Creía que me mostraba cínica con respecto a ti.

—Viene a ser lo mismo. —Le lancé una mirada desafiante—. ¿Acaso hay alguien más en tu vida, aparte de mí?

Se sobresaltó. El tono de mis palabras no era beligerante, pero podía ofenderse. Ambos sabíamos lo vacío que estaba su carnet de baile, pero ahora yo lo había dicho en voz alta, lo cual era muy diferente.

—No puedes obligarme a cambiar —exclamó—. Ni siquiera deberías pedírmelo. Tú no eres quién para hacerlo ni tienes derecho. No es...

Fran se detuvo. La emoción se estaba adueñando de ella, y tuvo que concentrarse para contenerla.

—No pienses en mí —dije—. No soy un hombre más que pisotea tu jardín. Quédate sola, aunque sólo sea por un momento. Cierra los ojos y contempla a la mujer de la que hemos hablado.

Vacilante, Fran cerró lentamente los ojos.

—Ahora, esta mujer tiene que hacerse una pregunta importante —seguí, manteniendo el tono de voz lo más neutro posible—. ¿De dónde procede el amor? Si procede de las personas, está perdida. Tendrá que luchar simplemente para sobrevivir, sola como está. Pero quizás el amor viene *a través* de otras personas; quizá son el canal y no la fuente. ¿Es eso posible?

—No lo sabe —murmuró Fran, manteniendo los ojos cerrados. Su voz era débil.

—La ayudaré a averiguarlo —repuse—. Pero yo no puedo hacerlo por ella.

Fran dejó caer la cabeza hacia delante. Estaba muy afectada. Cuando se recostó de nuevo en el sofá gris, me coloqué a su lado. Puse mi brazo sobre sus hombros con suavidad, sólo para que supiese que estaba con ella. Al principio se apartó, pero luego se apoyó en mi brazo. Me pregunté cómo habíamos llegado tan lejos y qué pasaría a continuación. La abracé y ella se refugió en mí, inmóvil.

—No puedo evitar ser una mujer —susurró.

—Para mí está bien.

Al cabo de un momento Fran se levantó del sofá y se esforzó por sonreír.

—Menudo desastre estoy hecha.

Le costaba mantener el equilibrio. Intentó permanecer de pie, pero tuvo que sentarse de nuevo.

—No estoy de acuerdo con lo que has dicho —me advirtió—, pero tampoco en desacuerdo. ¿Tienes que irte?

Negué con la cabeza.

—¿Qué te hace pensar eso?

—Supongo que varios hombres.

Su voz había perdido su antigua aspereza. Suspiró profundamente.

—Antes has empleado una palabra: realista. Ésa soy yo, y mucho me temo que voy a decepcionarte si no lo tienes en cuenta.

—Yo también soy realista —observé.

—¿Tú? —Fran me estudió con la mirada—. ¿Estás seguro de que no eres un demonio con pico de oro? Podrías estar engañándonos a los dos.

Me eché a reír.

—Podrías estar en lo cierto. Nunca sé si voy improvisando sobre la marcha.

Mi intención fue hacer un comentario tranquilizador, pero Fran apretó los labios, convirtiéndolos en una línea recta como cuando el primer día me dijo que no intentase asaltar su casa.

—No quería decir eso —dije.

Fran asintió, dubitativa. Su cambio de humor no había sido radical, y después de un momento volvió a relajarse.

—Ya va siendo hora de que te diga quién soy yo.

Ella quería saberlo, pero resultó que también estaba hambrienta. Mi primera visita le había quitado el apetito y no había comido nada en casi todo el día. Acabamos yendo a un restaurante que ella conocía. De camino hacia allí no dije nada. Fran necesitaba tiempo para asimilar lo ocurrido, y yo también. Pero me sentía feliz, casi de un modo sublime, en comparación a unas horas antes. Me disponía a tener fe en lo desconocido. Puede que pienses que iba abrir los brazos a la noche, pero lo desconocido no era oscuro ni vacío, ni inspiraba temor. Algo increíblemente poderoso vivía allí. Me observaba, me conocía, comprendía lo que hacía falta que sucediera. Yo mismo lo ignoraba por completo, pero capté un susurro de lo desconocido: «No te negaré nada.»

A la mañana siguiente desperté con una escuela de misterio a la que asistir. Tan sólo dos días antes, aquel solar vacío era un montón de escombros en donde Dolly me había hecho jugar un juego absurdo. Ahora estaba impaciente por volver a allí y averiguar qué me iba a revelar hoy el misterio. ¿Ya he dicho que cada día era como un mundo diferente? Sin embargo, éste iba a ser el mejor: había tenido una premonición.

Durante la noche volvió a invadirme la sensación de que mi cuerpo se llenaba de oro líquido. Cuando Dolly me tocó, la sensación quedó limitada al plexo solar, pero esta vez se extendió por todas partes. No sabría decir si estaba despierto o dormido. Quise abrir los ojos pero no tenía fuerzas para moverme, aunque interiormente me sentía completamente despierto. Podía pensar, y mientras el oro líquido me fluía por los dedos y subía por el pecho, incluso pude recordar algo que le había dicho a Fran: «Confía en lo desconocido.» Lo que yo ignoraba era lo increíblemente delicioso que es lo desconocido cuando estalla como un melocotón maduro en la boca. Nadie puede describirlo, como nadie puede describir el aroma de las rosas de Jericó o el brillo de las perlas. Aun así, el contacto de esa luz fundida era superior a todo eso. Perdí la noción del tiempo, pero creo que no pasaron muchos minutos antes de que todo se volviese negro.

Por la mañana, el recuerdo seguía vivo y sentí una necesidad apremiante que no pude evitar: que sucediese de nuevo. Si había podido experimentar la misma sensación dos veces, ¿por qué no repetirlo? Me puse cualquier cosa y prescindí del desayuno. En el coche, rumbo al puerto, sólo podía pensar en qué sería lo siguiente que me pasaría.

Mi impaciencia no fue recompensada. Me senté en el montón de cascotes bajo un cielo plomizo que amenazaba lluvia o tal vez nieve, según soplase el viento que provenía del mar. Los obreros de la manzana de enfrente habían regresado, de modo que el ruido era terrible. Unas cuantas personas pasaron por delante de la valla. Me moría de ganas de establecer contacto con algún desconocido bien dispuesto. Todo el mundo necesitaba saber lo que yo sabía, pero todos pasaban sin levantar la cabeza.

Pensé que lo mejor sería ponerme en acción. Quizá debía seguir haciendo lo que Dolly me había dicho, así que me levanté y di unos saltos hasta que volví a sentirme las piernas. Me la imaginé envuelta en su bufanda azul, esperando a que yo encontrase el ladrillo perfecto. Pero no lograba motivarme. Seguí mirando aquella pila informe. Entonces supe por qué no sucedía nada. No me encontraba en el lugar adecuado.

Subí al coche y me dirigí al centro. En cinco minutos me detenía frente al hotel, justo a tiempo de ver cómo un mozo cargaba unas maletas en una limusina. Detrás de él se encontraban Dolly y Elena. Cuando me vieron, ninguna de las dos pareció sorprenderse.

—¿Os vais? —pregunté, intentando no parecer tan afectado como en realidad estaba—. ¿Por qué no me habéis llamado?

—Te levantaste temprano. Cuando te llamamos ya habías salido —contestó Elena.

Llevaba su largo abrigo negro y sostenía a Dolly por el brazo. La anciana se veía particularmente frágil con aquel viento helado agitándole los erizados cabellos como si fuesen telarañas. Su mirada era opaca y no se cruzó con la mía. Tuve la certeza de que algo iba mal.

Elena captó mis pensamientos sin dificultad alguna.

—Dolly necesita estar en casa. En cuanto podamos nos pondremos en contacto contigo.

Al ver que las maletas ya estaban cargadas, ayudó a Dolly a acomodarse en el asiento trasero y luego se volvió hacia mí.

—No pienses que esto es una despedida.

—Entonces, ¿qué es?

Habían tomado una dolorosa decisión sin consultarme y Elena apenas me hablaba. ¿Qué se supone que debía pensar?

—No te preocupes por nosotras. Vuelve allí. Están pasando las cosas que tienen que pasar.

Su voz era amable pero reflejaba cierto distanciamiento. Al parecer, Elena disponía de todo un repertorio de muestras de desapego.

—¿Cómo es que cada vez que intentas tranquilizarme acabo sintiéndome abandonado a mi suerte?

—Que Dolly y yo tengamos que hacer algo solas no significa que te dejemos de lado.

Sin pronunciar una palabra más, Elena se sentó junto a Dolly y cerró la puerta. Las vi alejarse, protegidas por los cristales ahumados del coche.

No encontré nada mejor que hacer que volver al solar, aunque cuando llegué no me pareció buena idea. Pero era la única opción posible en un momento en que las opciones carecían de sentido. En vez de sentarme sobre el montón de escombros, me apoyé contra la valla y esperé.

El mediodía llegó y pasó. Los trabajos de demolición pararon y, con ellos, el ruido atronador. Más tarde volvieron a empezar.

—¿Qué estás haciendo?

Me di la vuelta. Una mujer que conducía un sedán

negro se había detenido junto a la acera. Asomó la cabeza por la ventanilla quitándose las gafas de sol.

—¿Qué es lo que estás haciendo? —repitió en voz alta, por si el ruido había ahogado sus primeras palabras.

—Estoy buscando un ladrillo.

—¿Es una broma? —la mujer, que debía rondar los cuarenta, salió del coche—. Me llamo Gloria —declaró.

Ésa fue toda la presentación que consideró necesaria. Era del mismo tipo que Fran, pensé: una urbanita inquieta. Pero no parecía tan contrariada como Fran y había logrado controlar su peso. Mi descripción no es muy halagüeña porque mi primera impresión de ella fue que era demasiado autoritaria. Emitía las vibraciones de una mujer que pisa fuerte.

Gloria señaló un ladrillo.

—¿Qué tal ése?

—No es tan fácil —contesté.

—Quizá sea más fácil para mí porque no sé qué estás haciendo. —Cruzó la valla y se sentó en el somier oxidado—. Espero no pillar el tétanos.

«Aquí está el desconocido bien dispuesto, aquel al que me moría de ganas de abrazar», pensé con pesimismo. Pero Gloria no me pareció muy abierta. Un pensamiento acudió a mi mente.

—¿Has venido a vigilarme?

—Principalmente.

Al parecer no vio razón alguna para andarse con rodeos. En lugar de preguntarle por qué tenía que controlarme, fui atando cabos. Gloria debía de ser la mejor amiga de Fran, aquella que la telefoneó y que tenía más problemas con los hombres que ella. Para ocultar mi malestar volví a contemplar los escombros. Gloria me observaba en silencio. Intenté no pensar en su opinión, que no podía ser buena. Me parecía absurdo que me mirase mientras no hacía nada, de modo que cogí un ladrillo y casi inmediatamente lo tiré.

—¿Qué tenía ése de malo?

No había motivos para no contestar.

—Esto es un ejercicio. Es algo así como el zen. Me estoy enseñando a mí mismo a elegir. Si estoy tenso, no he escogido bien. Si me siento enfadado o resentido, no estoy eligiendo bien. Si tengo dudas o me distraigo, no estoy eligiendo bien.

—Hay muchísimas maneras de no elegir bien —comentó.

—La lista es enorme, créeme.

Gloria no respondió, de manera que no le dije que quizás ella pudiese aprender algo. Mi caluroso núcleo de amor se estaba enfriando y quedando tan helado como mi trasero, que se había mojado al sentarme sobre los cascotes húmedos.

—Quizá pienses que todo esto es una estupidez, pero podría tener un propósito más elevado —señalé.

—Más te vale —exclamó Gloria y se volvió a colocar las gafas de sol—. No debería burlarme de ti. Debes de ser una especie de santo en prácticas, ¿no?

Me estaba retando a que le demostrase que estaba haciendo aquello en serio. Cogí un ladrillo y lo volví a dejar en el suelo al instante.

—Te has precipitado, lo he visto. Y estabas distraído por mi culpa —dijo afablemente—. Creo que comienzo a entender.

Los músculos de la nuca me dolían. Gloria señaló un ladrillo con una esquina blanca que sobresalía cerca de mi cabeza.

—Aquél. Inténtalo con aquél.

De acuerdo. Sería tolerante. Un santo en prácticas tiene que serlo. Subí un poco, asegurándome de que los escombros no iban a hundirse, y cogí el ladrillo. Debajo de él había un papel doblado. Lo abrí con una sensación extraña. Decía «Felicidades».

Me di la vuelta, sorprendido.

—¿Cómo lo has hecho?

Gloria no supo disimular su regocijo.

—Gracias —dije secamente al verla sonreír.

Tiré el papel.

—Te vi hace un par de días, así que puse la nota —explicó—. Pensé que lo encontrarías divertido.

—Buena corazonada. No queremos que me tome esto demasiado a pecho, ¿verdad?

Bajé y di unas patadas a los escombros con mis botas como si necesitase limpiar las suelas.

—¿Fran ha quedado contigo aquí? Sentirá haberse perdido la revancha.

—¿Quién es Fran? —preguntó Gloria, que parecía sinceramente perpleja.

—Olvídalo. Me voy a casa.

Gloria me puso la mano en el hombro.

—Yo no lo haría, Jess. ¿Quién se encargaría de la escuela?

Se rió de nuevo, esta vez no de mí.

—Dolly no me había dicho que fuese tan fácil ponerte nervioso. Pero la nota no es una broma. Ahora ya puedes parar. Está sucediendo algo.

—¿El qué?

Mi mente ya me había advertido de que no era una amiga de Fran, pero eso ya no era noticia.

—¿Te han enviado para que me des un mensaje?

Gloria no contestó. Su mirada recorrió el terreno, y en su expresión se leía que adoraba lo que veía como Dolly y Elena.

—Quería verlo por mí misma —murmuró—. Es un gran paso para nosotras. ¿Cómo lograste que lo hicieran?

—Yo no logré que hicieran nada.

Cuando dijo «nosotras» sentí que se me encogía el estómago. Jamás se me había ocurrido que hubiese otras personas aparte de Dolly, Elena y yo.

—No lo entiendo —tartamudeé—. ¿Quién eres tú? ¿Por qué has aparecido ahora?

Gloria sonrió con indulgencia. Su rostro se suavizó, aunque ella era lo más alejado que me pudiese imaginar de... Mi mente chocó contra un muro. ¿Cómo llamarías a aquellas tres mujeres? De pronto, Dolly y Elena no eran las únicas. Pertenecían a una clase que no tenía nombre.

Gloria no tenía mayor dificultad en leerme el pensamiento que las otras dos.

—Somos devotas. Veneramos al dios del amor.

Estas palabras, dichas en un tono cortante por una mujer que llevaba gafas de sol en un día nublado, no cuadraban.

—Tienes un problema de imagen —dijo Gloria con tolerancia. Juntó sus manos como si rezara y elevó los ojos al cielo—. ¿Mejor ahora?

—No.

—Me parece que piensas que el amor tiene que ser algo blandengue. Soy demasiado descarada para eso.

No iba desencaminada del todo. Yo pensaba que el amor tenía que ser tierno y, en su vertiente femenina, suave y dócil. Si lo que digo te molesta, entonces disfruta porque recibí mi merecido.

Gloria no tenía nada de la mística de Elena ni de la fragilidad de Dolly. Ya me había olvidado de la fantasía de que era su salvador, pero ¿no había entrado de algún modo en un mundo privado, un mundo que me había acogido a mí y sólo a mí?

—No puede ser un mundo privado —objetó Gloria con seriedad—. Es un mundo en el que cualquiera puede entrar. No has de tener una imagen preconcebida. Sólo tienes que respetar lo que «es».

Había pasado mucho tiempo desde que Dolly utilizó esa frase. Me había resultado difícil comprenderla entonces, y ahora, con Gloria, me costaba incluso más.

—No pongas esa cara de decepción —dijo—. Eres parte de algo que no has entendido del todo.

Gloria llevaba unas gruesas botas de invierno, y le dio una patada a un montón de cinco o seis ladrillos. Descubrió entonces un matojo aplastado, un amasijo de hojas muertas. Se arrodilló y lo sostuvo con cariño entre sus manos, como si quisiera que volviera a la vida. No vi que sucediese nada, pero entonces Gloria alzó la vista.

—Ten cuidado con el pie. A tus espaldas.

Seguí su mirada. Detrás de mí, una diminuta profusión de tallos surgía del suelo helado, y de uno de ellos, temblorosa, colgaba una orquídea pequeñísima. Sus pétalos eran blancos y el cáliz de color púrpura, como las que crecen en los humedales de lo más profundo del bosque.

—Que yo recuerde, jamás tuvimos orquídeas —murmuró Gloria—. Creo que eran asfódelos. Yo soy más bien del tipo asfódelo.

Era un comentario tan absurdo que se echó a reír.

—¿Cómo lo has hecho? —pregunté.

No era la primera vez que veía que el invierno se convertía en primavera, pero Gloria era como el ingeniero que sabe cómo funciona el mecanismo.

—Moví la energía —dijo—. No es como esa otra energía que ya conoces. Está viva y todo el mundo puede utilizarla.

—¿Y de dónde se extrae?

—De todas partes. No se tiene que medir con un contador: nunca hay menos energía vital, ni tampoco más. Es el núcleo de lo que «es».

—¿De modo que podrías usarla para transformar cualquier cosa?

—Incluso a ti —dijo Gloria con una sonrisa maliciosa—. Pero ya veo que Elena ha estado haciendo algunos arreglos. Ella tiene un toque más dulce.

Las cosas se desarrollaban con excesiva rapidez.

—Deja de darme más información por unos momentos. Todavía no sé por qué estás aquí.

—Eso depende de ti —respondió Gloria mirándome con fijeza—. No está mal ser un glotón, pero es mejor no cejar en el empeño.

—No sé de qué me estás hablando.

—Te estoy hablando de ayer por la noche. Probaste el néctar por primera vez, ¿no es así?

No di un respingo. Ya había perdido la capacidad de sorprenderme, pero renunciar a mi mundo privado tan deprisa era algo que me inquietaba profundamente. «Está bien. Admitamos que lo sabe todo.»

—Probarlo una vez no significa que sea un glotón. ¿Acaso cualquiera no querría más? Creí que ésa era la enseñanza: sigue tu deseo.

—Si tuviésemos todo el tiempo del mundo, podrías seguir tu deseo. Todos recordamos la primera vez que lo probamos. Nos acosa. Durante años lo perseguimos. Se convierte en nuestra quimera, en nuestro unicornio. Lo que para los demás es un mito, para nosotros es tan real que, en comparación, cualquier otra cosa nos resulta insípida.

Inesperadamente, la voz de Gloria cambió para adoptar el mismo tono somnoliento que a veces se apoderaba de Elena. Y luego, de forma tan súbita como antes, volvió a cambiar.

—Pero esto es diferente. Hemos venido al mundo y tú eres el único que lo sabe.

Contemplé la minúscula orquídea rodeada de escombros. Pese al viento invernal, se agitaba sin marchitarse ni helarse. Tendría tiempo para adaptarme a Gloria, el tiempo suficiente para comprender que si Dolly y Elena no estaban solas, tampoco debían de ser las únicas que se ocultaban. Sin embargo, el dolor que había sentido al perderlas aún no había desaparecido.

—Necesito hablar con todas vosotras.

—A su debido momento lo harás. —Gloria percibió mi indecisión—. No nos culpes por haberte engatusado. Dolly y Elena te quieren, pero su vida no es... negociable.

—Quieres decir que su objetivo es lo primero.

Gloria asintió.

—Cierra los ojos. Quiero enseñarte algo.

Lo hice, y a diferencia de aquella ocasión con Elena en la que vi a la campesina sembrando, esta imagen surgió instantáneamente, con todo lujo de detalles. Mi nariz se llenó del intenso aroma a resina de los pinos. Las sombras majestuosas de los altos árboles me rodeaban. Supe de inmediato que me encontraba en un bosque sagrado, tan alejado del mundo que ni tan sólo los sonidos de la naturaleza podían penetrar en él. Ni los pájaros cantaban ni se oía el zumbido de los insectos. Pero lo que más atrajo mi atención fueron las mujeres: un círculo de sacerdotisas vestidas de blanco. Sus caras eran pálidas y hermosas. Todas sabían que yo estaba allí, pues sus miradas solemnes se cruzaron con la mía. Podía afirmar que no era un intruso, pero mi papel no estaba claro. Sentía la necesidad de penetrar en el círculo sagrado. Pero primero quería que una de aquellas sacerdotisas me diese permiso. ¿Nos hallábamos en Grecia, en alguna Arcadia mítica?

—Es suficiente —dijo Gloria en voz baja.

Abrí los ojos.

—¿Recuerdas lo que acabas de ver?

Asentí, aún embargado por la emoción.

—Todas las mujeres me miraban, pero no pude reconocer a ninguna.

Me costó despojarme del influjo de sus miradas. El efecto había sido tan poderoso que no había apartado los ojos para buscar a Elena. Si la hubiese visto —a ella o a Dolly— quizás habría podido comprender finalmente quién era Elena realmente.

—Escucha con atención —me advirtió Gloria—.

Siempre has tenido esta imagen, pero no es real. Nosotras no somos eso. Si alguna vez lo fuimos, este mundo no permitiría que volviese. No quiero destrozar tus fantasías, pero deshazte de ella. No somos vírgenes sagradas que nos reunimos en el bosque.

Abrí la boca para preguntar si era una broma, pero no parecía que Gloria se estuviese burlando de mí. Estaba seria.

—Si quieres ir tras el oro líquido, hazlo. Pero esto va en serio, tanto como para cambiarlo todo.

Ciertamente empleaba bien la táctica. Mi fantasía, una vez convertida en algo tangible, me pareció manida y floja, así que comencé a desprenderme de ella. Me resultó más difícil abandonar la idea del oro líquido, pero quería seguir con alguien que parecía tan segura de lograr lo imposible. Sin embargo, de repente, se rompió el hechizo.

—Espera —dije—. Vosotras no me necesitáis para nada, y a mí no me importa que salgáis o no a la luz.

No sé si la pillé desprevenida o si tuvo miedo de que me rebelase, pero de repente Gloria decidió cambiar de táctica.

—Ven conmigo —dijo, dándose la vuelta y encaminándose hacia la valla.

La calle en la que se encontraba el solar no se hallaba muy lejos del bullicio. Después de doblar la esquina y recorrer un par de manzanas, llegamos a una calle comercial. La amenaza de lluvia y de aguanieve ya había pasado, y a través del manto de nubes asomaban unos tenues rayos de sol.

—Podemos detenernos aquí mismo —dijo Gloria—. Quiero que observes.

En la calle prácticamente había sólo trasiego de coches, pero se acercaba la hora punta y numerosos peatones comenzaron a pasar junto a nosotros. Como no sabía qué había que buscar, me puse a mirarlos. No era un desfile de yanquis, ni siquiera de irlandeses o italianos. En los últimos diez años, Boston se había vuelto multiétnica: observé muchas caras negras y asiáticas y oí distintos acentos de español.

Gloria no me interrogó acerca de lo que veía.

—¿Me podrías decir cuál de estas personas se parece más a ti?

Antes de que pudiese responder, señaló a una niña de diez años que caminaba en medio de un ruidoso grupo familiar. Reclamaba a gritos la atención de su madre. Gloria me apretó el hombro para evitar que hiciese un comentario.

—Ahora busquemos a la persona que menos se parece a ti.

Esta vez no señaló a nadie en particular sino que barrió el panorama con el brazo.

—Prácticamente toda la calle. —Vaciló—. Con mis disculpas a aquella abuelita china de allí. Me he precipitado un poco.

—Está bien —dije—. Reconozco que me has desconcertado. ¿Qué es lo que ves?

—Observo la manera en que la gente utiliza su energía. ¿Ves a aquella mujer de la esquina, la que lleva a un bebé en brazos? Gasta una gran cantidad de energía preocupándose de cómo organizarse mejor el tiempo. Otra parte la destina al resentimiento contra el padre del bebé, que no hace su parte, y en tener miedo al futuro. Aquel hombre con el traje gris, el que entra en el cajero automático, está agotado. Ha consumido toda su energía en el trabajo.

»Miro a mi alrededor y compruebo cómo se dilapida un recurso precioso. Casi todo el mundo deja tras de sí jirones de sí mismo, o bien se fija en cosas exteriores que acabarán contribuyendo muy poco a su felicidad.

Continuó enseñándome el despliegue de energía que había a nuestro alrededor. Señaló a una muchacha, de la que me dijo que resplandecía porque iba a reunirse con su novio, y a un anciano, de quien me dijo que era como una pila gastada, casi sin reservas.

—Quizá te parezca extraño, veo manojos de energía vital que se mueven y se agitan transitando por las calles. ¿Sabes por qué me altero tanto?

—Porque se trata de la misma energía que usaste para que apareciese una orquídea —contesté lentamente.

La conclusión era obvia, porque Gloria sabía lo que estaba haciendo. Había planeado su estrategia detalle a detalle, llevándome de la fantasía y la gula a ese preciso instante.

Intenté captar lo que ella veía. La muchedumbre continuaba pasando y quizá llegué a vislumbrar algo: sombras grises que envolvían a algunas personas y a otras no, chispas de luz en algunos o un débil resplandor en otros. Negué con la cabeza.

—Te equivocas —afirmó Gloria—. Posiblemente has llegado a una conclusión errónea. Piensas que soy insensible y objetiva, pero en realidad tengo unas ganas enormes de cambiar a la gente, porque todo este derroche de energía puede evitarse.

Para demostrar la validez de su argumento, comenzó a explicarse.

—Si realmente quieres conocer a una persona, debes observar tres centros: la cabeza, el corazón y el plexo solar. Estos centros son las tres grandes puertas de entrada de la energía vital, que después discurrirá por miles de canales diminutos. El plexo solar es el depósito del poder; el corazón es el depósito de las emociones y las sensaciones, y la cabeza es el depósito de la visión y la creatividad. La cantidad de energía que puedes acumular y utilizar determina el desarrollo de tu vida. En principio debería existir un equilibrio entre energía, sentimiento y visión. Cuando reproduce este equilibrio, la persona se relaciona con el universo de una manera natural. Surge el deseo, ve cómo se cumple y esa satisfacción le proporciona una mayor felicidad.

Yo no alcanzaba a ver todo lo que Gloria veía, pero conocía a personas que tenían más corazón que energía o más visión de futuro que corazón. Conocía a hombres que habían logrado el éxito, pero que no habían adquirido más sabiduría de la vida o más compasión por los demás. En el extremo opuesto, conocía a mujeres que amaban profundamente, pero que parecían carecer de energía para dirigir su propia vida o de una visión de futuro que las guiase.

—Muéstrame a alguien que esté en equilibrio —le pedí.

—Aquella niña que te he indicado antes es la única persona que he visto —respondió Gloria—. Pero tú te estás acercando a ese nivel. Dolly y Elena han estado trabajando en tus centros. En comparación con el día en que las conociste, ahora tienes mucha más visión de futuro, sentimiento y energía.

—¿Eso siempre forma parte de vuestro trabajo?

—Sí, porque es el trabajo del amor. Cuando se le permite fluir con entera libertad, el amor produce un perfecto equilibrio. La energía vital siempre contiene amor. Así pues, sólo intervengo cuando la energía de alguien se emplea para los fines que pretende el amor: alcanzar la plenitud. La gente analiza su vida de muchas otras maneras. Sin embargo, raras veces se detienen para hacerse la pregunta más sencilla: ¿Estoy usando mi energía para realizarme plenamente? Esta pregunta es más importante que saber cómo te comportas, te ganas la vida o te relacionas con los demás. Tu alma te envió de vuelta desde el mundo sutil para que te realizases plenamente aquí.

—¿Y por qué hay que abandonar el mundo sutil?

—Porque tu alma no experimenta el amor. Es amor. Lo puedes comparar con tener un inmenso talento artístico. ¿Se contentaría un gran pintor con tener un enorme potencial pero no dar nunca una pincelada sobre la tela? El alma es amor, pero si no nace no puede expresar el amor. Tú eres el vehículo para que se exprese, y usas tu energía para hacer que cada día sea lo más perfecto posible.

—¿Y por qué la gente no sabe estas cosas?

—Porque están distraídos. Cuando el alma te libera y te envía aquí, los acontecimientos en los que puedes participar son innumerables. Nadie escapa a esa fascinación, ¿por qué habrían de hacerlo? Ni siquiera un millón de acontecimientos serían capaces de agotar la más mínima fracción de toda la energía vital que existe a nuestro alrededor. Quita una parte infinita y seguirá quedando una cantidad infinita.

—¿Y yo era diferente? Estaba bastante distraído... —afirmé.

Por unos instantes Gloria me miró como si fuese a decir «Sólo Dios lo sabe». En lugar de eso, decidió contarme parte de su propia historia.

—Yo era una chica de barrio. Me crié en la calle. Cuando tenía diez años ya me las sabía todas, y nadie podía decirme lo que tenía que hacer. Conseguía lo que quería por las buenas o por las malas, incluyendo un coche cuando sólo contaba quince años. Una noche tuve un accidente (no es necesario entrar en detalles) y acabé en el hospital. En casa éramos tantos hermanos que mi madre sólo podía estar conmigo una hora al día, y mi padre venía al salir del trabajo.

»No poder moverte de una cama de hospital cuando eres adolescente es una auténtica tortura. Como no tenía nada que hacer, empecé a sentir curiosidad por la anciana de la cama de al lado. Estaba demacrada a causa de la enfermedad, y aunque yo sabía que se estaba muriendo, no tenía miedo. De todos modos, la muerte no significa nada cuando se es joven.

»Cuando venían a visitarla, siempre corrían las cortinas que aislaban su cama, y lo único que se oían eran murmullos. Jamás había conocido a una mujer tan gentil. Cada mañana se echaba colonia de lavanda en las manos. Y si sabía que iban a ir a verla, se peinaba con sumo cuidado y llamaba a la enfermera para que la incorporase en la cama.

»Jamás me preguntó nada sobre mí, y como yo sólo iba a permanecer en el hospital dos días, tampoco me preocupé de conocerla mejor. Simplemente me impresionaron su paz y su serenidad teniendo en cuenta que no iba a sobrevivir más de una semana.

»La noche previa a que me diesen el alta no podía dormir. La enfermera me había dado una pastilla, pero la tiré al váter. Lo único que quería era salir a la calle lo antes posible. Me quedé dormida a eso de las dos de la madrugada, pero al cabo de un rato me desperté con un sobresalto. La habitación estaba a oscuras, pero vi a la anciana de pie a mi lado. Si no la hubiese reconocido, habría gritado. En todo aquel tiempo no había podido levantarse de la cama, pero ahí estaba ahora, mirándome sin decir palabra.

»Le pregunté si quería que la acompañase al cuarto de baño o algo así. Dijo que no con la cabeza. Daba un poco de miedo, así que le pregunté que qué estaba haciendo. Me contestó "Si no tienes cuidado, acabarás por destruirte". Su voz era clara y firme. Ese simple detalle habría bastado para asustarme. Yo no supe qué contestar, así que le pedí que se volviese a su cama. "No hasta que hagamos algunos ajustes", contestó. Aquellas palabras me asustaron aún más.

»No conseguía encontrar el botón de la enfermera a oscuras, así que me quedé quieta, rogando que no estuviese tan loca como para hacerme daño. De hecho, no hizo nada. Al cabo de un momento se dio la vuelta y regresó a su cama. Cuando me fui a la mañana siguiente, ella todavía dormía con la cara vuelta hacia la pared para evitar que la luz la molestase. Al llegar a casa vacié mi mochila y encontré un pequeño sobre. Dentro había una nota que olía a lavanda y que decía: "Ya habré muerto cuando leas esta nota. Perdóname por haberte alarmado. Una madre jamás debería asustar a sus hijos."

»Aquella nota cambió mi vida. Llamé al hospital y, en efecto, la anciana había muerto una hora después de que me hubiese ido.

»¿Por qué me pasó esto a mí? Desconozco qué cálculos cósmicos me pusieron en contacto con la señorita Sophia. Simplemente era mi momento, y ella lo supo cuando estaba a punto de morir.

La señorita Sophia fue la última mujer sabia antes que Dolly. Observé que Gloria se había emocionado al revivir esos recuerdos. Le pregunté cómo había descubierto quién era la anciana.

—No retomé el hilo hasta quince años después. Me encontraba en Nueva Hampshire, y me había detenido en una gasolinera. Dolly estaba en el coche de al lado y su marido llenaba el depósito. Bajó la ventanilla del coche y repitió las palabras de la nota de la señorita Sophia. Estoy segura de que sabes lo que pasó a continuación.

Me alegró mucho oír la historia. Colocaba a Gloria junto a Elena y Dolly de una manera que me permitía aceptarla.

—Así que cada cual tiene que toparse con su propio despertar —dije.

—Aún no has oído toda la historia —repuso Gloria—. Aquella noche la señorita Sophia estaba cambiando mi energía. Ella veía lo que yo ahora también puedo ver, y lo que tú pronto verás. La vida de la gente cambia sólo cuando cambia su energía. Si no sabe cómo hacerlo, debemos intervenir. Ésa es la razón por la que tenemos que venir al mundo.

Gloria habló con fervor cuando me dijo que gran parte del grupo estaba de acuerdo con sus palabras.

Eso significaba que había otras, además de la tres que ya conocía.

—¿Cuántas sois?

—Ven conmigo y averígualo. Pareces preparado para aceptar quiénes somos. Si nos dijeses que somos sacerdotisas de los bosques, nos reiríamos. Ya no nos interesan los espectáculos, ni siquiera los sagrados. Al igual que tú, queremos el néctar. Anhelamos la esencia pura. Y la única manera de obtener la esencia pura es deshacernos de la cáscara.

De pronto la historia tenía que ver conmigo y con lo que se suponía que tenía que hacer.

—¿Es por eso por lo que se fueron Dolly y Elena, para estar con el grupo?

—Sí. Y tú también deberías venir, si eres de los nuestros.

Antes de que pudiese preguntarle cómo podía saberlo, continuó hablando.

—Tienes que ser como un juglar de la corte que huye durante la noche. El rey te rogará que te quedes, incluso te ofrecerá la mano de la princesa con tal de que sigas cantando. Pero tú eres un juglar y debes rechazar su oferta, porque sin caminos que recorrer no hay música.

Gloria se detuvo. Estábamos en el bordillo, junto a los coches. Cada vez que cambiaba el semáforo, nos envolvía una marea de cuerpos inquietos. Pero Gloria no estaba realmente allí, de la misma manera que Dolly y Elena tampoco lo estaban. Supongo que había venido a observarme porque nadie, excepto Dolly y Elena, pensaba que debían admitirme en su grupo, como quiera que se llamase. De hecho, me pareció el momento oportuno para preguntárselo.

—¿Cómo os llamáis?

—Las hijas de la alegría —respondió Gloria—. No es oficial: no tenemos membrete ni una manera secreta de estrecharnos la mano. Pero todas llegamos a ser lo que somos transformando nuestra tristeza en alegría, de manera que el nombre es perfecto.

De repente se removió, inquieta.

—No quiero seguir aquí. A nadie le importa el misterio. Nadie sabe lo que su vida intenta decirle.

—«No te negaré nada» —susurré.

No pudo disimular su sorpresa.

—Así que no eres un estúpido. Bien, no me hubiese gustado tenerte que empujar al tráfico.

Reí y comencé a sentirme estupendamente, y luego mejor que estupendamente.

¿Recuerdas que cuando comenzamos afirmé que el universo tiene sentido del humor? Pues mírame ahora. Ahí estaba yo, respirando los humos de los autobuses en uno de aquellos días horribles de Boston. Esa mujer que se las sabía todas, y que con toda probabilidad era capaz de arreglar un carburador, me estaba contando las verdades del universo. Y de un modo increíble, absurdo y divino, era mi momento. Yo era una oruga ciega en el borde de una hoja de platanero. Siempre había avanzado sobre terreno firme, pero ahora, este último paso, medio centímetro nada más, me llevaría al espacio infinito. Este hecho era tan evidente como mi corte de pelo o mis zapatos. Mil cosas de mi vida, de las que no te he hablado, encajaron de repente. El efecto era como un estallido de terciopelo en mi pecho, no el oro líquido de la noche anterior sino una explosión hacia afuera que no conocía límites. Era como estar al tanto de una broma cósmica y seguirle la corriente.

Gloria se dio cuenta.

—No me salpiques de felicidad —me previno, cogiéndome del brazo y arrastrándome calle abajo—. Te necesitamos.

Cuando llegamos al solar, el viento soplaba del mar y arrastraba consigo una fría lluvia. Señalé mi coche y nos metimos en él. Yo sonreía como un memo y temblaba de los pies a la cabeza.

—Se te ve un poco descentrado —dijo Gloria—. ¿Podemos confiar en ti?

Para ser sincero, me habría gustado que no hubiese más preguntas. Sentí el comienzo de otra ola de dicha y quería estar a solas. Hasta entonces no había sabido cuánto había ansiado ese momento. Pero logré contener la codicia lo suficiente.

—¿Qué me pasará si voy con vosotras?

—Lo que has estado esperando todo este tiempo. —Gloria se inclinó hacia mí para asegurarse de que oía sus palabras—. Llegarás a vivir el misterio.

Las recientes lluvias habían limpiado de nieve las carreteras que conducían a Nueva Hampshire. Lo último que me dijo Gloria fue que las hijas de la alegría se reunirían en casa de Dolly dentro de tres días. Sin embargo, decidí ir allí inmediatamente. Boston tenía un aspecto anodino y gris bajo aquella luz vespertina. Fran dormía en el asiento de al lado. Ella ignoraba por qué la llevaba conmigo: no podía contárselo. Pero de alguna manera no tuve otra opción, como si estuviéramos atados el uno al otro.

Me había presentado en su casa poco después de que Gloria se marchase. Eran las seis de la tarde y casi había oscurecido. Pese a que la había avisado por teléfono, Fran aún se estaba peleando con el cinturón de su albornoz cuando abrió la puerta.

—No estoy muy presentable —murmuró.

Me condujo a la sala de estar, donde el televisor estaba encendido.

—Está a punto de acabar —dijo.

Nos sentamos para ver unos minutos de una serie policíaca. Saltaba a la vista que había tenido algún disgusto.

Apagó la tele con el mando a distancia.

—Mitchell me ha llamado. Quiere que volvamos a estar juntos. Hemos estado hablando mucho rato.

No levanté las cejas, pero Fran reaccionó como si lo hubiese hecho.

—Sé lo que estás pensando —dijo—. Pero no te preocupes, todavía le odio y no me comprometí a nada.

Intentaba mantener un tono de voz sereno y distante a pesar de su agitación interior.

—Sé lo que estás pensando —repitió, esta vez más vacilante—. Pero tengo que pensármelo.

Fran hundió la cabeza entre los hombros como un boxeador a la defensiva. Daba pena verla.

Supongo que, en mi euforia, me había precipitado al querer compartir mi alegría. Mi cuerpo todavía vibraba, pero en el momento en que vi a Fran se rompió el encanto. Quise que me contestase algo.

—Si haces lo que él te dice, tendrás problemas.

—Ya te lo he dicho, ¿no?

Fran se puso de pie de un salto. Llevaba unas de esas zapatillas peludas que hacen que parezca que estás pisando un conejo.

—No te llamé ayer porque sabía que me lo echarías en cara.

La escuché mientras me contaba el resto. Mitchell había roto con la mujer por la que había abandonado a Fran, y ahora le tocaba sufrir a él. Fran había intentado olvidarle, pero cuando oyó su voz los antiguos sentimientos la desbordaron como una marea. Mitchell le dijo que la conocía mejor de lo que nadie jamás llegaría a conocerla, y eso la turbó. Entonces él se echó a llorar. ¿Significaba eso que eran almas gemelas o sólo adictos el uno al otro?

Dejar que hablase me dio tiempo. Tenía que haber una razón por la que yo me encontraba allí. Mis ojos vagaron hasta la ventana, en cuyos cristales las gotas de lluvia dibujaban senderos de plata. Oí el misterioso lamento del viento en las conducciones de la calefacción.

—No necesito que me ayudes. Haré lo que tenga que hacer —declaró Fran.

Mantuvo su mirada fija en mí, y luego me recordó algo que yo le había dicho: que debía confiar en lo desconocido. Admitió que no tenía ni idea de lo que aquello significaba, pero lo había intentado. ¿Y qué había pasado? Pues que un ex marido medio borracho la había despertado a las tres de la madrugada y le había vuelto la vida del revés. Era como intentar salir de un pozo profundo, cuando crees que lo has conseguido, una mano surge del lodo y te arrastra de nuevo hacia abajo.

Su voz comenzó a apagarse, y muy lentamente yo desaparecí. Todos los conflictos y las diferencias se desvanecieron, y sentí que todo iba a salir bien. Hacía un minuto intentaba solucionar un problema que sabía que no podría resolver y ahora me hallaba en el umbral de la eternidad. Borraron el nombre de mi partida de nacimiento y el de mi lápida al mismo tiempo. Jess dejó de existir. Se fue con las gotas de lluvia dejando un tenue rastro plateado en el cristal. Era como llegar al cero, y quizás eso te asuste. En realidad lo sentí como el fin de todo lo que produce miedo, porque lo que toqué no fue el cero. Era la pureza.

—Eres hermosa y te mereces todo lo bueno de la vida —dije.

Mi voz sonó clara y fuerte al interrumpir la amarga perorata de Fran.

Me miró como si me hubiese vuelto loco. No le devolví la mirada. También había una parte de mí que pensaba que había perdido la cabeza, no por lo que acababa de decir, sino porque aquellas palabras se referían a todo el mundo. Cogí el mando a distancia y puse la televisión. Fui cambiando de canal hasta que encontré la CNN.

—Mira —dije, con aquella voz clara y fuerte—. Mira, mira sólo un momento.

Pensó que lo que quería era que cerrase la boca, pero de todos modos miró. Emitían el programa favorito de Dolly: guerra, hambre, estallidos de violencia y horror. Por primera vez pude verlo como ella. Vi que toda la gente era igual. Se enfrentaban a cosas que destrozaban sus vidas, pero en el fondo nadie se movía. Simplemente hacían tiempo.

Fran no sabía cómo reaccionar.

—Di algo —me espetó.

Señalé la pantalla, que mostraba disturbios con policías, porras y gases lacrimógenos.

—Son como tú. Están esperando a encontrar algo. Y seguirán sublevándose hasta que lo encuentren. Su desesperación los arrastra, y también su rabia y la certeza de que nadie vendrá a salvarles nunca.

Fran se había atascado en las tres primeras palabras.

—¿Como yo? —chilló, muy cerca de mi oído.

Pero no me molestó, puesto que yo había desaparecido. El misterio había cruzado la puerta y me había rozado con sus vestiduras. Fran estaba furiosa cuando comencé a sonreír. Pero alargué mi mano como si agarrara el extremo de un hilo. Tiré con fuerza de un ovillo invisible y se desenredó. Aquella maraña había estado tapando su corazón. Coloqué la mano por encima de su pecho sin tocarla, y retiré aquel sudario gris. Su corazón seguía estando oscuro y el ovillo enmarañado aún se estaba desenredando, pero una luz trémula comenzó a brillar.

Si Fran se hubiese echado para atrás, yo hubiese parado. Si me hubiese dicho que estaba loco, habría dejado que me echase de su casa. Nada de eso sucedió. Sus ojos se cerraron y su cara se relajó por completo. Se tambaleó ligeramente y la ayudé a sentarse en el sofá. Me reí en voz baja. Fran no reaccionó porque estaba medio dormida, aunque en cualquier caso no lo habría entendido. Me estaba acordando de aquella noche en que caí dormido en casa de Dolly. Resulta divertido pensar en lo que te puede hacer una astuta anciana.

Mientras Fran dormía observé su energía. Todavía no estaba en forma. Vi sollozos y lágrimas como rayas negras sobre la luz que la rodeaba. Ésas debían de ser las zonas más heridas. Una parte de esa oscuridad era muy antigua. Podía sentir el inexorable poder que ejercía sobre ella. Una nube opaca envolvía su cabeza, pero ninguna parte de su cuerpo brillaba: era tanta su desdicha que hacía casi imposible que entrase nueva energía o que la vieja desapareciese. Sin embargo, todo eso podía cambiarse. Ni siquiera tuve que mover las manos: bastó con ver lo que estaba mal y pedir internamente que se eliminase. Poco a poco, toda la energía que la rodeaba se fue aligerando. Seguí observando y esperé.

Las cosas sucedieron tan deprisa que no te he dicho lo que toda aquella gente de la CNN estaba esperando, la cosa sin nombre que todos esperamos. A los dioses les gusta comunicarse de forma indirecta, eso dicen, así que aquí va un chiste. Una niña va al restaurante con sus padres. El camarero se acerca y pregunta: «¿Qué desean?» La niña suelta: «Quiero un perrito caliente.» Su madre mira la carta y dice: «Quiero pescado hervido.» «Suena bien —afirma el padre. Se vuelve al camarero y le dice—: Serán tres de pescado hervido.» El camarero inclina la cabeza y vuelve a la cocina. A través de la puerta se le oye decir: «Luis, dos de pescado hervido y un perrito caliente.» «Mira, mamá —dice la niña—, cree que soy real.»

Eso es lo que todo el mundo espera: descubrir que uno es real. Nadie, ni siquiera quienes nos aman profundamente, puede hacerlo por nosotros; siempre estarán ocupados en sus propios asuntos. Verán sus propias necesidades en nosotros, sus propios amores y odios, sus propias creencias personales. Linny no podía aceptar que yo dejase el trabajo porque si hubiese estado en mi lugar habría tenido un ataque de pánico. Renee no pudo soportar que no la amase lo suficiente porque no logré alcanzar el lugar donde ella no se sentía amada. Tampoco Cuddihy podía aceptarme porque yo había transgredido su creencia de que la lealtad está por encima de todo.

Así que todo se reduce a esto: lo tienes que hacer por ti mismo. Tienes que arrodillarte ante el amor y decirle: «Límpialo todo.» Estas palabras podrían surgir en tu corazón durante alguna noche oscura del alma; o puede que tan sólo sean un destello vacilante en una negra pausa del alma. El amor se dará cuenta y comenzará a trabajar. El proceso será largo: se tarda tiempo en limpiar todas las cosas acumuladas. Pero el amor no descansa. Vuelve a abrir las viejas heridas olvidadas y no se detiene hasta que la curación es completa. Y llega un día en que concluye. Eres puro de nuevo. Te conviertes en una gota de lluvia que deja un rastro de plata en el cristal de la ventana.

—¿Has dicho algo? —murmuró Fran, casi dormida. Abrió los ojos, sin darse cuenta de dónde se encontraba.

—Te preguntaba si querías hacer un corto viaje conmigo.

En realidad no le había preguntado nada; había estado observando cómo los últimos jirones de niebla desaparecían de su campo energético.

—Hay unas personas a quienes me gustaría que conocieses —añadí.

Fran tenía una expresión vacilante.

—Supongo que sí —balbució.

Su rostro reflejaba serenidad, pero yo diría que su mente quería seguir intranquila pero no recordaba cómo.

—No pensaba que estuviese tan agotada —dijo vagamente.

En realidad no había nada que contarle. La parte más oscura de su energía había desaparecido, pero todavía era una de esas personas que esperan descubrir que son reales. Le dije que se fuese a la cama temprano: la recogería antes del amanecer. Confundida, pero dispuesta a hacerlo, me observó desde el rellano mientras yo bajaba las escaleras.

Al llegar a casa no me fui a dormir. La sensación de claridad no se disipaba. En un momento de nostalgia deseé que la ciudad que se extendía ante mí resplandeciese de belleza; al menos un poco. No sucedió nada parecido. Ningún destello de luz me mandó una señal. Das el último paso en la hoja de platanero y ruegas para tus adentros: «¡Espero que alguien me coja!» Nadie lo hace, pero milagrosamente no te estrellas. La caída se convierte en un vuelo, y el vuelo en quietud.

¿Qué haces cuando de repente te das cuenta de que eres real? Porque eso es lo que hace la quietud. Te enfrenta a algo que jamás habías experimentado: la posibilidad pura. Tu pasado no puede hacerte volver atrás, tu ego ya no tiene el control, tus emociones dejan de tirar de ti. Alcanzar la libertad no es la meta, sino el punto de partida.

Entonces tuve este pensamiento perturbador: quizá los hombres no consiguen ir más allá. Quizás el misterio sea agradable y maravilloso para la mujer porque sabe cómo entregar su corazón, pero no para el hombre. No he conocido nunca a un hombre que pensase que el amor es tan necesario como el aire que respira. Las mujeres se aferran a esa idea. El amor no es sólo su oxígeno sino un oxígeno mágico, porque el oxígeno corriente sólo nos mantiene vivos. El mágico nos redime. Así que de un modo natural, para ellas el amor es un dios, y los hombres deben seguir el camino trazado por las mujeres. ¿Qué pasaría si yo no podía hacerlo?

Fran durmió hasta que cruzamos la frontera del estado. La despertaron las curvas de las carreteras secundarias de Nueva Hampshire. Se desperezó y se alisó la ropa, que se le había quedado enrollada alrededor del cuerpo.

—¿Cómo has dicho que se llaman? —me preguntó.

—Dolly y Elena.

No mencioné la posibilidad de que hubiera otras porque con seguridad no habrían llegado todavía.

—No recuerdo exactamente por qué vamos a verlas.

El tono de Fran tenía un matiz de tensión y desconfianza. Su energía se estaba nublando con rapidez.

—Quiero preguntarles el secreto de la felicidad.

—¿Crees que lo saben?

—Al contrario: creo que yo lo sé. Sólo quiero que me lo confirmen.

Cuando ya nos acercábamos a casa de Dolly me pasé una salida. Fran me miró esperanzada cuando le dije que no llevaba mapa: le habría gustado que nos hubiésemos perdido. Pero al cabo de unos minutos nos deteníamos frente a la casa de Dolly. Sin nieve que amortiguase su visión, la puerta roja dolía a la vista.

Aparqué junto a la entrada y bajé del coche.

—Quizá no haya nadie —dijo Fran al no ver ningún otro vehículo.

A pesar de su recelo, me siguió. Cuando llamé a la puerta pensé que Dolly me recibiría con un gesto de asentimiento. Pero cuando abrió se quedó perpleja y pareció enojada. Murmuré algo ininteligible sobre haber llegado antes de tiempo.

—Estaba a punto de comer. Los quemadores no funcionan —refunfuñó.

Le dije que echaría un vistazo. Se encogió de hombros y se dio la vuelta sin apenas mirar a Fran. ¿En qué habría estado yo pensando para aparecer con una extraña sin avisar antes? Dolly dejó la puerta abierta. La seguimos a la parte delantera de la casa, que estaba en silencio.

—¿Dónde está Elena?

—¿Quién? —dijo Dolly sin volver la cabeza.

Fran me lanzó una mirada. En la cocina hacía frío. Sobre la vieja cocina de gas había un cazo, y al lado una lata de sopa de tomate. Probé los mandos unas cuantas veces. No salía gas. Le dije que el piloto estaba apagado.

—¿Cobras por ese diagnóstico? —preguntó Dolly con sarcasmo.

Se volvió hacia Fran.

—Hay té en la tetera. Está frío, pero puedes tomártelo.

Fran movió los pies. Parecía nerviosa. Encontré una caja de fósforos y levanté la rejilla de la cocina para llegar al piloto. Los quemadores estaban negros de grasa y el aire frío apagaba constantemente los fósforos.

—Puedo ir al pueblo y comprar un encendedor —dije no muy convencido.

—Quizá sea cosa de la conducción general. ¿Miraste fuera? —dijo Fran sin el menor interés.

No es que tuviese importancia. Yo sabía quién era Dolly realmente: la última mujer sabia, y estaba jugando conmigo. ¿Por pura perversidad? ¿Para enseñarme algo o se debía simplemente a su costumbre de ocultarse? Sin importarme que Fran me oyera, me incliné hacia Dolly.

—Deja de comportarte así —le susurré.

Ella me contestó en voz alta.

—Siéntate. No sirves para nada. —Su imitación de una vieja bruja frágil y excéntrica era casi perfecta. Al oír que Dolly me regañaba, Fran se puso tensa. Dio unos pasos, levantó la tapa de la tetera y contempló dudosa el frío líquido marrón. ¿Qué se supone que tenía que hacer yo? ¿Cuál era el siguiente paso después de haber visto la energía de alguien y haber intentado cambiarla? De repente lo supe. Lo que había estado negando hasta entonces: «Depende de ti.» Carecía de importancia que Fran se sintiese dolida y frustrada, que Dolly actuase de aquella manera confusa. Tenía que cambiarme a mí mismo. No tuve necesidad de que una voz me avisase; mi quietud interior me lo dijo. Tenía el poder de alterar cualquier imagen con tanta facilidad como se altera un sueño. Nada me lo impedía. Así que tuve un pensamiento y lo mantuve.

Fran ahogó un chillido de alarma. Volví la cabeza hacia donde ella miraba. Un hombre alto con el cabello negro y rizado estaba plantado en la puerta. Fran se puso pálida y le empezaron a temblar las piernas. Era la única parte de su cuerpo que se movía; el resto se había quedado de piedra.

El intruso no dijo una palabra. No lo conocía, pero supe quién era. Sabía que la única imagen que le importaba a Fran era la de Mitchell. Su alma quería que estuviera allí, y yo sólo tuve que darle un pequeño empujón. El hombre dio un paso y Fran se llevó las manos a la cara.

—¿Un cuchillo? —preguntó Dolly con voz alegre.

Sostenía un gran cuchillo de trinchar. No la había visto sacarlo del cajón.

—Tenemos tan pocos utensilios adecuados... —se lamentó.

Fran tragó aire. Yo sabía que ella no cogería el cuchillo, y sabía que Mitchell no era real, porque su imagen parpadeaba débilmente. Pero para Fran era totalmente real: irradiaba energía a raudales. Ovillos enredados y jirones grises y negros volaban en todas direcciones. Su corazón brillaba y esa luz se extendía por todo su cuerpo.

Las lágrimas se deslizaban por sus mejillas, se estremeció. Yo estaba sobrecogido, recordando cómo me había sentido al pasar por aquello. Tal vez agitaría los brazos como alas y gritaría «¡Juiiii! ¡Juiiii!» o tal vez no. Lo cierto es que nunca supe qué hizo, porque en ese momento alguien me agarró del brazo y me arrastró fuera de la cocina.

Elena me aferró el brazo con fuerza hasta que estuvimos fuera, en los escalones de la entrada.

—Llevaste a alguien al umbral —me dijo.

No parecía sorprendida ni terriblemente impresionada, más bien parecía que me dijese que me había convertido en un buen profesional.

—¿Es lo mismo que cruzar el umbral llevando en brazos a alguien?

Fue un comentario un tanto atolondrado, pero al verla me sentí desbordado por la alegría.

—Podría serlo. No es que no lo hayas hecho cientos de veces antes. Yo diría que se te cansarían los brazos.

Elena tenía un aspecto fantástico. Llevaba el mismo suéter verde que el día que nos marchamos de allí. Parecía que le pesaran los párpados, como si hubiese venido de muy lejos para verme. Mi corazón no se desbocó. La quietud que se había adueñado de mi pecho lo impedía. Pero sí sentí un débil aleteo en el estómago y, al darme cuenta, los músculos del abdomen se me agarrotaron. Me esforcé por seguir sintiéndome bien, pero la opresión en el estómago se hizo más fuerte. Tuve una imagen de Fran alucinando.

Pero ¿qué puedo decir? Al final, lo único cierto era que no había nada incorrecto. Espera a que lo experimentes.

«¿Tanto he cambiado?», pensé.

—Querías ayudar —dijo Elena simplemente—. Y así ha sido durante un tiempo, pero ahora lo deseas desde un nivel más profundo. El poder del deseo se incrementa a medida que te vas acercando a la fuente.

Me lanzó su típica mirada de soslayo, marca de la casa. (Un día tengo que preguntarle si es un truco que debería aprender.)

—¿Quieres que me encargue de ese nudo?

Sin esperar respuesta, agitó la mano en el aire y el nudo de mi estómago se aflojó. Me sentí agradecido de volver a estar junto a alguien que podía leerme el pensamiento y eliminar mis problemas.

A Elena le divertía que me hubiese quedado sin palabras.

—Eres el chico del póster. Sabía que no nos habíamos equivocado. El amor puede moldearlo todo. Algunas veces te cambia lentamente, otras veces te tropiezas con él.

No tuvo que continuar explicando, porque entendí a qué se refería. Todos queremos avanzar. Todos queremos tener pasión y valor suficientes para decidir nuestro propio destino. Pero es un deseo tan profundo que apenas lo tocamos. No compartimos nuestros más ocultos anhelos ni con nosotros mismos.

En aquel momento no pensé en ello, pero más tarde recordé el dicho zen: «Primero, un bol de té verde; después, otra cosa; después, un bol de té verde de nuevo.»

Lo cual quiere decir: tu vida sigue adelante, entonces algo irrumpe en ella y luego tu vida continúa. Un incendio abrasador está esperando para romper los límites de la vida cotidiana. Una vez que lo hace, vives el misterio y nadie es más sabio que tú y que Dios. En mis fantasías los fuegos artificiales jamás terminan; caminas sobre las aguas y el resplandor te acompaña a todas partes. Pero la vía del zen es más hermosa. Tu vida se vuelve a mezclar con el mundo y alguien te da una taza de té. Lo sientes en las manos de la misma manera, la forma es la misma, el líquido te quemará la lengua si no soplas antes. ¿Y qué? El té se ha convertido en una partícula del misterio: lo ves con los ojos del alma.

—Ahora ya sabes cómo vivimos —dijo Elena con aquel tono sereno que yo conocía bien—. No nos hemos estado ocultando porque tuviésemos miedo, sino porque nadie despertaba. Éramos como las madres de un mundo que duerme. ¿Crees que cambiará algo? —me preguntó sin ocultar su incertidumbre.

—¿Qué hay de lo que escribiste en mi foto? —pregunté—. «El dios del amor ha vuelto.»

—Bueno, para ti sí que había vuelto.

Elena comenzó a reír, y le pregunté por qué.

—Son esas sacerdotisas del bosque —explicó—. Las has estado venerando durante mucho tiempo. Pero es muy tierno. Muchos hombres tienen una imagen de nosotras mucho peor.

Mientras contemplaba a Elena, mis sentimientos hacia ella experimentaron un cambio tan sutil como un río que se mezcla con el mar. Acepté que nunca se enamoraría de mí. Pero no por lo que piensas: no dejé de sentirme atraído por ella. No empecé a amar a todo el mundo. Sólo miré su energía y vi que carecía de ella. No había luces blancas, ni centros, ni vibraciones. Elena había desaparecido. Si cerraba los ojos podía sentir débilmente que Elena estaba allí, pero era como el sonido de una flauta que viene de tan lejos que no puedes precisar de dónde.

Quise tenerla entre mis brazos y sin más lo hice. Le puse la mano en su mejilla, me incliné hacia delante sin temer que ella fuera a apartarse y nuestros labios se tocaron.

Sólo entonces lo entendí. Elena no me había estado evitando. Había estado esperando. Éste era el único momento adecuado. Cuando aceptó mi beso y me lo devolvió, comprendí lo que ella era: no una mujer a la que yo quería para mí, sino alguien que era yo mismo. Nuestros alientos se mezclaron suavemente y, como yo también había desaparecido, finalmente pude ser uno con Elena tal como ella era: el amor mismo. La ternura que observa y espera.

«Éste es el néctar.»

Ya no era un sabor. No era tentador ni seductor. La dulzura que tanto había anhelado estaba en los dos, y nos besamos más allá del deseo. Nos besamos como la dulzura fluye en la dulzura, como una caricia que se acaricia a sí misma. En un destello demasiado veloz para visualizar imágenes, vi las miles de maneras en que Elena y yo nos habíamos encontrado antes, como pájaros revoloteando en un jardín al atardecer, con las alas apenas tocándose, separándonos para incrementar nuestro apetito, tocándonos de nuevo para satisfacerlo, hasta que el apetito quedaba atrás y podíamos respirar sin dolor o añoranza. Ella había esperado a que yo alcanzase este momento por mí mismo, y una vez que lo hice, duraría tanto tiempo como yo durase.

—Soy tuyo —susurré—. Soy tú.

—Lo sé.

Un momento después, el mundo volvió. Dolly salió de la casa llevando a Fran de la mano. No divulgó detalle alguno de lo que Fran había dicho o de cómo había reaccionado.

Prácticamente tuvimos que depositar a Fran en el coche. Fuese lo que fuese lo que tenía que suceder, había sucedido. La energía de Fran brillaba como una bombilla de seiscientos vatios, pero no la perdió durante el camino de vuelta a casa. Estaba entre sobrecogida y extasiada. Suspiró profundamente varias veces, y sólo habló cuando ya nos acercábamos a Boston.

—¿Quién eres tú? —me preguntó con voz pastosa.

«Soy algo que sin ser nada se convirtió en todo.»

Estas palabras surgieron en mi mente pero no las dije en voz alta.

—Simplemente soy alguien que apareció en el momento oportuno.

—Lo dudo. —Había un matiz de ironía en la voz de Fran, pero no era nada en comparación con su asombro—. ¿Qué me va a suceder?

—No lo sé. ¿De verdad te gustaría que lo supiese?

—No, más bien me gustaría dejarme llevar por la corriente. —Fran se rió al escuchar sus palabras—. Que me llevase la corriente... —repitió. Cualesquiera que fuesen las imágenes que aparecían en su mente, ambos supimos que había sobrevivido al terremoto.

Sabía de antemano algo que Fran haría. Me la imaginé haciéndose preguntas cuando aterrizase. Le prometí que estaría en contacto con ella. Pero lo que yo quería en aquel momento era regresar a Nueva Hampshire lo más rápidamente posible. Cuando iba a salir del coche, Fran encontró un papel con una nota en el bolsillo de su chaqueta.

—Te lo debe haber metido Dolly cuando no mirabas —dije—. Hace cosas así.

Fran intentó leer el papel en voz alta, pero le embargó la emoción. Me lo dio para que lo leyera.

A mi hija más reciente:

Lo que te ha sucedido hoy no provenía de mí. Lo deseabas desde hace mucho tiempo, y has sido tú quien ha hecho que ocurriera. Espero que te des cuenta de lo afortunada que eres, porque estás a punto de experimentar unos matices del amor que pocas personas conocen.

El amor es lo que no puede perderse.
El amor es lo que cambia el pasado.
El amor es lo que hace que dos sean uno.
El amor es lo que niega el miedo.
El amor es lo que llena los huecos.
El amor es lo que habla en silencio.
El amor es lo que permite que te vean.

Guarda este papel y léelo siempre que dudes de ti misma.

Recibe todas mis bendiciones.

DOLLY

—Deberías llevarlo siempre contigo —le dije—. Tienes suerte. A mí sólo me dieron un fajo de billetes.

Pensé que debía acompañar a Fran, pero ella quería disfrutar de la sensación de no necesitar a nadie. Se tambaleó ligeramente al subir los escalones de la entrada, como cuando uno se encuentra a medio camino entre caer y volar.

Di la vuelta y me dirigí de nuevo a Nueva Hampshire. Una vez fuera de la ciudad me detuve en una gasolinera y metí monedas en un teléfono público. Respondió Matthew, y le pregunté si podía hablar con Renee. Seguramente no le entusiasmó la idea, pero la llamó y ella se puso.

—¿Sí?

—Soy yo. Estoy en la carretera. Llamaba sólo para decirte que quizá no me vuelvas a ver en un tiempo. Y quería escuchar tu voz.

—Eso que dices suena un poco raro, como si tu regimiento estuviese a punto de embarcarse o algo así.

No respondí a su comentario.

Renee parecía estar bien. Todavía éramos amigos y siempre nos preocuparíamos el uno del otro. Pero ésa no era la razón por la que la había llamado. Yo quería que nos diésemos una oportunidad para ser algo más. Quería dejar la puerta abierta por si estaba cometiendo un error.

—¿Sigues ahí? —preguntó.

Fue como si la viese desde lejos, y eso me provocó sentimientos encontrados. Vi la belleza en ella, y entre nosotros dos, pero estaba metida en un paquete cerrado que nunca abriríamos juntos.

—Aquí estoy. Casi del todo —respondí.

Debía de ir en serio con este tal Matthew, porque no respondió a mi velado ofrecimiento. Pero seguíamos entendiéndonos muy bien, y eso jamás desaparecería. Con un parpadeo consciente eliminé algunas asperezas de su campo energético. Había algunos desgarrones importantes y lágrimas, y una larga espina clavada que llevaba escrito mi nombre. La arranqué y colgué. Renee no me dijo «te quiero». Pero yo sabía que eso era temporal: volvería a hacerlo.

Las dudas acerca de mi futuro no se habían despejado, pero me tomaría el bol de té verde. Es decir, me iba a poner el disfraz de ir disfrazado. Yo era consciente de que había experimentado una transformación interior, pero nadie más lo sabría. La próxima vez que Linny me llamase, volvería a ser el hermano del que le encantaba preocuparse, no el que había conseguido asustarla. Nunca más volvería a ver o a oír hablar de Elena. Ignoraba si pasaría más días de Acción de Gracias en casa de Linny, pero si lo hacía procuraría limpiar primero su energía, llena de aristas. Además, me dejaría caer por el periódico y le pediría a Cuddihy un empleo como colaborador. Refunfuñaría, pero volvería a contratarme.

Cuando aparecí en el sendero de la casa, Dolly y Elena se alegraron de verme. Cenamos y guardamos las sobras. Luego Dolly y yo vimos la CNN durante horas, casi siempre sin sonido. Dormí en el sofá y por la mañana sentí la fría humedad filtrándose por las paredes.

Al tercer día empezaron a aparecer las demás. Había toda clase de mujeres, y conducían todo tipo de coches. No había sirenas, ni diosas, ni brujas. Unas cuantas vestían pantalones negros, pero la mayoría usaba vaqueros. Algunas llevaban recogido el pelo gris e iban sin maquillaje. Una lucía un tatuaje (tenía diecinueve años y era la más joven). Al mediodía ya habían llegado diez. No hablaban mucho, ni entre ellas ni conmigo.

No me trataron como a un extraño o a una mascota, sino como a alguien al que podían evaluar al instante sin necesidad de charlas insustanciales. Me pregunté cuántas serían en total, pero no llegamos a alternar.

Cuando llegó el momento, Dolly nos condujo al bosque. Yo iba delante con ella, ayudándola a sortear los troncos y las ramas caídas. Elena y Gloria nos seguían de cerca, y entre seis y ocho mujeres más iban detrás de ellas. Llegamos al claro, que estaba más embarrado que la otra vez. Casi toda la nieve se había derretido, y la blandura del terreno había provocado que la estatua de mármol del Amor se hubiese inclinado. La enderecé y me uní al círculo que las mujeres habían formado.

Una de las mayores, a la cual no había visto todavía y que parecía la típica tía solterona con el pelo recogido en un moño, entonó un cántico.

Al cabo de unos segundos el resto de mujeres se sumó a él:

> *Estamos juntas en un lugar sagrado*
> *Que está en ninguna parte y en todas partes,*
> *Que siempre ha sido y siempre será:*
> *El lugar de nuestro amor.*
> *Que alcancemos la sabiduría en este lugar*
> *Y que seamos merecedoras, Espíritu del Todo,*
>   *[de volver a reunirnos aquí.*

Las mujeres hicieron una pausa y dejaron caer las manos. Pero yo apenas me daba cuenta de ello, porque la escena cambiaba constantemente. Al igual que el día en que llegué, en las ramas desnudas aparecieron nuevos brotes y el barro helado se transformó en un prado verde. La primavera había llegado, sólo que esta vez la gloriosa escena permanecía.

—Adelante —me invitó Elena.

No sé si se refería a todas o sólo a mí; mi mente no estaba muy clara. Pero entré, y de pronto me encontré solo. El claro había desaparecido o se había expandido hasta el horizonte. Mirase donde mirase, todo era primavera. Reconocí el lugar donde me hallaba: Arcadia. Aquella tierra verde e inmortal era tan pura como el día de la creación. Nadie tenía que soñarla: las hijas de la alegría habían cuidado y mantenido este jardín perfecto, usando la misma energía que nos fue entregada a ti y a mí. Sólo que nosotros hemos estado perdiendo el tiempo, mientras que las hijas de la alegría lo han estado recolectando.

Oía reír a las mujeres: una suave y cálida brisa me traía sus voces. Me dirigía hacia el lugar de donde parecían venir, pero al acercarme de repente parecían proceder de otro sitio. Si la vida es un enigma que nos devuelve a todos al paraíso, un enigma mayor nos espera cuando llegamos a él: tienes que averiguar cómo salir de allí. Yo nunca lo hice. Te ofrezco este retrato de mí, de alguien al que conociste tú, Linny, Renee y los demás. Y aunque vuelvas a verme, no me estarás viendo a mí, porque he aprendido a estar en todas partes y en ninguna. Ésa es la verdadera Arcadia y la eterna primavera.

Como no podía sumarme a las risas de las mujeres, me tendí en el suelo y me vino a la mente una curiosa imagen: vi a esposas que besaban a sus maridos y se iban a pasar una tarde en un centro comercial, una hora en las pistas de tenis, un fin de semana en un balneario. Pero nunca terminan ahí. Se reúnen cada año en un lugar que nadie conoce para recordarse las unas a las otras una cosa: mantener vivo el misterio.

Algunas de las que se van de casa jamás regresan. Lo que experimentan les abre demasiado los ojos y se marchan para siempre. Pero las que desaparecen son muy pocas. Todas las demás regresan como si nada hubiese ocurrido. El todoterreno vuelve al garaje, las bolsas de la compra se meten en la cocina y los niños vuelven a gritar para reclamar atención.

Pero estas mujeres saben algo que nadie más conoce. Son las madres de un mundo que todavía no ha despertado, pero que se agita en sueños

Epílogo

La historia termina aquí, pero no lo que Dolly me enseñó. Volví a la casa de la puerta roja muchas veces más. Conocí a personas que estaban en distintos niveles del despertar. Si mi historia parece increíble, piensa lo siguiente: tú mismo estás viviendo alguna versión de esa misma historia. Ya no miro a los demás como solía hacerlo. Cuando subo a un avión y recorro el pasillo, veo formas de energía increíbles. Quizás ése sea un término árido y abstracto, pero ¿qué hacemos constantemente sino pensar, actuar y sentir? Para hacer estas cosas se necesita energía. Dolly me enseñó a volver a conectarlo todo con la fuente. Si no lo haces, piensas y actúas y sientes sin una auténtica visión de quién eres.

—La vida en sí misma es tierna —me contó—, del mismo modo en que nuestros corazones son tiernos. La vida está llena de belleza, de la misma manera que el mundo está lleno de belleza. La vida es inteligente, de la misma manera que nuestras mentes son inteligentes. Si te niegas el amor a ti mismo, te estás negando la ternura, la belleza y la inteligencia.

Hay muchas maneras de utilizar la energía que se te ha dado. Seis mil millones de personas han encontrado hoy seis mil millones de maneras de hacerlo, y mañana encontrarás otros seis mil millones. Pero, curiosamente, sólo hay una manera pura de vivir el día de hoy, así que la cifra de seis mil millones puede ser engañosa. Imagínate que sostienes un hilo con la mano y que si lo sigues, el hilo te llevará a donde tienes que estar. El hilo comienza en tu fuente: te conecta con tu alma. El hilo conduce a lo desconocido. Por mucho que te aferres al pasado, no puedes cambiar el hecho de que lo desconocido se extiende ante ti. La vida es como conducir un coche que tiene retrovisor pero cuyo parabrisas es una pared de ladrillos: mirar hacia atrás no te ayudará a avanzar.

—Si tratas de utilizar el pasado como guía para el futuro —dijo Dolly—, estarás haciendo conjeturas. El mañana tendrá algunas cosas iguales a las de hoy: la misma familia, el mismo trabajo, la misma casa. En principio, si te tomas el día de mañana como el de hoy, no irás muy lejos. Pero seguir el hilo que tienes en la mano no significa eso. El hilo conduce a un mañana único. Las cosas que no cambian prácticamente se cuidan de ellas mismas: la costumbre y la rutina poseen unos pequeños motores que las mantienen en funcionamiento.

»Lo realmente emocionante de la vida reside en la X, la incógnita en las cosas misteriosas que mañana serán completamente nuevas y totalmente desconocidas. La X es real, pero ¿qué nos quiere enseñar lo desconocido? Si tienes cuatro años, puede ser que aprendas a leer. Si siempre haces las cosas de la misma manera no aprenderás a leer. Para un niño de doce años, la incógnita serán las nuevas emociones. Para una persona de veinticuatro, la X es aprender a ser un adulto. En todos estos ejemplos la incógnita es fácil de aceptar, porque todos los que te rodean saben cómo se desarrolla una persona. Tu madre te enseñará a leer, tus compañeros confirmarán tus sentimientos y la sociedad te enseñará lo que significa ser un adulto.

»Pero el amor siempre ha sido una incógnita que no se puede enseñar. De repente te enamoras y nadie te ha enseñado a hacerlo. El repetir lo que hiciste ayer no hará que hoy te enamores. Compartir la experiencia de una persona que ya ha vivido un primer amor no es lo mismo que el episodio verdadero, que es apasionado y vivo, único y lleno de fuerza.

»Si lo supiéramos, cada día produciría ese mismo sentimiento. Porque el día de hoy es tan único como el acto de enamorarse. La energía que fluye a tu interior contiene la misma pasión y fuerza. Sin embargo, de algún modo la intensidad ya no está ahí. ¿Qué se puede hacer?

»Tienes que convertirte en un amante. No en alguien que se ha enamorado de una mujer o de un hombre deseable, sino en un amante que tiene pasión por la vida. Tu alma quiere que así sea, y te mostrará cómo encontrar la intensidad que se oculta tras la máscara. Hay muchas cosas que vencer: la rutina, los hábitos, las falsas creencias, las bajas expectativas, las innumerables heridas del pasado... Pero el amor lo supera todo. Y esto no es un deseo sentimental, sino una ciencia. La ciencia de la alegría.

Yo conocía esta parte. El amor nos envía señales a diario porque quiere encontrarnos. La incógnita susurra «Estoy aquí. ¿Me ves?» Quizás estás paseando y un pájaro se posa sobre una valla. El sol acaricia sus plumas de una forma especial y quizá sus brillantes ojillos se fijan en ti. En ese instante contienes la respiración. Algo está diciendo: «¿Acaso no soy perfecto? ¿Podría existir un momento mejor?» Ésa es la X. Ése es el misterio. En momentos de belleza, silencio y quietud, tu alma te da una pista. Quiere que cojas el hilo que te conectará con la fuente.

—Una vez que has recibido una señal, tus centros energéticos empezarán a responder, de la misma manera que una semilla responde cuando la riegan —me había dicho Dolly—. Esos vislumbres del alma son tan maravillosos que quieres más. Y aunque pienses que has olvidado su sabor, no es así. Hay una parte de tu mente que siempre busca más. Tu yo interno, que es tu conexión sutil, está siempre atento aunque tu yo externo esté tan atareado como de costumbre. El deseo es la cosa más poderosa que existe. Quiere lo que quiere. A lo mejor durante un tiempo vas de aquí para allá queriendo una cosa u otra, pero por muy buenas que sean esas cosas, al final te aburres. Tu yo interno tiene que descubrir algo. Tiene que dejar de buscar la felicidad en las cosas y encontrar la esencia de la felicidad.

Déjame que explique a qué se refiere Dolly cuando dice «esencia». Imagina por un momento que te has enamorado. Ves a tu amada y estás completamente loco por ella. Crees que su cabello es perfecto, que sus ojos son perfectos, que su piel es perfecta. ¿Te enamorarías de esas cosas si no estuviera ella? Por supuesto que no. Te encantan porque es algo que puedes contemplar, pero a quien quieres realmente es a tu amada. Esto es fácil de comprender, pero vayamos un poco más allá. Posees un coche de lujo y te gusta tanto que el color te parece perfecto, la conducción es perfecta y la carrocería es perfecta. ¿Estás enamorado de los componentes de tu coche?

Casi todo el mundo diría que sí. Pero en realidad estás enamorado de la incógnita, la misma X que hace que creas que tu amada es perfecta en comparación con el resto de las mujeres. Es verdad que otras mujeres pueden ser hermosas en muchos aspectos, pero para ti no lo son. Porque de hecho amas la esencia. Y así sucede cuando te enamoras de una persona, y también cuando te enamoras de un coche o de unos bombones de chocolate o de un recién nacido o de cualquier otra cosa.

—Esta esencia es el néctar de la vida —decía Dolly—. Tu alma quiere que pruebes más, y tú sabes que quieres más. De modo que el proceso es como un gemelo de sí mismo. El amor te busca, porque la esencia siempre fluye con el flujo de la vida. Y tu deseo busca la esencia. Es como querer enamorarse, pero afecta a todos los aspectos de tu vida, no sólo a tu relación con una persona.

Quizá las palabras de Dolly describan ese anhelo por probar el néctar de un modo demasiado sencillo. Cuando estás en ello, es una tortura. Una tortura deliciosa, intensa y explosiva, cuando sientes que el deseo se despierta. Pero la incógnita lo altera todo. No te deja dormir y hace que el trabajo te parezca vacío e inútil. El dolor del anhelo, que ocultaste tan bien mientras ibas en autobús al trabajo, surge de repente y lo enreda todo. La explosión puede ser suave y amable, como el terciopelo o el caramelo líquido. Puede ser como salir de la cárcel. Lo llames como lo llames, la X estalla porque no hay nada más importante que la esencia del amor. En nuestros momentos más lúcidos todos lo sabemos, sólo que hacemos como que nos conformamos con una vida agradable.

—El proceso empieza a transformarte —decía Dolly— deshaciéndose de las cosas que no necesitas para alcanzar aquello que anhelas tan profundamente. Las defensas no son necesarias. Las sensaciones negativas no son necesarias. La imagen de uno mismo no es necesaria. ¿Qué tienen que ver con el amor? Nada. De modo que tu yo interno le dice a tu alma: «Llévate todo esto.» Por supuesto, el ego se resiste y patalea y grita. Ves cómo las defensas se derrumban, cómo tu preciosa imagen se borra. No quiere rendirse. Has construido esa perfecta imagen de ti mismo, esas sólidas defensas y un buen montón de desperdicios negativos, cosas de las que ya te habías olvidado. El proceso no te abandonará. Si el amor es la cosa verdadera que reside en el corazón de la vida, debes deshacerte de todo lo que no es real. Habiendo arrojado todos los sustitutos que te proporcionaron un poco de felicidad y todas las excusas para no alcanzar la plenitud, acabas en lo que «es». Lo real y nada más.

Ahí está el quid de la cuestión. Pero Dolly sabe que la gente tiene dudas. Como el ego continúa resistiéndose y gritando y dando patadas, el proceso necesita reforzarse cada día. Una cosa antigua sale volando por la ventana, otra reliquia sale volando por la chimenea. Tu ego grita: «¡Detente, necesitamos esas cosas!» Pero el proceso no se detiene. Se sacude las dudas y la resistencia todos los días. Dolly llamaba a esto el «viaje de retorno».

—Una vez que has dado el paso, es como navegar a velocidad de crucero —decía—. Como cuando te enamoras, no puedes imaginar un futuro que no esté lleno de dicha. ¡Se siente uno tan libre cuando uno se enamora...! Corres con los brazos completamente abiertos y dejas atrás las partes de ti poco dignas de amor. Dices adiós con la mano y te lanzas a un emocionante futuro sin mácula. Podríamos decir que ése es el momento en que saboreamos la dicha plena. Sin embargo, su energía tiene un límite. Se te va aclarando la vista y te das cuenta de que debes vivir en el mundo cotidiano, pero aun así la dicha todavía es posible. Para sentirla, debes volver a esas partes de ti que abandonaste en el camino. ¡Ojalá no tuvieras que volver a verlas nunca más! ¡Son tan horribles! Tanta vergüenza, culpa y humillación inmerecidas. Algunas rezagadas son débiles y quejicas como huérfanos andrajosos. Otras son engreídas y orgullosas como timadores baratos. Hay ira y rabia, ansiedad y miedo: sería imposible enumerar la infinidad de partes de tu yo normal que no han sido ennoblecidas por el amor.

»Pero por desagradables que sean, si vuelves a ellas y les das amor, aumentarán tu dicha. Ese viaje de vuelta trae consigo la reconciliación. La madurez. La aceptación de quien eres. Porque el amor no es decir: "Ven a mí cuando seas lo suficientemente bueno y te querré para siempre", sino: "Tráeme todo lo que eres y haré que sea digno de ser amado." El viaje de vuelta es lo que te hace real, y una vez lo has hecho eres real para siempre.

Cada uno de nosotros es increíblemente complejo en su interior. En un mismo día puedes experimentar internamente todo un mundo. Para hacer el proceso más simple, Dolly considera que todas esas partes indignas son energía atascada: experiencias pasadas que arrastras contigo como si fuesen el residuo tóxico de las cosas malas de tu vida. La energía de haber sido rechazado por alguien a quien amas. La energía de pasar por una entrevista humillante. La energía de dudar de ti mismo y de sentirte abandonado. Todas esas energías quedan atascadas en nuestro interior. El proceso las arranca y las recompone. Donde antes había oscuridad, ahora hay luz.

Si las hijas de la alegría cambian las cosas, será porque Dolly transmite el misterio del amor. No el amor como un sentimiento, no el amor romántico o familiar, sino el amor como el poder que transforma la oscuridad en luz. Cuando Dolly dice que todo el mundo puede ser transformado cambiándole la energía, casi nadie se da cuenta de que el proceso es independiente de todo. Puedes seguir con tu vida cotidiana mientras el proceso realiza el trabajo secreto del alma. No es que no vayas a notarlo. Lo observarás todo, lo sentirás todo, lo absorberás todo. Pero no lo controlarás. Tu papel es simplemente rendirte y recibir.

He pasado muchas horas en el sofá con Dolly, delante de la chimenea, pidiéndole sin cesar que me explicase más cosas acerca de este misterio. El mundo sutil y sus acciones invisibles son cosas que ella percibe con toda claridad.

—El amor es algo muy íntimo. No se parece a nada —decía Dolly—, pero al mismo tiempo es tan poderoso y preciso... Puede modificar por completo y en un abrir y cerrar de ojos la vida de una persona. Las cosas corrientes se llenan de pasión. Pero eso es tan sólo el aspecto superficial de lo que ocurre. En lo más profundo, el amor es una energía sutil. Lo une todo. A diferencia de la energía física, que está muerta, el amor es vivaz y despierto. Cuando amas a alguien, todo lo suyo te parece maravilloso. Vibráis. Un simple roce hace que una descarga eléctrica te recorra el cuerpo. Ése es el segundo nivel, justo por debajo de la superficie.

»Si profundizas, verás que el amor cambia otra vez. Se vuelve cósmico, lo que yo llamo el pegamento del universo. Planifica y organiza. Lo mantiene todo unido y evita que se separe. Ahí tienes otro nivel, pero si profundizas más, sucede algo nuevo. El amor teje el tiempo, de manera que todo sucede cuando debe suceder. Y finalmente, cuando llegas a la fuente, el amor es tu alma. Es la esencia de todo lo real. Puesto que tu alma es tu parte divina, en la fuente puedes crearlo todo. Lo divino es otra manera de llamar a la fuerza creativa que lo observa todo en silencio con supremo amor e inteligencia.

—¿Una persona tiene que experimentar todos estos niveles?

—Para alcanzar su yo divino, sí. Pero ¿has mirado alguna vez a través de las ramas de un árbol al sol? Las hojas susurran y se mueven y forman un diseño que cambia constantemente. A veces ocultan el sol por completo, pero es sólo un instante. En algunos lugares la luz del sol es cegadora, mientras que en otros es débil y oscura. Existe toda una gama de posibilidades, del blanco más puro al negro, y los dibujos nunca son iguales. Tú eres así. En cada uno de nosotros las energías cambian sin cesar, a veces ocultando la luz del amor y otras permitiendo que pase débilmente o como una sombra. Esto no cambia lo que «es». En la realidad más profunda, el amor es eterno y constante.

—Entonces, ¿depende de nosotros verlo con mayor claridad?

—Sí, y es ahí donde interviene el proceso. Una vez que has vislumbrado el resplandor, que está siempre ahí para que lo veamos, comienzas a eliminar todas las sombras y borrones que ocultan lo que «es». Ahora supongamos que quieres cooperar. Te observas a ti mismo y decides que quieres que el amor te transforme. Tu ego, que se ha resistido durante tanto tiempo, ahora dice: «Enséñame cómo va esto; puedo hacerlo.» Tu mente dice: «Dime cuál es el problema, puedo resolverlo.» Tus emociones dicen: «Nos parece bien, pero también estamos confundidas y asustadas.» Ninguno de ellos tiene la respuesta. Si la tuvieran, ya habrías cambiado. De modo que no dejes que el ego te dirija, no dejes que tu mente crea que ya tiene la respuesta y no dejes que tus emociones se desanimen. Cualquier medio que emplee la fuerza, el esfuerzo, la dureza, la disciplina, la exigencia, la voluntad o la lucha está trabajando desde la falta de amor.

—¿Por que dices falta de amor en vez de maldad u odio?

—Así como lo irreal es lo opuesto a lo real, y la diferencia que hay entre ellos es evidente, la falta de amor es lo opuesto al amor y esa diferencia también es obvia. La falta de amor es como la ilusión, viene y va, cambia de forma, te tienta o te amenaza. En el fondo, nada de esto importa. O hay amor o no lo hay. Y vamos a prescindir del debate acerca de si existe o no el mal cósmico.

—¿Existe?

—No te preocupes de eso. La barreras internas que impiden que el amor fluya en ti no son ni mucho menos cósmicas —respondió Dolly.

—Pero ¿no hay que sentir que algo no funciona en uno para querer cambiar?

—No estamos hablando de un cambio corriente. No se trata de una mejora personal. La gente se pasa años enteros intentando amarse a sí misma y superar sus defectos. Rara vez el cambio se lleva a cabo por amor a uno mismo. Generalmente está motivado por la insatisfacción personal y la crítica del yo. ¿Cómo se puede encontrar el amor ahí?

—A todos nos disgustan los aspectos desagradables de nosotros mismos.

Dolly rió con tristeza.

—¡Si pudieses detestar el odio tanto como a veces te odias a ti mismo...! Ahora ves lo complicado que es todo. La sabiduría es tímida, como el amor mismo. Puedes usar tu energía para probar todos los medios para alcanzar el cambio. El amor observa y espera. No estoy diciendo que el amor te será negado. Pero muchas personas que creen que ya lo tienen viven en la superficie: aún no han tocado el misterio.

—¿Cuándo deja de ser tímido el misterio?

—Cuando estás listo, cuando llega tu momento.

—¿Puede uno hacer algo para prepararse?

Dolly asintió.

—Oh, sí: puedes alinearte con el proceso, lo que significa que puedes cambiar tu energía. El amor es la fuerza que entra en ti cada día en forma de energía. Si la usas bien, te darás cuenta de que hay una realidad más allá de tu pequeña vida individual. Creo que la palabra culta para ello es «epifanía», pero en realidad es como poner en fila las fichas del dominó. Un buen día tu energía se alinea, de manera que no estás tan alejado de la realidad y entonces su resplandor te ilumina.

—Cuéntame más cosas sobre esta clase de experiencias —le pedí.

—¡Hay tantas! ¿Acaso no nos hemos sentido todos profundamente conmovidos por la poesía, la buena música o la naturaleza? ¿No has leído las Escrituras y escuchado cuentos maravillosos? Lo único que tienes que decir es: «Deseo esto para mí. Quiero ver.» La inteligencia cósmica siempre capta estos mensajes. Llegan alto y claro.

—Vamos, Dolly. Si fuera tan simple, todo el mundo tendría experiencias espirituales. Pero no es así.

—La razón no es porque el amor les haya abandonado. No creo en el dicho «Muchos son los llamados y pocos los elegidos». Todo el mundo es llamado, todo el mundo es elegido. Pero tienes que abrirte y estar dispuesto a recibir. Y para recibir, ¿qué se necesita? Bueno, si quisieras recibir una señal de televisión, ¿qué harías? Te asegurarías de que el aparato funciona y luego lo enchufarías. Esto mismo es válido para las personas en tanto que receptoras de la energía vital. Si el aparato está estropeado, repáralo. Eso significa encontrar los lugares dañados por la falta de amor. Hay algunos sentimientos que te indican al instante que estás pensando o sintiendo o actuando sin amor:

Siempre que sientes miedo.
Siempre que odias o reaccionas con ira y hostilidad.
Siempre que dudas de ti mismo y piensas que
[nadie te ama y a nadie le importas.
Siempre que le echas la culpa a los demás.
Siempre que te sientes desamparado.
Siempre que te sientes tratado injustamente.
Siempre que quieres defenderte o castigar a los demás.
Siempre que juzgas o rechazas a alguien.

—¡Dios mío, ninguno de nosotros llegará a ninguna parte! —protesté—. ¿Cómo puedo despojarme de toda la ira y el miedo y el juzgar a los demás?

Dolly me lanzó una mirada ladina.

—No puedes, así que ríndete para empezar. Verás, rendirse es la mejor manera de abrirse. No hay ningún misterio en eso. Sin embargo, hay una manera correcta y una incorrecta de rendirse. La incorrecta es muy conocida; consiste en decir: «No puedo hacer nada más al respecto. Seguiré haciendo lo que hago. Me rindo.»

»Nada bueno puede resultar de esta actitud. La manera correcta es decir: "He perdido contacto con mi fuente y mi alma. Pido que vuelvan." Y lo harán, créeme.

—¿Es como una plegaria?

—Bueno, es como una plegaria, pero con continuación. Y la continuación es larga. Cada vez que pienses o sientas o actúes desde la falta de amor, tienes que recurrir a ella. Aunque ya se hayan pronunciado palabras duras, y hayas herido a alguien con tus juicios y tu rechazo, debes reconocer que la falta de amor es la culpable. Si el mundo va a ser tuyo, los problemas también son tuyos.

—Pero acabas de decir que no se trataba de mejorar como persona. Estoy hecho un lío.

—No es un mejoramiento personal, porque no debes decirte a ti mismo: «Me he equivocado, soy malo, soy culpable»: nada de esto procede del amor. El secreto reside en esa cosa mágica que se llama energía. Toda energía puede moverse. Es maleable. Te voy a dar un ejemplo. He aquí tres niveles de reacción ante una misma situación, en la que descubres que alguien te ha engañado y te enfadas mucho. Resulta que no puedes hacer nada. Esa persona se saldrá con la suya. Ahora bien, puedes controlar tu ira culpando a esa persona y sintiendo que tu rabia es justa. Puedes aceptar la situación y procurar dejarla pasar, pero sabiendo que tú tienes razón y que la otra persona ha actuado mal. O puedes comprender que tu energía hizo que te engañasen, y de ese modo asumes toda la responsabilidad para mover esa energía. Al hacerlo, das las gracias a la otra persona por haberte provocado, porque sin ella no hubieses descubierto esta parte carente de amor en tu interior.

—¡No me digas!

—Te dije que la sabiduría es tímida —dijo Dolly—. Tendrás las dos primeras reacciones una y otra vez. Al final te darás cuenta de que no has dejado de enfadarte ni de meterte en situaciones que provocan tu ira. Un día descubrirás que esas dos cosas pueden estar relacionadas. «Quizás hay algo en mí que provoca esta situación. Quizá lo externo no es más que un reflejo de lo que hay en mi interior.» La sabiduría ha hecho una tímida aparición en tu mente.

—Y el proceso comienza.

—Quizá. Se tarda mucho tiempo en creer realmente que el mundo exterior es el reflejo del interior, porque según como hemos sido educados eso es imposible. ¡No puede ser que hasta la cosa más pequeña sea yo! Sin embargo, no hay otra manera de recibir el amor en el nivel más profundo, porque toda realidad tiene una fuente, y está en ti. Si sales de ti mismo, sólo te alejas de la fuente. Ésta es otra perla de sabiduría que a todos nos llega a su debido momento.

—¿Entonces comienza el proceso?

—Sí, si es que ha habido al menos un ligero avance. Nada sucede de forma accidental. No hace falta que vayas corriendo por la calle y esperar a que el cambio te lleve por delante. Si haces el trabajo interno, moviendo todas las energías atascadas de ira, hostilidad, miedo y rechazo, el amor te encontrará automáticamente.

—Lo explicas de una manera que parece que sea yo el que tiene que cambiarlo todo en mí. Pero otras veces parece lo contrario, que sea el amor el que tiene que hacerlo todo y yo nada. ¿Cuál es la válida?

—Ambas. Tú no puedes crear el amor cuando no existe, por mucho que lo intentes. En este sentido, el amor hace todo el trabajo. Pero el amor no puede llegar a ti a menos que tú muevas la energía atascada y cambies todos tus miedos, dudas y juicios. Tú haces tu parte y el amor hace la suya. Los canales tienen que abrirse. Sucederán cosas inesperadas, elecciones y posibilidades inimaginables. Esto varía según la persona. La única certeza es que tu vida es un espejo perfecto. Si introduces en él el más pequeño cambio, tu realidad exterior cambiará simultáneamente.

—¿Puedes ser más específica con relación al trabajo que nos corresponde realizar a nosotros?

—Sé más consciente. Aprovecha todas las oportunidades que se te presenten para ser más consciente. No me refiero a que tengas que retirarte a meditar cada día durante una hora para luego levantarte y decir: «Ya he trabajado bastante por hoy.» No, cada minuto es meditación, porque a cada momento somos conscientes de algo. Cuando te sientas ofendido por alguien que te pide limosna en la calle o humilles a un vendedor porque no te atiende todo lo rápido que quisieras; cuando devuelvas un comentario grosero con otro, cuando no estés por alguien que amas o comiences una discusión —cosas comunes y corrientes— debes hacer dos cosas: poner fin al comportamiento negativo y luego mover la energía. Muévela hasta que te sientas todo lo bien que puedas. No te exijas lo imposible. Sé amable, nunca severo. Algunas energías tienen decenas de capas. El miedo, por ejemplo, es como veinte centímetros de hormigón armado. Tendrás que volver a él una y otra vez. Pero sabiendo esto, no debes permitir que las energías atascadas te hagan ver la vida bajo su punto de vista. Tú sabes lo que está bien y lo que está mal. Cuando caigas en lo que es malo y está equivocado, mueve la energía.

—¿Y cómo se hace eso?

Dolly hizo una pausa, como si le hubiese formulado una pregunta mucho más difícil de lo que pensaba.

—Imagínate que eres un punto de luz en el interior de una madeja enredada. Todos los hilos están completamente enredados en todos los niveles imaginables. Estos hilos son antiguas energías anudadas, la carga de la falta de amor que llevas contigo. Y para mayor dificultad, digamos que si tiras fuerte de cualquier hilo, el nudo se hace fuerte. Los enredos sólo se desharán si trabajas lentamente y con paciencia.

—¿Y si sabes cuál es el que hay que estirar?

—Eso es. En un ovillo con diez mil hilos enredados, ¿de cuál deberías tirar? Es imposible que lo sepas, ¿verdad? Así que debes pedirle al amor que te lo muestre. A eso se le llama rendirse o a lo que yo me he referido como la manera correcta de rendirse antes incluso de empezar. Sólo el amor sabe cuál es el siguiente hilo que hay que estirar. ¿Y cuál es? Lo sabrás por los reflejos de tu vida. La siguiente cosa que haga que te sientas mal es una clara señal de tu alma: «Presta atención, esto es lo que debes mirar.»

»Ahora ya sabes cómo trabajan ambos lados. El amor te proporciona algo para que trabajes en ello, y tú realizas el trabajo. Todo está en el nivel de la energía. No luchas contra el reflejo o lo criticas o decides que no te lo mereces. Al ego le gusta reaccionar de la misma manera ante cualquier cosa negativa: "No me merezco esto, ¿por qué me está pasando a mí?"

»La respuesta es: "Porque el amor dice que tienes que limpiarlo." Siempre que limpias una brizna de energía atascada, por muy pequeña que sea, ocurre un milagro. El amor ocupa el espacio que queda libre. Lo sentirás. Tendrás nuevas percepciones, aparecerán nuevas soluciones. Problemas que creías que no podrías resolver en la vida, se solucionarán solos. He hablado de los muchos niveles del poder del amor, desde el superficial hasta el más profundo, que es el de tu alma. El resultado que alcances dependerá del nivel al que llegues. Si limpias tu miedo un poco, algo mejorará en la superficie. Te sentirás un poco mejor durante unas cuantas horas. Esto también cuenta, habrás colaborado con el poder del amor. La próxima vez puedes limpiar tu ansiedad más profunda, y a su debido tiempo desaparecerá. Entonces mirarás a tu alrededor y dirás sorprendido: "Pero ¿tuve alguna vez miedo y ansiedad?"

—Supongamos que hago lo que me dices y espero a que ocurra la cosa que desencadenará mi energía negativa. Siento esa energía y veo que es la falta de amor. ¿Qué hago entonces?

—Le pides al amor que cambie la energía. Hazlo para tus adentros. Cierra los ojos y analiza el miedo o el juicio o la ira o lo que sea. Pregúntate qué está pasando. Oirás todo tipo de quejas y gritos negativos. Simplemente quédate con ellos. Si tienes ganas de llorar, hazlo, y grita y chilla y aúlla, lo que te pidan tus sentimientos. Retuércete y muévete si quieres. No fuerces nada, pero persevera. Al principio te sentirás inhibido. Eso es normal, puesto que las energías atascadas siempre intentan ocultarse: quieren quedarse donde están. Ten paciencia contigo mismo, pero adviértele a esa maraña interior: «Todos vosotros vais a ser expulsados.» Cuando uno se conoce bien a sí mismo mover este tipo de energía se convierte en algo natural. Cuando éramos niños sabíamos cómo hacerlo, ¿no es cierto? La ira nos hacía gritar, el miedo nos hacía llorar, la frustración nos hacía perder la paciencia. Ahora, como adulto, debes volver a ese estado: no convirtiéndote en un niño, sino permitiendo que la energía fluya.

—¿De cuánto tiempo me estás hablando? ¿Tengo que dedicarme a esto el resto de mi vida?

Dolly se echó a reír.

—Ya veo que no te gusta la idea de sacar a todas las cucarachas de su escondite, pero hay que hacerlo. Puedes hacer tanto como quieras. Algunas personas quieren llegar a la meta lo más rápidamente posible, otras prefieren relajarse y no precipitar los acontecimientos. El amor es feliz con cualquier decisión que tomes. No quiero decir que esto sea lo único de ti que le interese al amor. Los regalos y las alegrías normales de la vida seguirán adornando tu camino. Éstos son aspectos del amor que ya sabes cómo recibir. Lo que yo llamo el proceso te abre a recibir más. Si no constatas que tu vida se enriquece y se hace más plena, es que el proceso no ha comenzado realmente. Y esto se ve claro cuando sientes que de algún modo te atacas o te criticas a ti mismo. La causa de ello es la energía de la falta de amor, jamás el propio amor.

Puesto que las personas que dudan de las palabras de Dolly no se hallaban presentes, le hice aquellas preguntas que a mi entender le hubiesen planteado. Es así como comenzó todo. Pero las hijas de la alegría salen y ayudan a mucha gente. Se presentan justo en el momento en que alguien necesita un poco de luz o una mano que le ayude a traspasar el umbral del alma. Al cabo de un rato vino más gente a ver a Dolly, y sus preguntas sustituyeron a las mías. En ocasiones sus respuestas eran largas, otras veces sólo daba alguna pista. Al final, nadie se marchó pensando que Dolly era una idealista incurable. Tal vez sus dudas no se despejaron, pero sin duda les dio que pensar.

¿Qué es la energía? ¿Por qué dices que puede hacerlo todo?

La energía es lo que hace que la vida esté viva. Infunde orden y belleza a la materia inerte. Une todas las piezas sueltas de modo que una masa de moléculas de repente pueda sentir y saber. La energía es el coreógrafo que está entre bambalinas organizando el espectáculo. Es infinitamente inteligente y consciente.

No obstante, no es mística. Todos usamos la energía a diario. Un destello de deseo hace que todo tu cuerpo cambie. Si quieres levantar la mano, un millón de células se ponen en movimiento al instante. ¿Cómo saben que quieres algo? Tu deseo enciende el interruptor cósmico. Tienes diferentes tipos de energía cuando quieres saber qué día es, cuando quieres irte a dormir o cuando quieres pedirle la mano a una mujer. La energía es infinitamente flexible. No pone obstáculos a lo que tú deseas.

La fuerza vital que hay en ti puede conseguir cualquier cosa. El deseo insiste una y otra vez en las aspiraciones que no quedaron satisfechas. Tenemos tanta energía solidificada puesta en el ayer que no nos quedan fuerzas para hacer demasiadas cosas nuevas. Lo que la mayoría de nosotros no comprendemos es que si profundizamos en nosotros mismos descubriremos una fuente invisible de energía muy poderosa. Cuando con la mente visualizas una rosa, ya estás haciendo todo lo que se necesita para crear una rosa. Esa parte es mística. Tienes que dejar de ver las cosas «que están ahí» como si fuesen ajenas a ti. La realidad es que hay un hilo invisible que conecta tus pensamientos con todas las cosas existentes.

Si pierdo los estribos, ¿verdad que estoy liberando energía? Así pues, ¿por qué dices que la ira es energía atascada?

Porque tu ira regresa. Cuando realmente liberas una parte de la energía, ésta se va para siempre. Una vez que sabes distinguir entre dejarse llevar por la ira y deshacerte de ella, el proceso se vuelve sencillo y natural. Las energías atascadas son densas y forman capas. No esperes poder liberarlas todas de golpe. Sin embargo, si insistes y tienes fe en el proceso, la energía más densa puede liberarse de forma permanente.

¿Así que la energía atascada es otra manera de decir que uno se siente negativo?

Sentirse negativo es un síntoma de que hay cierta energía en tu interior que se resiste a ser movida. Cuando te obsesionas o te sientes frustrado, cuando no puedes parar la mente o tienes ansiedad, es que algo está inmovilizado. La energía profunda solidificada es más difícil porque puede ser insensible. En medio de una crisis la capacidad para tratar con la energía se paraliza temporalmente. El terror y el miedo también paralizan. Cualquier conflicto que no puedas resolver es señal de que la energía está atascada. La indecisión y la incapacidad para comprometerse vienen a ser lo mismo.

¿De modo que lo que básicamente me estás diciendo es que estoy lleno de esa energía densa y en tensión que no he sido capaz de liberar?

Sí, pero no es una crítica personal. Cualquiera que vea que sus deseos no se cumplen está bloqueado de la misma manera. Piensa en todas las veces en que nos bloqueamos, negamos, rechazamos, culpamos o nos resistimos. Estas acciones, ya sean mentales o emocionales, indican que estamos atascados. Algo que está tenso en nuestro interior se está defendiendo. Le está diciendo a cualquiera que se acerque: «No te atrevas a tocarme.»

Con frecuencia la energía atascada está protegiendo al ego. Cuando digo «protección del ego» me refiero a la tendencia a controlar o a exigir, a encontrar defectos en los demás, la pretensión de ser moralmente superior y el estar seguro de tener razón.

La gente que persigue soluciones exteriores —dinero, posición social, sexo, poder sobre los demás— aún no se ha enfrentado a la energía atascada en su interior. Pero eso mismo les sucede también a las personas introvertidas y deprimidas que a duras penas se abren al exterior. Están constantemente mirándose el ombligo, pero eso no significa que sean capaces de liberarse de lo que encuentran. Sufrir interiormente es un síntoma inequívoco de energía atascada. Al no haber sido capaz de liberarla, uno se resigna al sufrimiento de vivir con unos sentimientos que no quiere.

¿Qué se siente cuando la energía fluye?

Te sientes liberado y vivo. Te sientes relajado y preparado para enfrentarte a cualquier situación. Ése es el ideal. En un nivel más mundano, tener un día bueno significa que la energía está fluyendo, y tener un día malo, que está atascada. Aunque cuesta trabajo mover la energía, el proceso es natural. Cuando te ríes estás moviendo la energía. Cuando encuentras una manera de liberar la tensión o de expresar el amor o de descubrir cómo eres realmente, es que la energía se ha movido.

¿Puedo liberar la energía hablando de mis problemas?

Si hablas de ello y alcanzas el lugar donde la energía debería moverse, entonces sí. Pero hay muchas maneras de hablar, como quejarse, echar las culpas a los demás, criticar, dudar de uno mismo y estar confundido, que no sirven para mucho más que para señalar la energía. Descubrirás que en general el hablar hace que aflore lo que necesita ser trabajado, pero la verdadera labor de mover la energía reside en el nivel emocional.

La energía atascada o bloqueada siempre produce malestar cuando la abordas.

A veces me pongo a llorar sin motivo. ¿Eso es bueno o malo?

Etiquetar los estados emocionales como buenos o malos no te va a ayudar. Las personas deprimidas que a duras penas mueven un ápice de energía, con frecuencia se encuentran tan tristes que acaban llorando, mientras que las personas cuya energía fluye bien y de una manera saludable, pueden llorar debido a que restos de energía antigua y triste surgen para ser liberados. En el primer caso la tristeza está atascada; en el segundo, se está moviendo y liberándose.

¿Qué hay del trabajo corporal, que se supone que mueve la energía por medio del contacto o del masaje? ¿Puede resultar útil?

Sí, especialmente en dos casos. Si estás tan contraído que no puedes mover la energía de ninguna manera —esto sucede en caso de depresión profunda, estados de ansiedad, aflicción intensa o negación—, otra persona puede poner en movimiento las energías oscuras y más densas por medios físicos. En el extremo opuesto, si estás inmerso en el proceso y necesitas ayuda en los niveles energéticos sutiles, alguien que sepa ahondar en los aspectos más sutiles del cuerpo puede resultar muy beneficioso.

¿Qué es el mundo sutil? ¿Dónde está?

El mundo sutil es el anteproyecto de este mundo, escrito en el plano mental. Todo objeto y todo acontecimiento nacen primero como una imagen sutil y a continuación como un objeto material. También se podría decir que el mundo sutil es la matriz de la creación o el hogar del alma. No está lejos, sino aquí mismo. Si sigues tu propia energía, llegarás al mundo sutil. Y lo sabrás porque las cosas que pienses empezarán a hacerse realidad, los deseos se cumplirán y te encontrarás diciéndote a ti mismo: «Todo tiene sentido. Todas las piezas encajan.» Eso es sólo el comienzo, por supuesto. Después de mucho practicar, llegas a saber muy bien lo que está pasando, como yo. [Risas.]

¿Se puede medir la energía sutil científicamente?

¿Se puede medir a Mozart científicamente? ¿Se puede medir el amor a un hijo científicamente? La ciencia actúa en el mundo material y puede llegar casi a las puertas del mundo sutil. Sin embargo, con toda la ciencia del mundo uno no puede medir la belleza o la verdad. Ya conoces bien todas las formas de la energía sutil y no necesitas ninguna demostración, porque todas son fundamentales para ti en tanto ser humano. La lista de las energías sutiles incluiría la esperanza, la belleza, la verdad, la compasión, los ideales, el afecto, la empatía, la intuición, la visión interior, el altruismo, la inspiración y la fe. Dime cuándo alguno de estos conceptos ha sido medido por la ciencia y luego pregúntate a ti mismo «¿Acaso no sabía ya que existían?»

¿Cómo sé que poseo un alma?

No se puede demostrar mentalmente. Hay que experimentarlo. Tampoco puedes demostrar mentalmente el aroma de las rosas, pero cuando florecen el aire se llena de su fragancia. Tu alma es así. Su jardín es el mundo sutil. Ve allí y olerás la fragancia de tu alma al instante.

A veces oigo una voz en mi interior y creo que es mi alma que me habla. ¿Nos habla el alma?

La voz del alma es muda. Envía impulsos desde el mundo sutil en todas las formas imaginables, porque la energía vital es la energía del alma. No puedes desear, soñar, anhelar, tener esperanzas o amar sin un impulso procedente del alma. Ésas son sus palabras.

Acepto que me despierto cada día con una determinada cantidad de energía. ¿Por qué dices que procede del amor?

Yo siento lo maravillosa y dulce que es la energía. Todo el mundo puede experimentarlo. Si sigues buscando fuera de ti mismo, no encontrarás el origen de esa dulzura. Pensarás que cierta persona es el objeto de tu amor. O te gustará el sabor del chocolate. En cambio, cuando te vuelves hacia tu interior te quedas atónito, porque descubres que la dulzura del amor no necesita de ninguna persona o sensación. Es parte de la vida. Ser es un estado de amor. No puede rechazarse, de manera que todo lo que se crea tiene un núcleo de amor, incluso las cosas más feas. No deberías preocuparte por tener una prueba de lo que digo, simplemente sigue la dicha hasta que llegues a su fuente. Todo el amor, la vida y la energía se funden en la fuente, que se encuentra en tu propia conciencia.

Si la energía que usamos cada día procede del amor, ¿por qué no sentimos constantemente ese amor?

Podrías sentirlo, pero resulta que arrastras tu pasado contigo. Un bebé es completamente feliz, pero cuando te vas apartando de los brazos de tu madre, ¿qué sucede? Tienes experiencias, y comienzas a dividirlas en cosas que te gustan y cosas que no te gustan. Empiezas a trocear el interminable flujo del amor en experiencias que deseas tener y en otras que no. Todas estas elecciones se almacenan en la memoria, hasta que con el tiempo has cambiado por completo. En lugar de ser una criatura feliz que deja que la energía fluya, te conviertes en una persona crítica. Los canales quedan bloqueados, se levantan barreras. Intentas evitar daños potenciales e imaginas cómo será la nueva experiencia antes de que haya sucedido. En realidad nada ha cambiado: tu alma sigue enviándote un inagotable flujo de energía. Pero has hecho que vaya disminuyendo. Afortunadamente, como el agua que intenta rebasar una presa, el amor siempre está intentando abrir de nuevo los canales. Si dejas que entre, todas las limitaciones del pasado pueden cambiarse.

¿Puede la energía negativa volverse positiva?

En realidad no, pero parecerá como si lo hubiese hecho. En primer lugar tienes que desenredar la energía negativa, lo que significa cambiar creencias, opiniones, dudas y juicios. La energía negativa se mete en muchos recovecos y rincones y da muchas vueltas. Sin embargo, una vez que comiences a deshacer los nudos descubrirás algo milagroso. Sólo hay un flujo vital, y es el amor. Fuiste tú quien eligió transformar la energía amorosa en falta de amor. Pero ahora puedes elegir que la corriente fluya de forma natural, como energía que apoya la vida.

Debe de existir algo que no sea energía...

Nada es energía hasta que lo ves, lo sientes y te das cuenta de lo que está sucediendo. Cuando alcanzas la plena conciencia, todo es energía. Esto es así porque la vida no puede existir sino como energía. Recuerda que estamos hablando de energía sutil.

¿Por qué el amor produce sufrimiento?

El amor nunca hace daño. Lo que hace daño es el temor de no ser amado, creer que no se merece el amor o cualquier otra resistencia. El amor es el mayor purificador, así que puede abrir antiguas heridas y son éstas las que provocan el sufrimiento. Sin embargo, no se puede decir que el amor produzca dolor, porque la esencia del amor es la dicha.

¿Por qué dos personas se enamoran?

Sus energías encajan. Cuando esto sucede, sienten como si se hubiesen fundido el uno con el otro. Dos personas se convierten en una. Por lo general, una persona tiene una necesidad que la otra cubre sin tener que pedirlo. El ajuste es automático, y mientras permitas que la persona amada te llene de energía, sentirás que el flujo del amor es mucho mejor que cuando estabas solo.

¿Tengo un alma gemela?

Mientras estás aquí en la Tierra, tienes seis mil millones de almas gemelas. [Risas.] Si te refieres a si existe alguien que es perfecto para ti, la respuesta es sí y no. Sí, porque puedes alcanzar esa compatibilidad íntima en la que el amor fluye sin fricciones entre tú y tu amado. Y no, porque no será perfecto a menos que los dos trabajéis para eliminar la energía negativa de la falta de amor. La compatibilidad más perfecta también está sometida al cambio, y si encuentras un alma gemela que armoniza con tu propia evolución espiritual —y viceversa—, con toda seguridad trabajarás capas más profundas de la negatividad oculta que otros que aman con menos intensidad.

En ocasiones la gente dice: «Te amo, pero no estoy enamorado de ti.» ¿Puede hacerse esta diferenciación? ¿Debería seguir junto a una persona que no está enamorada de mí?

Estar enamorado de alguien significa sentir pasión por esa persona. Amar a alguien sin pasión es algo diferente, por supuesto, y a la mayoría de nosotros no nos gustaría casarnos con alguien que careciese de esa especial pasión. Pero aquí hay un nivel más profundo. Estar enamorado es algo único, puesto que te hace sentir que alguien te satisface por completo. Todo se centra en lo que la otra persona está haciendo por ti. En realidad no está haciendo nada. El amor viene a través de las personas: somos el vehículo de una fuerza cósmica que sostiene la vida en todas partes. Dejar de estar enamorado puede significar un montón de cosas. Aquellas energías que casaban a la perfección comienzan a separarse. Esto siempre sucede con el tiempo, porque cuando intimas con la persona amada, la energía se despierta en todos los centros. Las tendencias ocultas surgen, y si éstas te hacen sentir menos compatible o menos atrapado en el arrebato amoroso, debe comenzar otra fase para recuperar ese éxtasis. El enamoramiento debe evolucionar de la flor que se abre a la fruta que madura lentamente, expuesta a períodos de sol y de lluvia.

En una relación duradera, el amor se fortalece. La pareja se ayuda mutuamente en el proceso de hacer frente a toda la energía que se destapa. Habiendo observado todos los estados de ánimo, todos los miedos, todos los deseos del ser amado, se desarrolla la compasión, que es algo más profundo que el estar enamorado.

Jamás he encontrado a Dios. ¿Significa esto que no lo amo lo suficiente?

Ya has encontrado a Dios. Cuando viniste a esta maravillosa tierra verde y abriste los ojos, encontraste a Dios. Estaba en el rostro de tu madre.

¿Cómo puedo sentir el amor de Dios?

Todo amor que sientas es el amor de Dios. La vida misma es el amor de Dios.

¿Es posible ser amoroso con el mundo?

Sí. La cosa más amorosa que puedes hacer por alguien es aceptar el lugar del camino en el que se encuentra.

Si alguien necesita ser castigado, ¿puede hacerse desde el amor?

No. El castigo lo administran personas que actúan desde la falta de amor. A menudo se basa en la ira, la rabia, en la necesidad de controlar y de dominar, en una rectitud mal entendida. Si eres amoroso, no castigas. Si eres amoroso, tampoco necesitas ser castigado.

Lamentablemente, en la actualidad hay tanta falta de amor que aquellos que castigan y los que necesitan ser castigados no tienen ninguna dificultad para encontrarse.

Alguien a quien amo profundamente abusa de mí y me maltrata. Tuvo una infancia difícil y no puede controlar su ira. ¿Cómo podría amarle sin ser maltratada?

Aquí la cuestión es la autoestima, ¿no? No te ves a ti misma en una relación puramente amorosa, así que tienes aquella relación en la que te puedes ver. ¿Qué te da él que no puedas darte tú? Debe de haber algo, o de lo contrario no estarías a su lado si sigue maltratándote. Está llenando un vacío que es parte de tu propia falta de amor. Al hacerte daño impunemente pone en evidencia tu falta de autoestima. Si careces de la suficiente autoestima para saber qué debes hacer, pregunta a las personas que realmente te aman y sigue sus consejos. Pero no te sorprendas si te dicen que lo dejes.

Amo a una persona, pero discutimos mucho. ¿Significa eso que no somos amorosos?

Sí. La relación es un reflejo de uno mismo. Si tu pareja hace que te enfades, ella no es la causa. Tu ira oculta ha creado este reflejo. Cuando entiendas esto dejarás de discutir, porque sabrás que es tu propia energía la que debe ser sanada y tú quien debe hacerlo. Cuando te peleas con alguien, culpabilizas al otro de tu propia energía, y eso no es amoroso. Por supuesto, cuando no puedas evitarlo y la energía sea demasiado fuerte, discutirás. Perdónate a ti mismo y ten presente que es el reflejo de tu propia energía que vuelve a ti.

¿Existen las relaciones sin conflicto?

Las relaciones no tendrán conflictos cuando hayas trabajado tu energía. El proceso consiste en esto. El amor te purifica de todo lo que ha causado la falta de amor. Guarda esta idea en la mente. Pero a medida que trabajes la energía, tendrás conflictos. Abórdalos de la manera más sana posible y pídele al amor que resuelva el conflicto. Con el tiempo, el poder del amor hará que todos los conflictos desaparezcan.

¿Qué es una relación amor-odio?

Es señal de que existe un conflicto profundo. Los demás pueden desencadenar las energías que no has resuelto. Pero no merecen tu odio. Tampoco el odio es el lado oscuro del amor. Estoy seguro de que has oído decir que siempre hacemos daño a quienes más amamos. Esto es una costumbre, no una ley. Herimos a quienes amamos porque están tan cerca de nosotros que remueven nuestras energías profundas y ocultas. Una vez estés en posesión de tu energía, no herirás a nadie que ames. Por el contrario, lo verás a la luz de la compasión.

¿Estamos programados genéticamente como las demás criaturas? Quizás el amor es sólo un comportamiento primitivo que surge del pasado.

Cada persona nace con un diseño genético, pero este diseño no se creó a sí mismo. Fue creado por toda la experiencia que los seres humanos fueron adquiriendo durante millones de años, y fuimos anotando lo que aprendíamos en forma de genes. El universo lleva un diario de cómo se está desarrollando la vida. Cuando se quiere recurrir a la experiencia del pasado, los genes proporcionan una guía de lo que ha funcionado tiempo atrás. Pero cuando uno tiene nuevos deseos, los genes ya no sirven de ayuda. Los deseos vienen primero, no los genes. El amor tiene el poder de reescribir el pasado.

¿Se puede enseñar a alguien a amar?

Por supuesto, de otra manera todos nos igualaríamos en el nivel más bajo. Se enseña el amor por la manera en que se maneja la energía. Otros observan y aprenden. O no, si es eso lo que eligen. También puedes liberar a alguien de la energía atascada o deformada. Ellos no lo verán, pero de pronto afluirá una mayor cantidad de amor a su vida.

¿Por qué el amor no puede evitar el mal?

El amor previene el mal millones de veces al día. Es decir, evita lo que aún no ha sucedido. El amor constantemente trabaja para purificar la energía; nunca deja de intentar deshacer los nudos de la falta de amor en todos los niveles de tu ser.

Supongo que la pregunta que produce más dolor es: «¿Por qué el amor no puede evitar todo el mal?» La causa de que esto no suceda es el libre albedrío. Mientras una persona crea que la falta de amor es una manera de vivir, no habrá fuerza en el universo que pueda hacerla cambiar en contra de su voluntad.

¿Por qué hay quien elige el mal en vez del bien?

Se puede responder a esta pregunta formulando la contraria: «¿Por qué hay quien elige el bien en lugar del mal?» Porque el bien te hace sentir conectado con la vida de innumerables maneras. Le da sentido, realiza cosas positivas, hace que uno se sienta bien y trae la paz a los seres humanos.

Elegir el mal debe significar, por lo tanto, que te desconectas de la vida, porque nadie renunciaría a estos beneficios a menos de que no hubiese alternativa. Puesto que el mal es una forma de energía bloqueada, puede eliminarse en el nivel energético.

Si sabes que alguien está haciendo algo que no es correcto o incluso malvado, ¿puedes hacer que cambie y haga el bien?

Puedes influir en esa persona por medio del ejemplo para que haga el bien y puedes mejorar su energía si sabes cómo. Después de eso, todo dependerá de su propia voluntad. Cambiar a alguien que no desea hacerlo es imposible, aunque uno lo ame con todo el corazón.

¿Qué sucede si en el pasado te han hecho tanto daño que tienes miedo de volver a amar?

A lo que tienes miedo es a tu propio miedo. El miedo es una energía, de modo que si trabajas esa energía el amor te vendrá de forma natural.

Si quieres tener una relación amorosa, ¿cómo encuentras a la pareja idónea?

No hay necesidad de buscar. El amor te busca a ti. Ya existe en tu vida y se halla en el nivel que tú mismo le permites. Si te trabajas la energía, una mayor cantidad de amor fluirá a través de ti.

¿Es el sexo una expresión del amor?

Depende. El sexo es como las demás expresiones de la vida: puede estar conectado al amor o no estarlo. En su origen, el sexo no es sino amor. Es la fuerza creadora del universo. El sexo entre dos seres humanos está en relación con todo lo demás. Puedes imbuir el sexo de cualquier otro sentimiento, y puedes imbuir cualquier sentimiento de sexo. Si quieres practicar sexo por puro placer, no pasa nada, pero descubrirás que has convertido el sexo en poco más que una sensación. Las sensaciones no incrementan el valor de la vida ni nos conectan con otras personas, porque una sensación es algo completamente privado. Para usar el sexo como conexión con el otro lo tienes que mezclar con el amor, la autoestima, el respeto a los demás, la bondad, la alegría y la entrega. Estos valores son los que te hacen humano, y harán que el sexo sea más humano también.

Tal como lo dices, parece como si existiese una ciencia de la alegría.

¡Existe! [Risas.] La parte más importante de la alegría es el misterio. Jamás sabremos por qué la creación posee en su núcleo una alegría infinita. Jamás sabremos por qué sentimos la dicha como lo hacemos. Jamás sabremos por qué el júbilo hace que nos expandamos hasta el punto de quedar imbuidos de lo divino. Y una vez que constatamos que este misterio eterno está ante nosotros, podemos aprender a formar parte de él. La ciencia de la alegría es sólo un mapa, una vía para ir de donde nos encontramos ahora a la meta de sentir la alegría.

¿Es la alegría lo mismo que el éxtasis?

Si encuentras la diferencia, por favor dímelo. Quiero quedarme con el mejor de los dos. [Risas.]

¿Has visto a Dios alguna vez?

No te ruborices, pero veo que te está mirando.

¿Puede la energía estar tan enredada y deteriorada que el amor no pueda arreglarlo?

El flujo de energía puede interrumpirse hasta el punto de que la persona no recuerde el amor ni tenga motivación para buscarlo. Estos casos son poco frecuentes. Cuando eso ocurre, es casi imposible que un impulso alcance el corazón de esas personas. Están desconectadas de la fuente y viven en la oscuridad. Esa oscuridad puede adoptar la forma del mal, la desesperación, el odio o la enfermedad mental. Nadie está en una situación irreversible, pero en estos casos su entorno tendría que estar lleno de amor por completo y ser puro y limpio. No se podría cometer el más mínimo error. Al no haber nada que alimentase la oscuridad, ésta comenzaría a debilitarse y poco a poco se abrirían claros.

Si me sucede algo malo, ¿significa que no me quiero lo suficiente?

Atraemos lo que se parece a nosotros. Alguna cosa de tu vida que carezca de amor ha surgido por que la has atraído desde tu interior. Sin embargo, eso no significa que no te ames. Significa que eres humano, y ser humano significa que posees miles de cúmulos de energía que abarcan desde la vibración más alta a la más baja. Cada uno atraerá un acontecimiento en tu vida exterior, que será reflejo de esa energía. Cuando el acontecimiento se produce, puedes elegir: o luchas contra el reflejo o trabajas la energía que ha causado que aflorase. Si luchas contra el reflejo de «fuera» sin ver la energía de «dentro», tarde o temprano volverá a producirse un acontecimiento parecido. Si trabajas esa energía, sólo volverá a aparecer si no la has ido trabajando lo suficiente.

Yo tenía una relación destructiva de la que finalmente logré liberarme. Si me trabajo, ¿estaré libre de esta tendencia en la próxima relación?

Las relaciones destructivas existen cuando dos personas reflejan la negatividad el uno al otro. Si trabajas esa energía negativa, ésta no podrá atraer su reflejo. De forma automática, la siguiente relación no tendrá que reflejar y devolverte tanta energía negativa. No hay nada que garantice que has trabajado la energía lo suficiente como para tener una relación llena de amor. La única garantía es que todo esfuerzo se verá recompensado. Esto en sí mismo ya es un don y un milagro. Piensa que todo lo que tienes que hacer es cambiar un poco de energía y que automáticamente atraerás a personas más amorosas y situaciones más enriquecedoras.

Cuando dices «trabaja tu energía», ¿qué quieres decir exactamente? ¿Cómo se hace?

No existe una fórmula única que se pueda aplicar a todos nosotros todos los días. El trabajo con la energía comienza por saber dónde estás con las emociones. Mírate a ti mismo y pregúntate con honestidad qué sentimientos tienes en este momento. No te olvides de los sentimientos negativos más evidentes: depresión, ansiedad, miedo, hostilidad... cualquier cosa que veas en ti en ese momento, porque todo el trabajo se realiza en el presente. Es verdad que volverás a sentir viejas emociones, pero la puerta de entrada es siempre el momento actual.

De hecho, el trabajo consiste en hacer lo que deba hacerse hasta que ese sentimiento en concreto pierde fuerza. He mencionado las técnicas, que van desde la respiración hasta la expresión corporal o la expresión de las emociones. Comienza con la que creas mejor para ti. No lo pospongas, no lo niegues, no minimices tus sentimientos. Puede que tardes horas en elaborar un repentino ataque de ira o tan sólo unos minutos, nadie lo sabe.

Has de saber que las emociones no son producto del azar. Se tienen porque necesitan ser limpiadas. El mundo interior y el exterior encajan perfectamente. Cada momento es un paso en tu crecimiento. Ya sé que suena como si el proceso de elaboración fuese a convertirse en una misión totalmente absorbente. No tienes porque hacerlo así. En lugar de eso, establece una relación de amor con la persona que hay en tu interior. ¿Rechazarías un ofrecimiento de tu mejor amigo? Tu yo interior te quiere infinitamente más que el mejor de tus amigos. Así que deja de pasar por alto lo que te presenta. Cada vez que mueves una pequeña cantidad de energía estableces un vínculo de comunicación con tu alma.

¿Puedo trabajar toda mi energía a la vez?

La vida está organizada de modo que cada situación aparece en el momento oportuno. No tienes que trabajar toda tu energía a la vez. Simplemente dedícate a los reflejos que se presenten en tu camino el día de hoy. Créeme, ¡estarás ocupado de sobras!

Quiero que mis hijos sientan más amor que el que yo sentí. ¿Cómo puedo ayudarles?

No se puede ni se debe enseñar a los niños a trabajar la energía. Proporciónales cariño y cuidados, y sobre todo trabájate a ti mismo. Como padre, cada paso que des se reflejará en la vida de tus hijos. Es una época valiosísima. Una vez que se embarquen en sus propias experiencias, su energía se independizará de la tuya, que es como debe ser: sólo ellos mismos pueden forjarse una vida con sentido. Cuando se están formando, sin embargo, los niños siguen el ejemplo energético de sus padres, y en la medida en que puedas, deja que la energía del amor fluya a través de ti: os favorecerá a ambos. Éste es otro don milagroso del que todos podemos beneficiarnos.

¿Por qué los hombres se muestran menos «amorosos» que las mujeres? ¿Son ellos los responsables de la violencia y de la falta de amor que hay en el mundo?

Los problemas que vemos en el mundo no están causados por los hombres sino por la energía masculina distorsionada. Nadie puede negar que la violencia y la agresión son rasgos masculinos dominantes (aunque no pasemos por alto que las mujeres tienen sus propias cuestiones con la ira). ¿Qué causa esta distorsión? ¿Por qué los hombres deciden dominar con tanta crueldad y egoísmo? No tienes que buscar una respuesta. Lo que hay que hacer es sanar la energía masculina. Un hombre, cuando está en equilibrio, se halla tan abierto al infinito flujo del amor como una mujer. Lo único que será diferente será el sabor, porque el dios padre y la diosa madre hicieron aflorar rasgos diferentes, pero compatibles. Si eres una mujer, el hombre te fascina porque percibes la diferencia. Si eres un hombre, encuentras fascinante a una mujer porque percibes la diferencia. Si cualquiera de ambas energías se distorsiona, se abre una profunda y destructiva grieta en el mismo centro de la naturaleza humana. Es un problema muy grave, pero la solución es la misma que para cualquier otra energía. En cierta manera somos afortunados, porque atraemos al género opuesto de manera natural. La atracción nos proporciona más incentivos para cambiar que cuando las energías atrapadas no atisban ninguna vía de escape.

He oído decir que lo mejor que puede hacer una mujer por un hombre es amarlo. ¿Crees que es así?

No si ello significa dar el mismo tipo de amor que no ha funcionado con anterioridad. Lo mejor que una mujer puede hacer por un hombre es lo mismo que un hombre puede hacer por una mujer: trabajar en su propia energía y apoyar a su pareja en ese mismo trabajo.

¿Por qué tantas mujeres lo consienten todo?

Su centro de poder está tan cerrado que se sienten impotentes sin un hombre. Cuando resuelven este problema encontrando a un hombre que las cuide, junto con lo dulce reciben también lo amargo. El hombre que te protege también es el que te domina. No podrás influir en él, de manera que no tienes otra alternativa que aceptarlo. Cuando una víctima acepta al dominador, el resultado es el consentimiento. Esto termina cuando la mujer arregla los bloqueos que hay en su centro de poder.

Las religiones enseñan en cierto modo que los hombres tienen más poder que las mujeres y esto nos ha llevado al sometimiento de la mujer. ¿Por qué ha sucedido esto?

Todas las religiones se dividen en dos partes: la palabra sagrada y cómo se vive e interpreta esa palabra. La palabra sagrada nos enseña el camino para regresar a nuestra fuente; es una guía que ayuda a conectar el mundo material con el mundo del alma. En el nivel del alma, los géneros son iguales; así pues, también deberían ser iguales en lo que a religión se refiere. El hecho de que las mujeres estén en un segundo plano corresponde a esa segunda parte, a cómo se interpretan esas palabras sagradas. Depende de ti que sigas una determinada tradición o historia. Todas están llenas de muchas distorsiones de energía, muchas desviaciones del amor, muchos abusos y desigualdades. También puedes optar simplemente por seguir la palabra sagrada y obtener la liberación de tu propia alma.

¿Qué relación existe entre la falta de amor y el pecado?

La falta de amor da lugar a creencias y acciones distorsionadas. Si tu energía está tan distorsionada que no puedes encontrar una manera amorosa de actuar, para muchas religiones serás un pecador. Pero no para todas. Todas las religiones guardan un lugar para la compasión, y a los ojos de la compasión el pecado es como el mal comportamiento de un niño. No hay que confundir el pecado con el pecador.

Si estás en un entorno en el que hay violencia, ¿es mejor trabajar la energía o irse?

Prácticamente siempre lo mejor es marcharse y luego trabajar la energía. La violencia incrementará la energía negativa y hará que sea más difícil de trabajar. El miedo te resta fuerzas y voluntad para trabajar la energía. Uno no puede ser amable consigo mismo en una casa llena de violencia. Y luego están los aspectos prácticos: el trabajar la energía exige tiempo. La curación de la energía negativa más profunda es cuestión de meses y años, y no de días o semanas.

Define el comportamiento amoroso. ¿Cómo se logra?

Consiste en aceptarse a uno mismo y a los demás sin juzgar. Juzgar a los demás es un sistema de creencias negativo que se basa en la energía atascada. Piensas que el otro hace algo mal con el fin de sentirte mejor contigo mismo. Mientras la energía siga atascada, seguirás juzgando. Lo necesitas porque no encuentras la auténtica manera de sentirte a gusto contigo mismo: estar abierto al flujo del amor. Si liberas la energía atascada, el amor podrá llegar a ti. Empezarás a aceptar lo que eres y de un modo automático dejarás de tener razones para no aceptar a los demás.

¿Qué es el amor incondicional?

El amor incondicional es aquel que está completamente libre de la falta de amor. La falta de amor procede de la energía atascada, distorsionada, bloqueada y enredada. De manera que si alguien te dice que te ama incondicionalmente, o bien has encontrado a alguien que lleva muchos años trabajándose o se trata de alguien con un corazón generoso que acostumbra confundir la realidad con el deseo.

Nombra alguna cosa que no dependa de la energía.

Puedo nombrar todas las que quieras. El alma no depende de la energía, ni nada de lo que procede del alma, como la verdad o la compasión. La cuestión de la energía sólo entra en juego cuando llegamos al mundo material, donde nada puede existir sin energía.

Cuando yo era pequeño, lo contrario del amor era el odio. Ahora hay quien dice que lo contrario del amor es el miedo. ¿Por qué?

Emocionalmente hablando, el odio es lo contrario del amor. Es la atracción negativa en contraposición a la atracción positiva. Espiritualmente hablando, el miedo es lo opuesto al amor. El miedo hace que los centros se cierren, haciendo imposible que reciban amor, poder o visión. Cuando careces de estos impulsos del alma, no puedes sentir amor. Estás aislado en un mundo sin amor, un mundo en el que las creencias están moldeadas por el miedo. Éste es un razonamiento que tarda tiempo en ser comprendido. Sin embargo, ésta es la razón por la que se considera que el miedo es lo opuesto al amor.

No tengo miedo ni ansiedad. No siento ira ni agresividad. Pero no puedo decir que sienta el flujo del amor. ¿Cuál es la explicación?

Te estás escondiendo de ti mismo. Tener miedo o ansiedad o estar enfadado, al menos de vez en cuando, forma parte del estar emocionalmente vivo. Si no puedes sentir la energía negativa, eso significa generalmente que te has anestesiado a ti mismo. En algún nivel te has prohibido a ti mismo expresar esas energías. Pide a los carceleros que las dejen salir. Cuando liberes esas energías negativas, la energía volverá a fluir, y sólo en ese estado puedes volver al amor. La solución no radica en ocultar los sentimientos.

El amor, ¿siempre trae la felicidad?

Sí, pero quizá no a corto plazo. El amor no es un sentimiento y no es lo mismo que el placer. Mientras el amor esté trabajando para corregir las energías distorsionadas no serás feliz. Pero no te deprimas. Deja que el proceso se desarrolle. En lugar de decir «Éste es el momento de ser feliz», di «Éste es el momento de llegar a ser real».

Agradecimientos

Para Rita, Mallika, Candice, Gotham y Sumant: gracias por ser quienes sois.

Para Felicia y Carolyn, quienes constante e infatigablemente se encargaron de las numerosas revisiones que hice.

Para Jennifer Hershey, mi editora, por sus estupendas sugerencias de estilo.

Robert Gottlieb: gracias por animarme a ir en esta dirección.

Índice